U0855229

艾格尼斯·凯斯 作品集

风下之乡

Land Below the Wind

艾格尼斯·凯斯 著

Agnes Keith

穆青 译

三联书店

Contents

目录

婆罗洲的喃喃细语

《风下之乡》中文版译者穆青邀请我向华语世界的读者说几句话，我既兴奋又惴惴。能借这本书将我们连在一起，是一件神奇又美好的事。沙巴与华人世界从历史到当下都有着柔软而千丝万缕的联系。感谢穆青提供这个机会，让我能够如此近地面对华语世界。

作为沙巴历史和文化的见证人、保护者，我们沙巴博物馆珍惜、珍视艾格尼斯·凯斯（Agnes Newton Keith）夫妇对沙巴（旧称北婆罗洲）所注入的深情，他们对这片土地、这里的人和一切生命的爱和观察、描述，以及对动植物保护的推动，在我们博物馆里有诸多记载。包括她丈夫哈里·凯斯，在任北婆罗洲林业官、农业部长、野生动物保护会长期间所做的大量林业保护工作，以及收集编撰的土著人濒临灭绝的“穆鲁特语”（Muruts）字典。他们的故居也已修复完好，并以“凯斯故居”命名，于2004年向公众开放。

艾格尼斯细腻、敏感、纪实般的笔触，以及在那个年代下并不多见的西方人视角，对东南亚，尤其是北婆罗洲的感性而详尽的观察和了解，使得原作一出版就在欧美读者中产生了很大影响，甚至在一定程度上引发了西方人去婆罗洲旅游的热潮。我们期待穆青的译作，能够让华语读者了解沙巴，喜欢沙巴——这片让我们自豪的土地。

婆罗洲（Borneo），中国古称“渤泥”“婆罗”，它所在的位置，就是近现代中国文献里常常出现的“南洋”。早在5世纪，中国就和婆罗洲建立了多方面的联系，正式出现在官方文献中，有据可查的是在6世纪。此后的岁月中，随着航海、贸易的扩大，华人移民也不断增多，现在华人族群已成为沙巴仅次于马来人和原住民之外的第三大种族。

比较遗憾的是，有关华人在婆罗洲的生活情状，见诸笔端的文献远不如现实世界的精彩和丰富。希望穆青的译作《风下之乡》在华语世界的面世（以及已经在计划中的艾格尼斯其他作品的翻译），将作为一个开端，激发起更多深入、广泛的关于华人与沙巴地区历史、文化、考古、旅游等领域的研究、写作以及合作。

美丽的“风下之乡”沙巴，欢迎全球华语世界的朋友！

Joanna Binti Kitingan

沙巴博物馆馆长

第一部

外乡人

第一章

“拿事实说话”

01

四年来，我一直在这样的祝酒词中举杯“致缺席的人”，与我同饮的人，心中想念的，是另一片土地，另一个国度，他们的孩子在不一样的土壤上游戏。我们聚在一起谈论“故园”，而他们的故园是英格兰。

在我内心深处，这些人是我的同类，正如我希望自己在他们的心里，也有同样的地位。可每当我一贯地开口畅言，而他们一贯地闭嘴沉默时，我这个美国人立即现形。作为一个英国人的妻子，我认为那些连篇累牍的取笑英国人不可理喻的著述，可以休矣。每当他取下嘴里的烟斗再说话时，我其实可以明白他的意思；而一旦他要对时政发表评论时，观点更是清晰透彻。向素不相识的读者您介绍这位北婆罗洲林业总督及农业部长，只是因为，在这里，婆罗洲，我仅有的身份是他的妻子。

北婆罗洲，英属领地，由不列颠北婆罗洲渣打公司指派的总督和行政机构管理，它是大英帝国硕果仅存的一个由渣打公司管理的国度。

说到这里，我丈夫一定会打断我，因为我说，北婆罗洲是世界上唯一的一个由渣打公司管理的国家，他说，错！为什么你们美国人老喜欢说某样东西是世界上唯一的云云？这时我说，这和你们英国人总喜欢说某样东西是大英帝国唯一的云云一个道理，世界和 B.E.[①] 这两个概念在我们各自的观念里是大致相当的范畴。至此，我们分别打住，井水不犯河水。

北婆罗洲土地静静地躺在赤道以北 4 到 7 度之间[②]（覆盖了婆罗洲群岛的北部尖顶部分）。婆罗洲群岛是世界第三大岛[③]，人口约二十七万，行政官员共有七十多位。

新加坡和中国香港都是乘坐汽轮七天之遥的花花世界，这是在风力风向和海况友好的状态下的估计，而以我或许是偏见的经验，风和海就从未对香港与婆罗洲之间的海域友好过。婆罗洲的东北面是菲律宾群岛，东面是西里伯斯群岛，再其上便是在面积上直接压过我们的对手，新几内亚，世界第二大岛屿。南面和西南面是爪哇和苏门答腊，在我有限的有幸经历中，我认识了那里的一批优秀而令人喜爱的年轻荷兰[④]行政官。

旅人由水路从美国来的时间，大约相当于我和美国之间的信件往来时间。我们于 1934 年 9 月 27 日离开南加州，而到达北婆罗洲山打根时，已经是 11 月 10 日，历时四十四天，略多于六个星期。

北婆罗洲气候温暖，日出日落之间平均温度在 88 华氏度，湿度非常高。这样的气候很少让人感觉苦闷忧郁，反倒十分容

① B.E.，British Empire 的缩写，意为大英帝国。——译者注
② 资料显示应该在 8 度左右。——译者注
③ 继格陵兰岛、新几内亚之后的第三大岛。——译者注
④ 爪哇和苏门答腊其时为荷属殖民地。——译者注

易满足，只想坐着什么也不干。

我们的家就在山打根，北婆罗洲的首府，位于东海岸，是整个领地最大的城市[①]，大约一万四千人，其中七十五个欧洲人，一万左右的华人，剩下的包括婆罗洲土著、荷属东印度岛土著、菲律宾岛人、马来人、印度人，以及日本人。华人是港口地区人口的主流，而内陆地区鲜见。

婆罗洲土著人棕色皮肤，身高低于平均值，具有蒙古人种特征。在这个问题上，我只敢到此为止。我知道研究人种学的学生在争论北婆罗洲居民的特征和起源时，几乎把对方撕成碎片，讨论结束时差不多要仰仗拐棍才能离去。此地没有文字，因此历史记录全部来自流传的民间故事以及代代沿袭的传统习惯。欧文·如瓦特先生在其《北婆罗洲》[②]一卷中，将北婆罗洲异教徒人口分为两部分，一为杜逊人[③]，一为穆鲁特人[④]。杜逊人多分布于平原和海岸，穆鲁特人多位于山地和内陆。前者总的来讲以务农为主，后者则以狩猎为生，早期捕猎人头，这是两支被认为同宗的婆罗洲土著。当然，这两个粗略的分类下，还覆盖了相当数目的不同部落，他们都操持不同方言，因循不

---

① 山打根在“二战”中被日军摧毁。州府后来搬至如今的哥打京那巴鲁，简称 K.K.，中国旅游者都熟知的西海岸城市。而 K.K. 在那时叫杰士屯（Jesselton），是如今 K.K. 市区的主要码头。——译者注

② “*British North Borneo*” by Mr.Owen Rutter.

③ Dusuns.

④ Muruts.

同习俗。与北婆罗洲原住民有显著区别的另一类居民，叫巴夭族[①]，他们构成了海岸居民的一大部分，通常被认为是纯正马来人的一支，因信仰伊斯兰教而异于异教徒。

北婆罗洲的主要出口贸易为木材、橡胶、烟草、儿茶[②]、干海产，中国人用来熬汤的燕窝，以及小粒珍珠。婆罗洲的森林出产大量的上等木材，其中有一种稍软的细致的硬木，在英国被广泛用于建筑和海军码头的甲板。

我的丈夫在北婆罗洲行政部门任职已经十四年，在任林业总督、农业部长的同时，还是国立博物馆的荣誉馆长、狩猎监察官、为远方科学家提供奇禽异兽标本的收藏家、贫困土著人的赞助者，以及无家可归动物的收容者。他收藏古老的中国瓷器，写一些科学小文，同时搜集整理穆鲁特人的词汇，还能讲一口过得去的马来语，好到足以让他为我的马来语程度犯愁，当然有时还会为我——他的美国妻子，澄清牛津词典上一些令我不解的注释。

在我们结婚前，他告诉我，他讨厌猫、介绍信、剩饭剩菜、砍伐树木的人、男女混合学校、夸大其词的空话，以及穿短裤的女子。

① Bajaus.

② 儿茶：豆科金合欢属植物。分布在印度、缅甸、非洲及中国的台湾、广东、云南、浙江、广西等地，多为野生。可做药用，有清热、生津、止血之用。——编者注

我喜欢猫，也喜欢剩饭剩菜，而且我认为高明的夸大其词和穿短裤的女子在适当的场合也都不错。

自从我嫁了英国人，我渐渐开始相信这类“所有英国人都……”或者“所有美国人都……”的说辞通常是一段诽谤的开篇，所说越接近真实，诽谤越严重。但有一条是真的，那就是，一个英国人讲他的妻子，就一定指他的妻子，我非常喜欢这个所有格代词。作为我丈夫的妻子，我一直尝试着去发现平凡事物中蕴含的美，然而与他十四年的婆罗洲生活相比，我短短四年此地生活的经验和形成的观点时常让他的希望落空。每每他失望地看着我说“拿事实说话”时，我感觉浑身冰凉，好像一条被放在冰上保鲜的鱼。可我的确是尊重事实的。

没有我的丈夫，我写出的婆罗洲故事也许更接近于人们想象中的婆罗洲生活，却会更加远离真相。因为我一见他耸肩，本能地会去删除几个形容词，增添些有实质内容的句子。事实上，这几乎是我们合作完成的作品——我贡献热情，他负责否定。

在此，我感谢他的批评，令我在沮丧的同时，获益匪浅。

02

像大部分加州人一样，我不在本州出生，而是幼年时期被带入加州。我在南加州，准确地说，在好莱坞长大，或许这是我为什么不会对其他大陆上土著人的任何言行感到吃惊或者紧张的原因之一。我在加州大学伯克利分校度过了四年，其时正当黄金二十年的 flapper[①] 时代。在那里，我参与了为数不少的社会团体活动，尽管耗去了很多时间，却也颇学到一些书本知识。那个年代，学院经历是很有用的扮酷资本，并须伴以高声长叹："哎，生活是多么的庸俗无味啊！"即便我们心下窃喜我们的生活如此丰富有趣。我那四年过得非常逍遥，一面假装叹气，一面意气风发；这样快乐的岁月让我以为人生本当如此，

① 纸醉金迷的 1920 年代，女性时尚风潮，文化符号：烟熏妆，波波头，轻佻不屑，不再穿束身衣等，《了不起的盖茨比》对这个年代有集中展现。——译者注

殊不知，我现在才意识到，快乐只是瞬息的感受。

我获得大学学位之后，打算做一名报业女士。每日勤勉笃定地坐在《旧金山观察家报》[1]的接待室里，直到终于有一天，把编辑的抗拒心给坐得消失殆尽，我得到一个月的试用机会。

当时有一位同僚，绰号“尤物”的金发美女，她负责“漂亮宝宝竞赛”以及思潮讨论会，那些认为在活动过程中受了不公评价和对待的人，都被送去找她寻求安慰，因为她是那样的柔和而甜蜜。她的身体有着优美的曲线，而我恰恰相反，一时间，我们屋子里的同事称我们二位为“排骨和浓汁”。

那时安妮·劳瑞·博飞丝[2]，东部人称温妮弗莱德·布莱克[3]，是郝氏报业[4]中掷地有声的人物，尤其在旧金山观察家报社内。她有一次对我说：“‘尤物’在报业领域工作很难有所作为，她太漂亮了；我认为你能干得很好，艾格尼斯。”我丝毫不介意她对我美貌的暗示诋毁，因为我是如此陶醉于她那关于我将能成为一名好的报业女子的推想。

那一年，我有生以来第一次填报了个人收入税，而且可能是全美国唯一的一个怀着欣喜之心来做这件事的人。就在我感

① *San Francisco Examiner.*

② Annie Laurie Bonfils.

③ Winifred Black.

④ Hearst newspaper.

到世界都在股掌之间的时候，我被卷入一起暴力事件，并且几乎将我彻底摧毁。那是一个春天的中午，我走出《旧金山观察家报》大楼的旋转门，一个暂时性失去理智的瘾君子迎面而来。他挥舞着一根两尺长的铁管子，像舞着棒球棍一样砸进我的头骨，并重复地敲打我的头部，直到最后被交通警察强行拖走。他没有杀死我，但是在接下来的几年中，很多时候我却希望他的暴行彻底带走我的生命。

法庭审理结束，那人入狱之后，我离开旧金山回到位于威尼斯[①]的家休养复原。这当然不是衣锦荣归，头部受创的一个后果是我部分失忆。当我渐渐开始恢复记忆的时候，却又不得不与这样一个念头挣扎：我正在失去理智和思维能力。严重的头骨破裂带来的结果是，我完全丧失了集中注意力的能力，我的思维像万花筒一样游移，试图抓住一个想法的努力就好像要抓一个肥皂泡一般徒劳。在思无定式、神无定所的这些年中，我懂得了一个道理，快乐并不是我从前认为的那么理所当然。

我想我一定有先天很厚的头骨和坚实的结构，我真的如预期一样复原了，这时父亲把我连同我的哥哥一起送往欧洲。本意是我应当去法国蔚蓝海岸继续修养元气，而我的哥哥，作为一名市政工程师，则有要务在身，他将在整个南欧奔波，劝说阿尔巴尼亚政府修建铁路。但是当我们到达蔚蓝海岸时，我第

① Venice，美国加州威尼斯市。——译者注

一次在受伤以后再次品尝到一点生活的兴味，我拒绝一个人待下来。于是我和哥哥一起游走于南部欧洲，一路上我们遭遇了床上的臭虫、旅居此地的美国人、阿尔巴尼亚佐格国王，以及在地拉那的萝丝·怀尔德·蓝恩[①]。我们开着一辆福特，穿越黑山的山路；驾一艘小船，跨过内陆海、斯库台湖，还被一次地震放逐到亚得里亚海岸边。

回到美国后，我的眼睛又出现了问题，诊断证明是头骨碎裂后遗症。接下来的两年里，我几乎不能用眼，连一页杂志也读不了。那期间，我将精力耗费在没有意义的时装、跳舞上，给人当衣服模特，在一些小戏剧或者电影中充当小角色，或者筹划一些政治公关的噱头；因为在这暂时性的残疾过程中，我无法干任何我想干的事情。医生说，这种暂时残疾只能依靠神经的逐渐恢复和强壮来治愈。唯有我明智的家庭和宽容的朋友，使这一段毫无意义的生活变得可以忍受。

那是我抑郁的初期，在那个高速变化、充满压力的美国，唯一让我心安的是我的家庭，在那里，我的父亲和母亲既是躯体又是灵魂，我从未遇到过任何像他们那样的人。他们向我证明了，爱能够塑造一个人。与他们夫妻关系中所呈现出的高贵和美好相比，我们这一代人对婚姻的抱怨和不满显得着实可悲。他们的爱始终如一，昨天，今天，永远。到我们这一代，结婚

① Rose Wilder Lane（1886—1968），美国记者，小说家，政治理论家，公认的三位美国自由运动之母之一。——译者注

不算完，还得离婚，离了再婚，嫁给彼此的丈夫。那是 1934 年。

这时，一个年轻的英国人来探望我们，他是我哥哥的一位朋友，曾经在美国求学，第一次见到他时我才八岁。他当时就职于大英北婆罗洲政府，此番利用假期前来。在这一次之前，有好几次我们都差一点结了婚，但每次都有我认为更重要的事出现，而将婚事搁浅。然而这一次，1934 年，我们刚一见面，双方便都意识到，没有什么更重要的事能将结婚这件事再推后了。

我们决定立即结婚，看不见也不想看见任何障碍，领取了结婚证，在必需的三日等待期之后完婚。

随后，我有三个月的时间用来准备我的婆罗洲生活。首要的一件事，是得找一个医生给我头部动手术，以防止眼睛以及头部的其他器官再度出现问题。我相信，因为我决意要相信这手术能让我痊愈，它也真的做到了。

03

英国人在北婆罗洲的生活，按我丈夫的描述，与玲玲马戏团[①]所展现的婆罗洲野人生活并不沾边。我决定得多备几套晚礼服，而非丛林装，因为如果只有二十个欧洲妇女在山打根，也就是我们将要生活的地方，那么我们的穿着一定会被注意到。

---

① Barnum and Bailey，全称 Ringling Bros. and Barnum & Bailey Circus，成立于 1871 年，与纽约大苹果马戏团、太阳马戏团合称世界三大马戏团。——译者注

“山打根的英国妇女都穿什么？”我问哈里。

“我没怎么留意过，镶荷叶边的东西吧，我想。”

“我个人不太喜欢荷叶边。”

“哦，女人不是一向都穿荷叶边吗？带几件草地派对的裙子和一些宽边帽子，就有了适合赴总督府茶宴的行头。”

“我戴宽边帽非常难看。”

“唔，在山打根人人都戴那个，再带上些像你身上穿的这样的裙子，我喜欢。”

“这是裙子？！这是睡衣！”

最后，我差不多把全套家当都带上了，因为我怕有可能在婆罗洲根本买不到欧式服装。在接下来的四年零一个季度里，就在这些行头的基础上，我穿了又改，改了又穿，也抄袭也创新。*Vogue*或者《时尚芭莎》这一类的杂志遥不可及，因此在这里，婆罗洲，我们建立了自己的时尚标准，使得妇女相互间以一种理解的眼光来看待这些屡次被焕发出青春的改造服装。

离开美国前，我发现大部分人对婆罗洲一无所知，来自朋友的建议都让我不知所措。尽管没人知道婆罗洲是怎么回事，但是对热带，每个人都有一套自己的见解。有人说不能带丝内衣，因为那在热带会腐烂，后来我自己发现并非如此；又有人建议，得带上很多双长筒丝袜，因为这在远东是买不到的，事后我亲眼见到，美国丝袜在香港买便宜很多，因为美国的经销商受到最低价格保护，而在香港，价格自由并且免税。我还是

带了差不多能装满一个浴缸的长筒丝袜，到现在它们还在，因为在婆罗洲我从未穿过。

朋友还让我带沙滩装和短裤，说在热带，我将靠它们生活，而我找到的答案却是——那不属于保守的山打根。

另外的忠告是，扔掉所有的秋衣和针织衫。然而，每当雨季，我时常心存感激地把自己裹在一件软软的秋衣里面。更有在婆罗洲山区旅行中，我穿着所有的衣服、盖在五床毯子下还瑟瑟发抖的时候，那里固执的潮湿有着非凡的穿透力。

我母亲让我带上她的电暖垫，我取笑了她，但还是带上了，并不指望会有任何用场。可那以后这个垫子走遍了山打根，帮助了好多受坐骨神经痛、风湿病折磨，或其他因潮湿而导致小恙的人们。

林林总总的建议还包括接种各类疫苗：天花、伤寒、霍乱、瘟疫，以及大家可以想到的任何东西。人们还说，最好一次性全部接种。但是当我把清单所列的疫苗全部咨询一遍之后，我所剩的时间其实什么也不能做了，我在没有接种任何疫苗的情况下上了路。现在我还是不会建议别人接种。

一个朋友劝我把盲肠割掉再去那野蛮之地探险，以防万一。我从未被盲肠困扰过，正犹豫间，丈夫替我解决了这个难题。他说我的盲肠得留着，因为在婆罗洲如果盲肠发炎就意味着我们可以为了手术去一趟香港，这对于四年的婆罗洲生活算是小小地度个假。他自己几年前就曾在香港割过盲肠，对那趟旅行至今还很留恋。算盘最终还是落了空，因为不久北婆罗洲的医疗系统就完备起来。

最让朋友们担心的其实是，作为一个白人妇女，如何在那样一个热带地方打发掉那么长的慵懒无聊时日。她们让我做刺绣、十字绣、织毛衣、拼图、绘画，学做钩针地毯，或者学习法语。这些我都喜欢，但是我更可能会在我回家来度假时做，我在婆罗洲的生活，到目前为止，是十分忙碌的。

离开美国的前夜，我整宿没睡，一直在打包。间或我丈夫醒来问我为什么还不上床，答案当然是我们那二十三件行李。第二天上船以后，刚刚离去的海岸线还没从视线里消失，分别之痛便已离我远去。其他乘客显然看不出我们有什么异样，他们不知道，站在他们面前的这两个人是沉浸在怎样的一种幸福之中。我甚至觉得吃惊，也许应该有人指点着我窃窃私语："瞧这人，几年前几乎死去，你看她现在！"

我转向丈夫，对他说："我永远也不会忘掉这一刻，我正在做一件这个世界上我最愿意做的事，和一个我最愿意在一起的人。有的人可能活一辈子也不会享受到这么完美的一刻。"

"但愿你在婆罗洲生活四年以后还会这样想。"丈夫冷静地说。

那几乎是五年前的事了。现在，今天，我还是这么想。

第二章

帝国前哨

01

如果将今天的帝国建设者和维多利亚时代的相比，他们不再是神，而是人。但神已远去，人还活着。

如果我是一个土生土长的英国妻子，接下来的几段我也许不会这么写，不是因为我会被哈里噤声或者威吓，尽管英国丈夫的专制早有公论。我保持沉默另有缘由，首先英国人自身尊奉沉默，我亦不应向陌生人谴责或褒扬我自己的家人。但我是美国人，在北婆罗洲，我同时还是陌生人，这些英国人只是我认识的人，我既可为之辩护，亦可为之夸耀。

现下有大约七十个政府公务人员。这些人在吉卜林[1]笔下被称作帝国建设者，泥土、鲜血、勇气、穿过的靴子，每一页都混合着这些白种男人身上承受的重负，每一行都在诉说一个古老的传统，而每一个校服的领结都标志了一个躯体长眠的所在。如今，那些吉卜林诗行里身躯伟岸的男人已不再，也没有第二个诗人找到新的词汇将我们的丈夫也变作英雄，他们是活在我们眼前的英雄。彼时的帝国建设者，今天我们称作“血统簿里的人”，到血统簿中去查找吧，找他们的姓名、年龄、学历、服役年份、工资、津贴，以及阶层。

① Joseph Rudyard Kipling，维多利亚时代英国短篇小说作家，诗人，以描写不列颠王国前哨的士兵和开拓者著称。——译者注

四年来，我们不断地在增进了解。到现在我们彼此熟知，我发自肺腑地认为，这一群人言出必行，有超过常人的能力和意志，他们良善、友好的品行将让我铭记终生。

我弱小的声音不可能说出维多利亚女王那样的铿锵："让帝国建起来吧！"

那么，接下来，赴汤蹈火也要让它建起来；我狂放的心里升起另一句话："让帝国灭亡吧！"那么，接下来，赴汤蹈火也让它灭亡。多么愚蠢的我啊，如何能涉及帝国这样高深的理论。

但是，如果帝国真的需要被建起来，那么我相信，这些身在北婆罗洲的英人，这些和我一起笑、一起爱、一起生活、一起快乐的英人，能将帝国精彩地建立起来。

来自世界各地的记者时常从山打根路过，他们很少停驻，因为路过就够了。统共十七英里铺设好的公路，用三刻钟就能开完全程，途中还能看一眼高尔夫俱乐部、贫困院、无线电台，以及农业站。路的一端便是丛林，这个丛林从那些从未进去过的人嘴里描述出来，可能会更加充满神秘和浪漫的色彩。路的另一端是山打根俱乐部，单身汉通常住在那儿，他们最善于讲大象的故事。本地特色，大英帝国前哨的社会气氛，这些从毛姆和吉卜林笔下都可看到，所以一个周末下来，就什么都有了。

北婆罗洲特殊的政府形式总是让匆匆而过的旅行家们兴奋不已。由一个渣打公司指派人员、在帝国皇冠的保护伞下施政一个地方的事实，似乎在暗示他们，这里的行政人员就像商店里打卡上班的店员一样，只是没有店员的分红利润。渣打公司的股东常常被描绘成一群专门收集优惠券的人，并以此与野人进行灵肉交换，以获取百分之二的红利。

有一名作者曾将北婆罗洲描述为“一个没有十诫的地方”，并且将这一亵渎的属性归罪于“这个国家邪恶的管辖者”，作者用了两章篇幅以及具有相当感情色彩的笔触描述了北婆罗洲“令人震惊”的情形。该书出版几个月即被出版商悉数召回，同时为其“严重的诽谤性和不真实陈述”向大英北婆罗洲公司公开致歉。

还有些针对大型野生动物的狩猎经历，虽不至于像这位作者描述的那么糟糕，却也值得一提。其中一名勇士回忆，他曾经在斗湖[①]一家住宅的前花园里射杀了一头犀牛。他说，是这家主人请他去猎杀的，却因为他没有猎犀牛的执照，最终把猎物给没收了。这一举动极大地激怒了这名勇士，他险些就射杀了这家人，要不是因为他没有狩猎居民的执照的话，没准他就真这么干了。北婆罗洲的人都清楚地记得这名强悍的贵宾，正式档案中也有一些他的记录，但是没有一个人能回忆起他猎杀犀牛的英勇场面。

另一名作者描述了一个精瘦但具有钢铁意志的年轻英国人猎象的经历。据叙述，猎人追赶着一头狡猾的大象，最终通过

① Tawau，北婆罗洲东南沿海城镇。次于哥打京那巴鲁和山打根之后的第三大城市。——译者注

它的耳朵射穿头部。而这名年轻的英国人本人对我发誓，说他射中的是尾巴，因为大象正在逃跑。不知是不是因为作者被大象身体首尾的一些相似点给弄糊涂了。

在这些荒诞大胆的婆罗洲冒险故事中，似乎探险者们人人都经历了最精彩刺激的场面，完全无须加工即能成书。事实上在这里，在我们能够想象到的最原始的丛林背景下，有要么凶残要么温顺的土著，有纠葛缠绕、生生不息的藤蔓默默注视着来访者，似乎随时要吞噬你的样子。也是在这里，我们生活在迷人的宁静而安全的氛围中，社交生活之正式，之愉悦，之略微古板，都如一套漂亮茶具上的图案，一成不变，这就是生活在山打根的欧洲人家的生活。

走出几英里，也许你就有可能在路上见到大象，大猩猩和长臂猿也可能就在丛林里距你一步之遥，鳄鱼就在海关码头被活捉；可是，下午四点，毫无悬念地，我们在喝下午茶。

于是，正如乡土习俗不可避免地影响到我们，背景和场面也都不可避免地显得奇怪，山打根被描述为格劳斯塔克[①]一样的浪漫之乡，像一幕轻喜剧。这里有勋章和制服，有枪和军礼，也有插了羽毛的帽子，有歌声，有舞蹈，有土著酋长。有菲律宾苏鲁克人[②]、巴夭族人、杜逊人，穆鲁特人，有阿訇，有华人

---

① Graustark，美国作家乔治·麦卡琴（George Barr McCutcheon）小说中的虚拟山区，位于东欧的一处大约两千平方公里的地方，多次出现在他的作品中。——译者注

② Suluks.

和日本人，有婆罗洲异教徒部落，甚至山打根的卖笑女子，一起在总督府的草地上喝茶，吃蛋糕，庆祝不列颠国王的加冕，我相信没有小说能够将这样一个无种族王国的场面描绘出来。

02

我初到婆罗洲，住进了我丈夫单身汉时的住处。这座平房不大，养护得很好，很热。它四周高竹掩映，在单身汉中间颇为吃香。同时也因为这高竹环抱的私密，导致了它的潮热，而从来不受太太们的青睐，因为是她们，将会在这潮热中度过每一天中大部分的光阴。

我丈夫满不在乎地许诺，这房子随便我折腾改造，我便也没有客气。打掉了隔断墙，随处悬挂的衣服进了衣帽间，武器归置到了墙角，带流苏的灯罩消失了。结果令我非常满意，在这个过程中，他也展示出让人敬佩的自我控制力，信守了承诺，我们似乎就这么安顿了下来。可就在这时，听说有一座山上的政府公屋要空出来，而住在山顶是我一直以来的梦想。

那家将要搬离的人邀请我们上去看房。当我们坐下来，从打开的房门看出去，远处的山打根码头掩映在暗色的红树林中，这一画面成为我们整个世界的背景。那一刻我知道，这正是我想要生活的地方。

在我们讨论搬家的可能性的过程中，我不断地收到各种提醒：关于山顶上风的猛烈，关于那所房子的年久失修，关于我们现在居所的牢固现状、漂亮的粉刷，关于山顶花园里贫瘠的土壤、花儿从不开花的事实，最为严重的是，在山顶很难有足够的水压冲洗马桶。

几乎让我却步的是最后这一条，只有在两种条件下都生活过的人，才会懂得珍惜有上下水管道的宝贵。最终，我仍然决定，不因没有抽水马桶，而与这个婆罗洲最优雅的山顶擦肩而过。

第一件事，得说服我丈夫。他是说过，他希望我能得到我所想要的一切，但是……我们现在这个房子刚刚粉刷过，隔断墙也刚按我的意思拆除，上下水都刚安装妥当，花园繁花似锦，而且这个房子他单身住了这么久，够大，够凉快，够通风。

可涉及搬家这件事，女人通常很执着。最后是我的丈夫被说服了，政府分房的部门被说服了，那些认为我犯傻的朋友也都被说服了。

这一天终于来了，困难重重，完全超出我的估计。那些家居用品，平日里看不见的脆弱全都无可掩饰地暴露出来。拆床时，它自己就散了架，变成消化好了第一步的白蚁口粮；柜子从墙边搬开时才发现原来没有背板；在墙角交叉着腿，站得稳稳当当的桌子也一推就翻。整个这间屋子完全像一尊过江的泥菩萨，唯有马汀·约翰逊的冰箱站在那儿，冰冷而充满效率，像人类征服腐朽的一座丰碑。当十个中国苦力妇女滚动着推它上山时，我跟在后面为它骄傲无比。

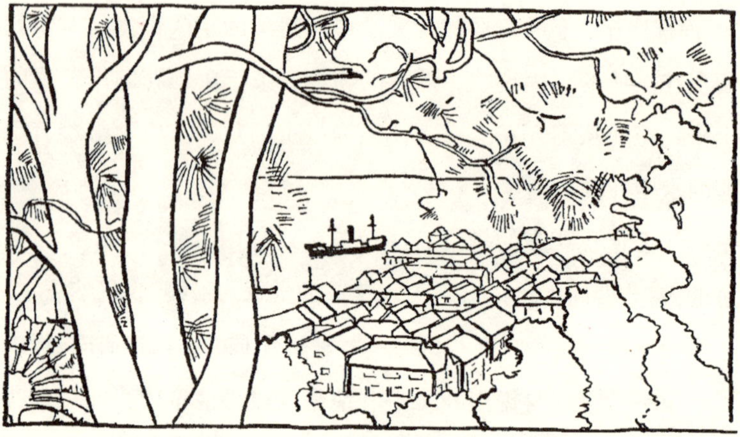

当家具七零八落对付着在新家安装起来，当狗找到了新的长椅，长臂猿在新的树上安了家，大猩猩也有了新的秋千，我站在现在属于我们的山顶上看下去，看山打根湾。

山打根码头躺在我的脚下。清晨，湾里的水一动不动，平坦湛蓝，像明信片上的图画。唐人街的屋顶在阳光下红得耀眼，海岸边长满了树的悬崖又是那样的绿，更远处的丛林是一片更深、更暗的绿。海岸线上的椰子树小心翼翼地进入视野。分散在海里的蘑菇岛，那么小，那么完美，我似乎可以抓起一个直接寄回家，标注为“来自婆罗洲的问候”。

土著船随风漂着，一任彩色的帆将它们抛在水中；汽艇在蓝色的水平面上划出一个个苍白的扇贝状涟漪，推动着附近华人的垃圾在水面不停地晃着。只有那艘香港汽轮停在那儿，谨慎而优雅，在气窗的位置，是一件华丽的绯红色胸衣。

自此，我们在这所房子里住了下来。它有温和的性子，却又有过分慵懒随意的姿态。每一个冬天它都破败一成，东北季风从苏禄海吹来，穿越五英里的丛林而来，刮起树林里最潮湿的空气向我们抛掷，直到房子的墙裙旋转而上，兴奋地尖叫。而当西南季风从湾区席卷黑云而上，这座可怜的房子却又没有一处不在雨水中浸泡。

可一旦阳光来临，它蒸发流汗，毛孔伸展舒张，很快便又活力四射。这时我想起了故乡家里那些规矩森严令人生畏的房子：双扇门，严丝合缝的窗户，高效运转的散热通风装置，装了瓷砖的浴室，墙上没有能让烈日暴风长驱直入的裂缝，没有神龛，没有裸露的房梁让蜥蜴在上面睡觉，椽上也没有任何地方供麝猫乔治栖息——完全是一个需要小心侍奉的君主。

我最近读到一篇记者谈论热带的文章，说他已经无法再忍受蓝天下盛开的三角梅的景象，哪怕多看一眼也不行。我对记者可能会有这种感受，却从来不会对三角梅无法忍受。我家门窗整日大开，就是为了迎接盛放中的三角梅的艳丽，为了去拥抱、去呼吸那样的热烈和丰饶，那深沉而强烈的气息和那慵懒俏皮的凋萎。

皇家苏禄染布挂在门上，明黄色、樱桃色和紫色，被风一吹，融进花园的缤纷中，吸满了那儿的颜色，再被刮进来，好像呼吸急促，令人兴奋。花园里，金雨树成串的黄花，九重葛的粉红和金棕，非洲郁金香的红唇，凤凰木花瓣的火红，鸡蛋花神秘而难以捕捉的香气，克南加柚木树以及金露花，让我目不暇接。这个花园才是我们唯一的装饰品，只有它能够不惧蚊蝇恶虫，不惧烈日暴雨，热情生长。

我们曾经有过一张非常讲究的上海草编地毯，它大到将整个客厅那些开始碎裂的水泥地面全部盖住。刚买回来，账单还未付清，白蚁已经从地面的裂缝中钻出来，从一角吃到另一角，不停地吃，不停地消化，从早八点到晚八点，终于销蚀掉整张地毯。那一刻，我想起总督府里那位刚从英国来的保姆的话："整个婆罗洲什么也不是，就是一座蚁山。"

然后，大雨降临……

雨从四面八方进到室内，门、窗以及没有遮盖的走廊都是雨水的通道，地毯、桌子、台灯、椅子四散飘零，该关的都关上了，可是房顶到墙顶之间用来通风的部分我们无能为力，只有一任雨水刮进。

卧室里，生着炭火的铜炉在烤着床单，独自在床底下熠熠生辉。衣柜里，我的鞋是湿的，衣架上的衣服萎靡沮丧，木塞瓶里的止咳糖浆融化得黏黏糊糊，书桌上的信封已经自己粘上。

山打根码头消失了，蒸发了，我们的山顶小屋独自在暴雨中飘摇，只有一个地方可以舒服地待着，那里是唯一一间保持干燥的屋子，放着我们所有的书，铜炉里点着火。

“今年的雨是不是特别多？”

“不，从九月到来年三月，年年如此。”

“兴许今年的雨量是创纪录的呢。”我每个雨季总是抱定这个想法。

“别傻了，我们的年降雨量才 100 英寸，再说了，我们的花园也需要雨水。”

“在年降雨量 100 英寸的情况下，我们得住在一个不漏雨的屋子里才是。”

“所有修建时考虑了凉快因素的屋子都得漏雨。”

这间书房建在楼上那间多出来的卧室里，密封的墙壁，装了纱窗和纱门，蟑螂、泥蜂、蠹虫以及书蛀虫在这里绝对见不到。晚上点灯以后，也只有在这里，才能免受飞蚁、甲壳虫、蚊子、蝉子的欺凌。

这个房间似乎积聚了一些经年以来所释放出的意志的能量，每每进去，都能让你感到愉悦。不仅体现在它是个工作的好地方，而是哪怕你在等待给浴缸放水，晚餐前更衣，甚至等着用人备早餐那些零碎的时间里，你也愿意在那儿短暂停留，继续一点上次没做完的事。

卧室是家里第二重要的地方。我们的床好像一艘被海潮推到沙滩上的船，立在屋子中央，其他家具则被冲刷到了房间的外围倚墙而立再也刮不到一点风的地方。那床是我们做的，自然深受喜爱。六尺长六尺宽，采用厚重的婆罗洲木材，照我们

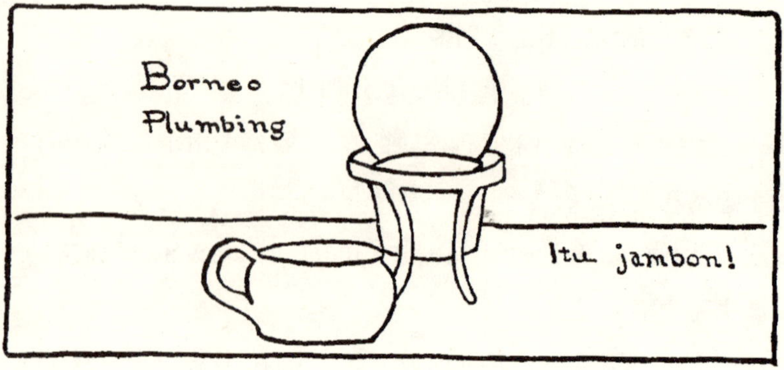

画好的图样做成。为图凉快，木头床板上放着一张硬床垫。我起初很讨厌这样的床，痛苦地想象着我将在以后的四年里在这个硬床上度过一个又一个不眠之夜，在酷热中喘着气，一边盼着回家度假，一边质疑自己为什么要离开美国。

气候就是这样：起初无法忍受，渐渐地开始忽略，然后变得舒服起来，等你要离开时，已经能感受到它的清凉。祖母总是对我说，我们改变不了气候，可我那时想，我们不是住在加州吗？我们也不需要改变气候呀。

无论怎样，我们还是很快就适应了这热带地区最明显、最主要的特征：热。关于山打根的气候，最糟糕的莫过于它从未清爽过，那热而潮的空气是细菌的天堂，这里的细菌似乎获得了永生，在人中间传递，像来访的穷亲戚，像感冒，像流行病，再加上蚊子的传播，各种热病十分普遍。但是在这里，不会被汽车撞，也不会在人群中被挤死，或者被警察揍一顿，或者从摩天大楼上摔下来，这么一对比，就算扯平了吧。

沐浴时，我喜欢站在一扇打开的窗户前，望出去，越过高高的一片竹林，穿过山腰上那一排欧洲人的住宅，跨过丛林，远处是蓝色的地平线，那是苏禄海。那儿有一个小岛，看上去像一只在水里游泳的狗，头冒出水面，岛的名字叫龟山，属于菲律宾群岛。丈夫告诉我，那岛和美国一丁点儿关系也没有，可是我每每望着它，心里总有一丝乡愁隐隐升起。

卫生间内部的风景便没那么美妙了，侧面墙上有一个水龙头，加上一个小的铁皮澡盆，这里正确的洗澡方式是站在地上，从澡盆里蘸水出来浇到身上。可我觉得什么也无法代替泡在澡盆里读书的享受，哪怕只有臀部放进了澡盆，腿挂在盆边，我也不舍得放弃。水泥地面向一侧倾斜，通向角落里一个没有盖的下水口，地面永远是湿的。

浴室的一角有个小隔间装了马桶，在婆罗洲叫 W.C.。这在当时是个很值得谈论的话题，因为 W.C. 还不是人人都有的设备，因而具备值得一提的豪华价值，就像空调或者室外泳池一样。谈论 W.C.，好些年在婆罗洲一直是个无伤大雅的话题，人们往往还喜欢回忆过去那房子里没有装水管的日子，每一滴水都是由监狱中的犯人从山下的井里挑上来的。对我来说，那样的日子其实并不久远，我们的 W.C. 也才一年，而整个北婆罗洲除了山打根和杰士屯外，仍然没有市政供水系统。

03

很快我发现，家里需要五个用人来料理我们夫妇的日常生活。我们人丁增加的同时，也减少了山打根的待业人口。家里通常有两个中国女佣，阿鲁萨普——家里的男佣，一个本地穆鲁特小男孩，一个爪哇园丁，三个到一打的混种暹罗猫，一条狗，两只长臂猿，以及时来时往的一只大猩猩和另一些丛林动物，再加上我和我的丈夫。

所有人的食物都在伙房里准备，在我们正房边上，相隔不远。它一半的面积上站着一个水泥台子，功能像一只烧柴的炉灶。这个灶台上长期烹煮着鱼头、牛肚、泡过的鱿鱼、刺鼻的野猪肉、鹿肉；旁边，与之共享同一个灶台的另一个锅，风味大逊，是给我和哈里做饭用的。另有一口巨大的铁盆，永远冒着水蒸气，那是备用的洗澡水，另外两只小一些的是咕嘟着的饮用水。

我曾经自己在灶台上烹煮过，这句话从字面上看也千真万确，我的确被“煮”得比食物还熟。我煎过鸡蛋饼、奶油鸡蛋酥饼，还烤过蛋糕，都很不错，只是我自己太狼狈，后来我就仅限于做凉的甜点，或者给些指点。

最令我惊讶的是面包，听装面粉用听装干酵母发酵，揉面的是一个中国女孩儿，在她学着做面包之前，自己从没吃过任何面包。那烤箱更是会让家乡的任何一个厨师嗤之以鼻。享用时搭配冷冻黄油，但这样的面包却是我吃过的最好的面包。

灶台的下半部分被暹罗猫威姆布什占用，专门留给她的小猫；也被混血暹罗猫托马斯用来享受它奢侈淫艳的生活；灶台后面放着一些青涩的芒果，这样可以熟得快一些，还有瓶瓶罐罐的调料、香料，以及哈里收集的动物头骨。

从我们正屋沿坑洼不平的路下行大约五十码，是后房，这里住着华人女佣和阿鲁萨普。第一间是阿金的房间，这间房把角，有两扇窗户，一个衣柜堵住了其中一扇窗户，另一扇上则钉着木百叶窗。阿金房里有一个很大的熨衣板——这代表了她的工作重心，以及一个小折叠床。以我对阿金的认识，我总是会想象她在熨衣板上睡觉、在床上熨衣的情形。

阿银的房间是一个废弃物收容所，粉色花朵图案的地垫，梳妆台上花哨的礼帽，打碎了的镜子，空的瓷罐，被狗咬破的布裙，掉了色的印花布窗帘，画着吴尔沃思大楼的贝壳，以及散发着气味的老木衣柜，这些是我们扔掉的东西，后来都到了阿银的房间。木衣柜不臭了，空瓷罐插上了花，吴尔沃思大楼里放着针头。

阿鲁萨普的房间是最后一个，主人显然来自一个本地部落，这个部落的人习惯了住在至简的房舍中，不到屋顶垮下来他们不会搬走。阿鲁萨普房间的一面墙上挂着一幅大相片，相片里的他穿着相馆的西装，摆着姿势。光看照片上这个穿着时髦的大翻领上衣、戴着条纹领带的他，谁也不会想到他是穆鲁特酋长门萨冷的弟弟，他光着身子的照片印在明信片上，被旅游者寄回家，向亲朋展示最原始、野蛮的婆罗洲。

紧挨着阿鲁萨普的睡垫，睡着家里年纪最小也最没用的乌斯特，他的眼睛总是好像被胶粘住了一样闭着，软软的嘴却始终张开，只有睡觉的时候，像所有小男孩那样沉沉睡去的时候，嘴才合上。

最后一间和阿鲁萨普的房间连着，是穆鲁特人来访山打根时的住所。英王加冕周，这里住了六个人。

我们自己的生活空间，连同家具用品都由政府提供，并且归公共事务部（PWD）负责维修养护。像所有的房东和房客一样，我们和 PWD 的观点总是不同。它们的家具激起我不可遏制的、想要给它们动手术的冲动，那些家具腿、花哨的背板、华丽的扶手、难以忍受的装饰缺陷……通通被我像施行外科手术一样地进行了处理。

我们也有些自己的家具，是依照我们的设计，用婆罗洲木材做成的。一件真正属于自己的家具。总有这样一个奇妙美好的过程：起初，它是你房外树林里的一棵树，以及你画在纸上的一幅图；接着是木锯将原木改成木材；当它变成一块光滑的木板时，你告诉中国工匠要怎么做；现在便是我们眼前这张华丽无瑕的长餐桌。

好像只是长长地舒了口气，白天便不知不觉变成了夜晚。锚链在海里撞击，城里有钟敲响，木屐在路上踢踏，各种声音依稀传来。阿鲁萨普在这个时候轻手轻脚地端上我们的晚餐，小男孩举着的碗岌岌可危，他的眼睛一直看着我们，根本不留意他手里端的东西。翠玉的高脚杯在桌上闪耀，粉色的木槿漂浮在青瓷大碗里，蜡烛在胖胖的鱼形烛台上燃烧得像黄玉色的眼睛，高大的马来式落地灯立在我丈夫身后，在他头顶闪烁。桌下，他的光脚轻轻地碰着我的。黄昏藏住的一切，这时，在这和平安静的夜晚，烛光将它们又都照亮了。

04

到达山打根之前，哈里向我提起过阿鲁萨普，那个跟了他十年的穆鲁特男孩。哈里警告我，结婚以后阿鲁萨普不见得会继续跟着我们，因为大家都知道新驾临的太太们会用新官上任三把火的热情来整治原本混乱不堪的单身汉家政，而且对本地用人们通常寄予过高的期望，以为他们会勤奋工作。而“勤奋”恰好是大自然赋予本地人性格中最少的一点，他们只选择自己喜欢的雇主，一旦这份工做得不开心，他们立即“辞职”回乡，和亲戚家人一起生活。

在山打根码头欢迎我们的人群中，哈里指给我认的第一张脸便是阿鲁萨普。他友好地笑着，手里抱着一个很大很老的陶瓷罐，那是他从村里带来送给我们的结婚礼物。他将礼物递到哈里手里，罐里有一张便条，用马来语写的。条上说：

您好，先生，

我知道先生喜欢古老而有价值的物件，比如这个罐子。但是太太我就不知道了，如果她不喜欢这个罐子，请把它还给我，因为我很喜欢它。

阿鲁萨普

我非常喜欢那个罐子，后来一直放在一个显要的位置。

打我第一次在山打根码头见到他，以后的这些年中，阿鲁萨普辞职过很多次，但没有哪一次真打算走。很快他就发现，我并没有要实施整治家纲的新政，也从不指望他会多勤奋地工作。尽管我是多么希望他能勤奋一些，但我是一个面对现实和接受现实的人。同时，我也觉得阿鲁萨普是婆罗洲赐予我们的礼物，我们私人资助他——作为一个正在消亡的、纯穆鲁特部落的幸存代表。

每次我不知道他在哪儿的时候，就会去储藏室找，他通常都静静地坐在那儿，抽着黑色的杜逊烟叶。即便他总是这样，抽着烟什么也不做，对我们来说，也值得。阿鲁萨普既是孩子，又是父母，既是哲人还是朋友，但绝不是一个好的家用男仆。

阿银是我们的头号女佣，公认的无价之宝。在婆罗洲的中国阿妈中间，她像一颗嵌在淤泥里的珍珠，年轻、漂亮，收拾得一丝不苟，脸上只有两种表情，要么愉快地面带笑意，要么伤心地抽泣。一个平静淡漠的东方人。

我们第一次见到她，是在香港。那时她在我丈夫的朋友家里工作，问她是否愿意和我们一起去婆罗洲，她说愿意，但是得先回一趟广东，去向她的父母告别，于是她去了。那次告别，现在看来，便是永别。她父母居住的那个广东小村子，后来被日本人摧毁，我们发电报去询问消息，一直没有回音。

见面后一个月，她随我们一起，从香港来到山打根。到家时，她送给我一份包装精美的礼物，上面有她请人代写的英文祝词：“恭祝凯斯先生、太太新婚快乐。”里边包着一条女式的真丝灯笼裤。

从香港来的船上，阿银很快认识了一些很有用的人。其中一个是船上的厨房管家，那以后，每当轮船停靠在山打根码头，我们总能从轮船的储藏室里买到香港的蔬菜和肉类。

在东方国家，女性与欧洲妇女的接触很多时候流于泛泛，我和阿银的关系便显得弥足珍贵。我希望她能多讲马来语，这样我可以实践一下我的词汇；而她却总愿意讲英语，这样她可以练习她的英文词汇。最后我们的对话变得只有我们自己能懂，嘴边溜出的词语已经不重要，我们似乎灵犀相通。

阿银十分有女人味，有心计，能屈能伸，又很坚强，几乎无可挑剔。什么活计到她手里都变得优雅，假她之手出来的任何工作，都能看出其中的匠心。家里的大小事务，没有任何人能比她考虑得更周到，或者做得更完美，事无巨细，通通严格要求。

重要性上远次于阿银的，是我们的二号女佣，广东来的阿金，人称大象腿。如果你听见门砰砰作响，楼梯吱呀，房间摇晃，靸着拖鞋噼里啪啦，来者一定是这位“走路无声的东方人”。阿银有次向我评论阿金说：“我认为阿金不是很聪明，仅仅是个好人而已。”

阿金两年前收到她的朋友阿银的来信，便离开广东来到山打根。信里描述了此地的繁荣和中国人在这里填得饱饱的肚子。阿金也许的确不算聪明，但是她却足够机灵，接到信后，立即赶上头一班汽轮来到婆罗洲，占据了我家洗衣女佣的职位。阿银在允许她来见我之前，先教了她几句英文问候语“早上好，小姐”和“晚安，小姐”。见到我，阿金乖乖地把这两句话同时说在了一个句子里：“早上好—小姐—晚安—小姐。”那是她两年前学会的话，那以后再也没学会别的。

只有一件事，阿金能做得比谁都好。她蹲在大盆边，乌黑油亮的辫子挂在腰际，一边哼着小曲，胳膊一边使劲在水里搓动，小声笑着，耸耸鼻子，打打嗝，不时咂一口烟，直到最脏的衣服变得无瑕如新。然后，她穿着内裤，光腿站在熨衣板边，已经松散的辫子拍打着她的臀部，她就这样把所有的衣服都熨得服服帖帖。

每当阿金干家务冒失闯祸时，阿银都会口气十分严厉地用中文训斥她，那时阿银瘦瘦的肩胛骨生气地冒出来。可五分钟以后，阿金用大辫子擦干脸上的眼泪，又嘻嘻哈哈地要么一脚踩到猫身上，要么失手滑掉手里的保温水壶，要么端着茶从楼梯上摔下来。

阿银用她敏捷的反应、精明的头脑打点着她和阿金两个人的生活和前途。她帮阿金往银行里存钱，给她出主意，带她去看牙医，给她缝衣服。不久前，我们伤心地发现，她把阿金的辫子给剪了，那辫子是阿金身上唯一的漂亮所在。阿银说，阿金用了太多时间去辫那个辫子。

工资表上还有一个人，小男孩乌斯特，两个婆罗洲土著的后代。我也不知道如何说明，我们为什么要雇用乌斯特，或者他的工作职责究竟是什么。一个职责，比如说，欢快地用甜美的婴儿嗓音放声大笑；再有，两只小光脚丫分开站着，含混不清地吹吹口哨；或者纵声大哭等你去安慰。我想，最初我们留下乌斯特，是因为我们有条狗，既然有狗，一定得要个小男孩一起玩儿。今天下午，我知道乌斯特在山打根足球场有活动要参加，可能回来喝茶，也可能吃晚饭，或者他什么时候空了再回来。

在花园里干活的是一个穆斯林，叫胡森，家里养了两个老婆。他之前的园丁阿曼特，有三个老婆，其中一个和他离了三次婚，又再嫁给他三次。这些肥沃土地上强壮的男人。

在讲完前面所说的这五个人后，我脑子里浮现出曾雇用过的那些中国厨子，他们穿着白色外衣，中式长裤，在我眼前一一走过。

05

我在山打根与中国厨子打交道的经历始于林升，他是个对付美国人的专家。我知道在他脑子里，美国人有两个特点：一是我们跟用人握手；二是当我们被算计时，还通常不知情。他这些关于美国人的认知，是认识我之前很久在菲律宾群岛就建立起来的。他高估了自己对美国人的判断，尤其是在轻信程度上，以至于最后不得不悄无声息地立即从马尼拉消失，几乎与我同一时间抵达山打根。

他听说有个美国人来了，就匆忙赶来与我握手，同时申请工作。我丈夫之前从来没在家里用过讲英文的用人，这本来违背了他的原则，可林升却成功地向我们推销了他自己。这主要归功于他能够操作电冰箱，同时也恰恰因为他会讲英文，那时我一点马来语都不会。

也奇怪了，林升确实也会做饭，这证明我们的判断有时就是偏见，所以答应了他预支工资的要求，这样他能将老婆和五个孩子从菲律宾接来。他们来了，孩子们看上去很体面；胃口很好，林升也有求必应。林家七口在这里过着很好的日子，吃着厨房里最好的供应，麦乳精、婴儿奶粉、冷冻黄油、听装全麦面粉、名牌牛肉汁、可可粉、咖啡、茶、糖，都从我们的储藏架上源源不断地溜走。剩饭剩菜或者已经打开的听装食品，消失了可以被原谅，可我无法忍受的是，他篡改未开封听装食品的数量，后来我听说他把这些拿回店里去卖了换取现金，林宝宝们也越发地粉嫩圆胖。我那时在学习马来语，很少有心思去想这些家务，只要不对我造成侵犯，我也乐得少操些心。但当我偶尔停下来想想，又怀疑我和哈里究竟能容忍这样消失掉多少听装食品。

阿银一直在关注，并且采取了行动。她审查了家里的整个食品供应环节，也打开盖子检查了林家孩子搬走的藤筐子，最终的结果是，我们把厨房的储藏室加了锁，并且从此以写便条给各商店小贩的形式，取代了林升自己去采购。另外我还暗自决定，等林升再偿还一些他欠我们的债务，就请他走。

可林升猜出我的用意，他在工资领取和偿还比例上调度，精明地始终保持了可观的债务。看在他养家糊口的状况，我也做不到太严厉。

终于，我再一次意识到，我们和林升的雇用关系中，受益的只有一方。我因此解除了他的债务，让他离开。

他让我给他写封推荐信。我也不愿看到他失业，他毕竟有一家人要养活；但我也犹豫这信该怎么写，最后我写道："这个人能烹饪。"仅此。这是我写过的唯一一封在其中提及烹饪的厨子推荐信。

后来用的几个厨子还算差强人意，稍许的不诚实也都在可以容忍的范围内。我教会了他们几道特殊的菜，另一些不指望能学会的，我就放弃不吃。要是按我的意思，他们中的随便哪个，其实都可以留下，我学会了达观地看待厨子占便宜这件事。只要不太过分，我宁可假装不知道。可阿银眼里似乎容不得沙子，对于我们被欺骗，她比我还不能忍受。她一直忠诚地坚持揭穿所有大大小小的欺骗行为，直到最后不得不以最惨烈的结局收场。

后来，来了一个模样颇让人尊敬的人，钱玉。当我验证了他确实不讨人嫌，榨油水也不太明显以后，决定让他留下。可阿银不这么想，一天早上她来找我，一向笑眯眯的她，此时一脸愤怒，说出来的话更是给这平静的一天注入了一针毒液。

“厨师不好，他不卫生，不诚实，做饭不好，还欺骗小姐您，偷食物。我告诉他，不行，他说，没关系，小姐有钱。我告诉他，你住手，他就说他要给我找麻烦。如果这个厨师在这儿，我就不干了。我很喜欢小姐，如果有一天先生没钱了，没关系，我不要钱也可以工作。但是如果这个厨师在，我绝不留下。下一班香港的轮船来我就走。”①

“可是阿银，我已经很多次让厨师走了，都是因为阿银说不好，我不能再这样了。如果钱玉走了，谁给我做饭？再来个厨师，会不会有更多麻烦？”

---

① 这段话，作者模拟了阿银幼稚不连贯的英文。——译者注

“我觉得你最好用伯顿先生家的厨师，阿朴。”

“我不能偷走别人家的厨师啊。”

“阿朴想来，伯顿先生有好几个女人，整天叫阿朴做这做那。只有一个太太的家，更好，我去让阿朴来。”

“不行，阿银！如果我偷走别人家的厨师，这祸惹大了。”

“小姐不偷，让我来做。”

我知道让一个用人来做主家里人员的雇用，很令人费解，但我的确依赖于阿银的独裁，这比那谁说了都不算的民主要高效得多，当然也因为我实在很喜欢阿银。我很明白，即便我任由她去将阿朴撬来我家，他们这么近的工作关系迟早会葬送他们的友谊。

“没关系，阿银，让我来和厨师谈谈，大家都可以高高兴兴在这里干活。”

“不行的，小姐。这个厨师在市场上说阿银是个坏女人。”

这是我所熟知的底线，当厨师在市场上向女佣脸上抹黑的时候，这个危机就到底了，任何亲善调解都毫无意义。

“我今晚跟先生讲。”这是我最后脱身的绝招，让我可以躲进一个事实上只有我自己的决策团体，最终给出一个更有分量的裁决：“先生说……”

那晚，我和哈里说：“如果我一直不断地雇用、解雇，直到找到一个诚实的厨师，可能会穷极一生，但同时我也得维持家里的安宁，我该怎么办？”

“如果阿银与任何厨师都合不来，你就告诉她，让她来做饭好了。”就这么轻而易举地，哈里把问题解决了。

第二天早上，我将先生的决定告诉了阿银，我会给钱玉一个月时间，然后她就来充任厨师。她说她不知道怎么像山打根的其他厨子一样做饭，我说这是个优点，她看上去有点蒙了。我当时就知道，她肯定会去请教她的朋友们，这个职业的转变究竟意味着什么，又预示着什么。三天以后，她很高兴地来找我：“我觉得我做厨师会很好，他们都说这工作女佣也能做。”

“很好，那么一个月以后，厨师就走。”我说道，“这样，阿金负责全部的洗衣和楼上的活，阿鲁萨普负责楼下，阿银做饭。厨师走了，我会给留下的人涨工资，但是你告诉阿金，她现在必须开始学讲马来语。”

那天，我告诉钱玉他不得不离开时，他似乎已经预感到阿银的决定。鉴于他很平静地接受了解雇通知，我给他写了一封很不错的推荐信，描述了一些他的好品质，比如干净、好学、少语、冷静有节。这是有史以来最平静的一次解雇厨师，他离去时带走了打蛋器、雕花刀、最好的几个搪瓷锅，不过这些都可以算作离职厨师的合法小费。

阿银从此巩固了自己在伙房的权威地位，并挣上了她击败的对手钱玉的工资，那数目对一个中国女佣来说是天文数字。而她也及时地让我们家的伙食达到了历史上的最高水准。

阿银和阿朴，邻居家那个友好的厨师，很快开始在市场采购方面合作，渐渐地控制了市场上新鲜食品的供应。他们和肉铺建立了垄断约定，每当有阉牛被宰杀时，得把最好的部位留给他们。他们买下很大一块包含了“甜肉”和牛排的部分，然后把最好的那部分留在他们主人的冰箱里，把剩下的再卖给其他的厨师。

新厨当政后的第一个发薪日过不多久，家里像流行病一样地出现了很多金牙。阿银带着阿金一起去了一趟华人牙医所，回来时，两人嘴里大部分的牙都闪着金光。阿鲁萨普更是大手笔地给露出来的所有牙齿都戴上了金冠。我问阿银，是什么原因导致了这么盛大的牙科事件，她说：“现在钱够了，我们可以像有钱人一样镶金牙了。如果先生也镶上就好了。”

来婆罗洲之前，扫除日对我来说，需要同时准备精神上和体力上的勇气方能胜任，但在山打根的家里，脑体两部分的紧张都快乐地移交给了他人。现在，阿银负责提供决策，阿鲁萨普和阿金来实施，我远远地待着，不妨碍他们即可。也并不是所有山打根的家庭都这么做，治家有方的主妇们星期一打扫楼下，星期二楼上，星期三擦铜器，星期四洗窗帘，星期五擦地板，星期六清理相框背后，星期日盘点食品饮料，给狗洗澡。这个方法固然很好，可我的也不错。

阿鲁萨普在我丈夫的书桌上放了这么一封信。

尊敬的先生，

我知道先生不喜欢借钱给仆人们，我希望先生不要生我的气，我只想向您借五元钱，寄回我们坡村，给我妻子库塔。我答应过她，第七个月给她寄五元钱，第八个月给她寄五元钱，这个月，第九个月再给她寄五元钱。我没能做到，因为太太还没有发第七个月、第八个月，以及第九个月的工资。我希望先生不要生我的气，但是我真的希望先生能借五元钱给我，让我寄回村子里给妻子库塔，非常感谢。

对先生充满感激和敬意的

阿鲁萨普

“艾格尼斯！你三个月没有给用人发工资？”哈里的喊声充满了恐怖。

“我肯定发了！……至少我认为我发过了，我每个月都是在最后一天，兑现了你的工资就给他们发，但是我记不清了，啊……也许我真的没有发工资给他们……”

我仔细回想，这大概解释了我前几天还对着银行户头自鸣得意呢，以为归功于我的善用计划，归功于我从新加坡的邮购。记忆回到第六个月，对了，我想起来那一次发薪水，因为我们刚从丛林旅行归来，我还记得多给了阿鲁萨普七元钱，作为他的旅行开支。

但是第七个月？脑子里一片空白。月底该给用人发薪时，我干了什么？七月，那是……哦！我从七月开始写作！

正是七月，我开始在书房里过日子，整天待在一堆散落的写满了字的纸片中间。我每日从那间屋子里出来，吃饭、散步、与人交谈、告诉阿银晚餐内容，但那只是我的躯壳，而我的思想一直留在那间屋里，神经质地呼吸，在那一沓沓扇动的纸片之间，我充满希望，充满悲伤，无比兴奋，又十分固执。

“阿鲁萨普？”

“太太？”

“我三个月没给任何一个用人发薪水吗？”

“是的，太太。这三个月谁也没领到嘎吉。”

“阿鲁萨普，你为什么不告诉我呢？我忘了。”

“我们看到太太一直在忙着写你的故事，没关系的，太太。这不影响什么，太太。我只希望借五元钱寄给库塔。”

我们还会像从前一样地被伺候吗？

就这么，我们出现了用人问题。

06

山打根的日子，在我来之前，一定充满了魅力，至少从那些过来人的对话中，我听出此意。

“那些一去不返的日子啊，乘着水牛去看赛马，坐着轿子去晚餐。”山打根医疗总长说，“那时我和我太太出去吃一次饭花八元钱，乘两顶轿子，用八个苦力，四个人抬一顶，因为我们太重了。”

“一个晚餐十二道菜。”我丈夫补充道。

“我还记得，”少校说，“每当谁要休假回家，我们在山打根的人与他饮酒道别，把他灌醉，他欠下的酒债到下一次休假时也还不清。”

“人们十点钟去办公室，十一点就又到俱乐部，有些人早上十点之前都不会签他的名字，到下午六点以后干脆不知道自己的名字。”

“那得要一本什么样的书才能把那样的日子写下来啊！”

于是，一阵怀旧的沉默，我充满希望地等待着。

“那时几乎所有人都是单身汉，啊，嗯，现在我们都被收编了。”

多么准确，将这些辉煌的衰落都归咎到女人，要么是她们的出现，要么是她们的缺席。

“说起过去的日子，凯斯，那些穆鲁特头骨哪儿去了？你单身汉的时候一直挂在你客厅墙上的。”

“我们现在放过道了。”

“那米酒缸呢？从前回廊上的。”

“我太太拿来放雨伞，我便把它借给博物馆了。”

“你的那些奖杯又都变成什么了？”

“现在都在回廊上。”

“现在这地方和你从前单身汉的地方完全是两个样子，那里曾经像个博物馆一样。你墙上的土著武器，可能跟现在婆罗洲总共有的武器一样多。”

“哎，我说，你为什么要从那个房子搬出来，那么个漂亮舒适的地方？”

“我太太喜欢这山顶的风景和视野。”

至此，太太们明白再听下去就是自讨没趣，那美好的过去永远不再有了。

第三章

女人们

01

单身汉常说，将妻子带到这里来，根本连赌博都算不上——成功的概率只有十分之一。这里也许是个壁垒，把婚龄的单身汉们藏在后面，躲避婚龄女子的诱惑，而这个壁垒多少也建筑于一些事实之上。

男人们在这儿自有天地，有工作可做；太太们得自己找事做。如果一个女人不试着去适应这里的生活，适应漫长的独处，适应与摩登世界的隔绝，那么没有什么可以弥补她的不快和不满，而且除了丈夫之外，更无他人去倾听她的抱怨。而丈夫，也很快就学会只管唯唯诺诺地点头称是，根本不听你其实抱怨的是什么。这里几乎无事可做。

如果生个孩子，华人保姆会把大部分照顾婴儿的工作接管过去。而一旦孩子长到四五岁的年纪，他们毫无例外地又被送回英国去上学，因为北婆罗洲尚无一所欧式学校，热带气候也不适于小孩的生长。

这儿通共二十个出头的欧洲妇女，唯一未婚的是医院的护士长，其余的我们都属于一类，某某的太太。我们中的每一个人，作为白种女性人口的二十分之一，个个都成为公众的谈论对象。

在热带地区任职的政府公务员，必须服务八年以上才可以结婚。因此，这些丈夫们，在成为我们的丈夫之前，都一遍又一遍，很过瘾地欣赏过别人太太的不足和笑话，那些不理智、不成熟、欠考量、不圆滑的言行举止。我们的丈夫们，这些厚道的男人们，生怕自己的太太重蹈诸如此类的覆辙，以及另一些他们自己想到的、可能出现的新问题，于是制定出表格让太太们遵循，用红灯标注出危险区域。

“不要上午去玩桥牌——那除了八卦没有别的；不要上午去拜访女友——通常谈论的只是丑闻；不要和演戏的唱歌的混在一起——他们不断地在闹分手，你可不要把自己牵扯进去。”

“不要用单名来称呼别人——这样会熟络亲切得太快。在没对别人了解到一定程度的时候，不要接受任何邀请，交往要慢慢来。也别让其他女人来干预你的家政，甚至管理你的用人。不要对未婚青年男子滥施母性，这样会招致非议。不要星期六或者星期日去俱乐部——男人们不喜欢。也别穿着短裤运动，某某太太穿上短裤简直惨不忍睹。”

“最后，不要（这是备受强调的一条）自己让公共事务部来维护房屋。房子是政府分配给公务员的，不是给太太的，因而PWD也不用听从太太们的指令。”

这最后一个“不要”将太太们活生生从自己刚刚决定要融进去的工作中又剥离了出来。因为家算是她们独有的领地，而这个限制，将家居的维护也带进了有外界权力掺入的外交关系中去。比如水管漏水了，或者电灯坏了，你让你丈夫去通知PWD，第一天，丈夫忘了；第二天你接着让他去说，不巧这一

天他的公务尤其繁忙，又忘了；于是第三天你继续告诉他。到这时，情形已经变了，变成一件纠缠不清的琐事，在喋喋不休地去打扰你那有更多要务在身的丈夫。你自己大概也意识到这点，于是第四天早上，你悄无声息地自己雇了私人小工，不到十点，水管和电灯都修好了。

然而中午时分，PWD 来人了，因为你丈夫忽然间想起了这事，提出了申请。你试着向他们解释，这事儿对你来说很简单——你本来需要他们，现在不需要了。但是，PWD 被下达了这项指令，也供给了相应的材料，一切都已经在一个正式的过程和手续中走到这一步了，除非你让他们把活干了，否则这项指令以及相关手续，需要不同部门之间几个月时间的沟通才可完全取消。最好的办法是不露声色地再找一个水管和电灯给他们来修。

但第一次遇到这个情况的时候，你不明就里，只想给 PWD 解释清楚，又试图在午餐时间向你丈夫解释，于是，丈夫很尴尬地去向 PWD 澄清，是他的妻子中途改变了主意。

这中间的奥妙其实是这样的：无论因果关系如何，也无论政府各部门间的备忘以及公文指令下达渠道是怎样的，如果水管一直漏水，或者电灯依旧不亮，那么经过一些不经意的推断，结果是这事儿应该怪太太。

02

起初，我发现自己很难适应山打根的社交生活：言行礼节所占据的重要地位令我生厌，该穿晚装时穿了燕尾服，该穿普通西装时穿了晚装，这些在我离开美国那会儿，都已经不成其为问题了。其实，这儿的男人们也不喜欢西装、燕尾服、晚装、领带，但是除了死，没什么能阻止他们在恰当的时刻穿上恰当的行头出场。理论上说，这些繁文缛节令我不齿，但结果我却不得不承认它养眼。

让我描绘一幅图片，来展示一下这些帝国建设者们在家里的形象。晚餐时分，我的丈夫穿着马来布裙、短衫，我穿可芭雅和花布裙，白日的暑气刚退去，夜凉悄悄潜入，我们光脚坐在家里，一身轻松，啜着波尔斯杜松子，一眼望出去，是暗黑色的港口。这一刻，无论是伦敦还是巴黎，纽约抑或芝加哥，都无法施展出足够的魅力，诱惑我们离开这里，这个天地尽头一般的地方。

白天，男人们穿着数不尽的水洗料白西服，这在热带地区根本无可替代。女人们白日的着装，也完全仰仗水洗布裙子，因为任何要求干洗的服装都得运到新加坡去，加快也得三周时间，同时还需办理出入境许可。其间，有华人在山打根适时开了一间干洗店，我兴冲冲地将丈夫的一些法兰绒服装送了去，从此我丈夫便再没了法兰绒衣服可穿。

晚装，是我们从蟑螂、蛾子、霉菌以及腐烂等各种祸害下抢救出的不多的几套丝裙，在不同场合穿的那几件都耳熟能详地被叫作“加冕日蕾丝”“渣打日粉”“婚礼白”。

每个女人在这儿住到第二年，基本上得开始穿“制服”，由此地的中国裁缝照着她们从家乡带来的裙子样式拷贝出来。这些制服用本地可以买到的几种面料幻化出几个版本，具体的版本数目则取决于她下一个回乡探亲假期距离现在还有几年。真等到那一天，她也已经完全和这个样式的裙子融为一体，分不开了。我两年前开始穿裙裤，到现在已经建立起一套标准，被称作“凯斯太太裙裤”。我甚至想象，我的裁缝可以向其他裁缝征收使用许可费。我也怀疑自己的时尚敏锐度，至此再没有超越过那个裙裤时代。

当季时装对我们更是毫无意义，等我们在杂志上看到时髦女子怎么穿着时，现实生活中的时髦女子已经不这么穿了。然而，是帽子，给我们的自信带来了毁灭性的打击。看见图片时，根本难以置信人类的头顶上会戴着那样的东西。同时你还会发现，自己的旧帽子好像只有皇室的人才能戴了。大部分的婆罗洲衣架上都有那么一顶很潮流的帽子，从老家邮购而来，而主人从未获得足够的勇气去戴上一戴。

美容文化一年一次，由菲律宾的阿佛黎加太太带着她的烫发机来到山打根而掀起。三年前她第一次来时，她只有四个发卷，烫一个头得要一整天时间；而现在，只要电力许可，三个回合就可以烫完。

第一次在山打根用这个机器，瘫痪了整个照明系统；第二次，在山打根理发店后面的电路上做了点手脚，顺利完成，我充当了这一次的试验对象。整个过程完全像是在公共医疗所当众做手术，全镇的华人、马来人、本地孩子全挤在理发店开放的门脸前观看，炎热的几个小时，一直守候着，当“病人”完成“手术”将要被推出“手术室”时，他们才纷纷飞快地跑回家，带着父母、祖父母返回。所有的人同时像麻醉药刚过，紧张地等待“手术”结果。当我满头紧紧的小卷出现时，失望像一阵风席卷了观众，他们的眼睛在我的头发和理发店墙上贴的菲律宾妇女的鬈发间来回移动、比较。

最初学习山打根的饮食规矩，让我犯了一阵难。我习惯吃羊肉不用非得配豌豆，烤牛肉不用配约克郡布丁，鸡蛋不一定非得和培根一起吃，没有橙皮酱也能吃烤面包片，蔬菜和水果混在一起我也会毫不介意地尝试。现在我总算弄懂了各种食物组合，也能恰当地使用调料了。再不会将芥末酱刷到羊肉上，或者炒鸡蛋时加上武斯特汁。当我应该点大杯的淡酒、纯威士忌或杜松子时，我不会再点雪利。要是我回到美国，我会去坐在餐馆的后厨门边，看一个个的托盘从我眼前飘过，上面有淋了酸菜汁的香肠，有占了半盘子的配菜烤豆角，冰淇淋也只是尽可恣意享受，不用考虑各种吃法配法的东西，那里生菜是带心的，露出来也不是一件令人尴尬的事。

03

山打根还有一个玩拜访卡的游戏。每个已婚妇女都有一个写着她名字的卡片盒，立在家门前花园的入口处。平时蜘蛛和蜥蜴住在里边，雨季还会有条小蛇，所以打开盒子时须得小心翼翼，以免一下切断蜥蜴的尾巴，或者活页压扁了小蛇。偶尔想起来，去打开盒子查看，在一堆蜥蜴排泄物中间，总会有一些卡片。你拿起来看两眼，随着就忘到脑后，过几天不经意间，在烟灰缸底下又看见它们，这时你才起身去把自己和丈夫的卡片翻出来，悄悄地走近朋友家门前的卡片箱，给他们的蜥蜴回赠一份礼品。按照规则，谁最先悄悄放卡片，谁就好像语法中的虚拟从句一样神秘而无法解释，这二者我都从未弄懂过。这规则与性别、居住时间的长短、对方的配偶是否与我的配偶相熟等有关，但是这件事，只有当你把它完完全全看作游戏时，才会好玩。有一条需要牢记的重要原则：你用卡片去拜访某人时，千万不要碰见其真身。

有时初来乍到者不懂规则，或者用他们从外面的世界带来的规则玩这个游戏，时常因此让社交陷入僵局，因为在第一轮卡片交换结束之前，大家是不能见面的。僵局就这么持续着，直到有人悄悄给初来者递一张打印着规则的纸条，把米底法典、波斯法典，以及我们游戏卡规则都交代清楚为止。

目前看来，游戏规则渐渐有被修改的趋势，我相信，不久的将来，玩这个游戏的将是看得见、摸得着、会打招呼的真人，而不是一个隐身机器人，默默放下卡片，再悄悄地消失在宇宙真空中。

山打根的男人们还有另一种活动，而我丈夫对任何游戏都不太热衷——我已经两年没见他参加过任何运动。即便两年前，我也记得他总是尽一切可能回避各种活动。那一次，是山打根已婚男人与单身汉的板球对抗赛，我从未看过板球比赛，尤其是从未见过我丈夫打板球，所以我一定要出席。

知道其他的妇女也会到场，我戴着最好的那顶帽子，十点钟就到了体育场。大家都坐在一个遮阳篷下，喝着冷饮，等待比赛开始，起码我以为还在等待开场。场上的男人们穿着时髦

的白色法兰绒，以悠闲而礼貌的绅士姿态走来走去，还有明显的希望对手击一记好球的愿望，伴以恰到好处的喝彩，“好球啊，先生”。这对于我这个习惯了美式足球的人，便误认为他们仍然在赛前练习。

我丈夫一直坐着（他说他是站着的，可他真的不是），在场地远远的一角，眼睛一直望着天空。我想他大概是替补球员，等着有机会被换上场。

与此同时，场上的绅士们还一直在交换着对天气的评论，不停地替对方喝彩，偶尔会有一个人跑来场边，面对我们炫耀一下技巧，我们便亲切地拍手致意。这个炫耀的动作几乎就是场上唯一可见，还算粗放的行为了。每每有人下场，我都以为哈里会高贵而勇敢地闪身而入，但是他一直优雅地待在场地的一角，看着天空。

我听人说过，这比赛有可能持续一整天，便想着我应当去问问他，是不是可以不用一直坐在树荫下等待被换上场。我沿球场边走过去，本来他似乎一直看着天空，可眼角扫到我正向他走去，赶紧向四周看了一眼，以眼神来阻止我这个打眼的举动。就在这时，一个球从一位正在场地中央谈论天气的绅士身边擦过，向哈里飞来。由于他当时的眼睛正用来否定我的行为，而不是望向天空，所以那球直接落到了地上。

这下，我直接就回家了，很显然哈里一直在赛球，而他的职责就是坐在场地一角，望向天空，而不是转过头来用眼神阻止他的太太。

第四章

总督府

01

要描绘大英帝国任何一处殖民地的生活，都离不开这样一幅图景：树荫掩映下的总督府，英式花园环绕四周，一溜儿权作网球场的绿草坪，用来喝茶的隐蔽后花园，偶尔可见总督阁下及夫人闪现其间修剪树篱，在社交活动的间隙活泼耕耘。无论总督府是在大英帝国的哪一片土地上，我相信通过这些特征，你一定能辨别出它来。在山打根，总督府亦不例外。

如果把见到的更多细节描绘出来，应该有如下景致：里边的房间个个宽敞高贵，装饰着色彩艳丽的鲜花，桌上摆着*Tatler*，*Punch*[①] 以及《伦敦时报》《曼彻斯特卫报》，还有装着孩子相片的相框。在他们英式家里的育婴室里，穿白色长衣的中国仆人穿梭往来；端着杜松子、比特酒、威士忌和苏打水，本地佣人头缠布巾，身穿布花裙，明朗地笑着，慵懒地走动着。穿花卉图案晚礼服的女士在谈论天气，着晚装夹克或燕尾服的男士笔挺地站着，争相摆出宁可不舒服也要很潇洒的体态。如果站在这华美的房间那敞开的门边，你能听见柔软的声音吐露出悦耳的语调。

北婆罗洲总督府的热情好客是传统，夜夜灯火，那些来自

① 这是两本英国杂志，前者关于豪华奢侈生活，后者主要是政治漫画。——译者注

世界各地的人到这里来看望将山打根称作家的我们。在这样一个距离故土千万英里外的地方，与这些来自不同的方向、又将去向各处的人们相遇，渐渐地，我们丧失了对时间和空间的感觉。

“G.H.”，是我们私下对总督府一个更轻松的称呼。它不光是一个国际性的聚会场所，更是本地社交习俗的制定者和发布者。它的各项活动都很正式而讲究，也要求来宾相应着装。

在新加坡报端，时常见到长长的专栏版面，来听取公众关于这些在帝国前哨的英国人着装的意见。这种讨论往往由一位美国人的到访而引起，在英殖民地区，这些要么忘了，要么已经抛弃了正式西装的美国人出现在正式场合，穿着不打领带的衬衫亮相。在热带地区，要变得放松和懒散实在很容易，但是我好像还是站在正式着装这一边。我知道这不容易做到，也不需要谎称在热带地区穿着正式西服还很舒服，只是那么做的结果就是很迷人，我们女人在克服着装引起的不舒服这一点上，是男人所无法相比的。

总督阁下及夫人对我们整个欧洲人社区持续不断地奉献他们的热情好客，我们还不能回报，因为按照大家遵守的习俗，总督不能离开总督府去别处赴宴。我们唯一能够在社交上给予回报的，是“签到本”。总督府入口处有个哨兵岗台，那里放着总督及夫人各自的“本”。在这本上签名，类似于留卡片，或者亲自拜访，参加了总督府活动的人们次日应当回访以示谢意，不这样做，以后将再也不会收到邀请。

对于外来访问山打根的人，这也是应当做的一件事，在到达后二十四小时内，要去总督府的名本上签名。对总督的这个礼数尽到以后，访问者会被邀请至总督府宴会与大家相识，否则他可能在此地就没有机会结识任何人。这其实是很容易遵循的一个习俗，何况作为一个访问者，你能获得的帮助和益处通常无以回报。

02

五月的一天，威斯敏斯特大教堂，一位英王即位。

“O God，the crown of the faithful；bless，we beseech thee，and sanctify this thy servant George our King：and as Thou dost this day set a crown of pure gold upon his head，so enrich his royal heart with thine abundant grace，and crown him with all princely virtues，through the King eternal Jesus Christ our Lord.Amen.”[①]

英王戴上皇冠的那一瞬间，人群齐呼“天佑吾王”，贵族戴上礼帽，号角吹响，礼炮齐鸣，女人们一边抽泣一边祈祷，跨越五大洲的帝国领地回响着同一个声音。

我们在山打根的庆祝热情不亚于亲历九千英里以外的威斯

① 坎特伯雷大主教于 1937 年 5 月 12 日在英王乔治六世陛下加冕典礼上宣读的祷告词。——译者注

敏斯特教堂。第一缕皇室之风随着“探险”号巡洋舰轻轻吹来，它冒着蒸汽静静驶入山打根湾温煦的海水，越过巴哈拉岛，纵横穿过无数不知名小岛，最后在黎明的清新中停靠。她向码头的堡垒鸣炮致礼，堡垒回礼，在这十七响礼炮声中，山打根灿烂华丽。

开幕式在总督府的花园里，名本上的所有人都受邀出席，有婆罗洲土著、马来人、华人、日本人和菲律宾人，民族色彩充盈着总督府的草坪，好像一幕好莱坞电影场景。土著酋长从北婆罗洲的四面八方云集于此，一干异教徒猎头族人在那天盛开的萨顿香脂木和鼠尾草中间，吃着粉色的蛋糕，喝着橘子水。

苏鲁克酋长哈吉·阿卜杜拉·萨马特抹着椰子油头油，散发出腐烂的气味，穿着鲜艳的紧身裤，像木马一样地踩着他的高跟马来拖鞋走来走去；而彭利马·苏拉，乌浪双涯[①]酋长，沿河而下，旅行了三天来到这里，饶有兴致地观看这欧洲人的盛典。他穿一件炫目的短上衣，一颗扣子勉为其难地将这件衣服紧紧勒在他生有肺结核的胸上，瘦弱的腿上套了一条指甲花颜色的当地风格长裤，箍在身上好像起皱的皮肤，破旧的紫色头巾下，是树皮一样的脸，发黑的牙齿闪耀在他嘴角流着血红色槟榔汁的微笑中。所有的当地人都在嚼槟榔叶，红色的汁水顺着他们的嘴角流下。

① Orang Sungei，马来语，意为“河上的人”，居住在婆罗洲几大河流域。——译者注

在所有这些紧身的马来长裤中，另一位苏鲁克酋长达土·阿嘎西的最为突出，紧到让人感到危险的程度，非得有足够勇气的男人才敢穿着它坐下，不知道是不是他那独特的黑色皮鞋为他增添了如此自信。

懒散的伊达罕人[①]酋长吉昂，松松的裤子裹在身上，使他显得舒服而悠闲，行走起来带着公猫逡巡猎物时的自信和优雅。穆鲁特酋长，老巴干令人失望地穿了一身卡其，他的土著服装应该只是挂在腰间的一片裹腰布[②]——他是绝对不会在欧洲人中间穿着的。清真寺的教长、阿訇，在一众追随者中间极其显贵，一身飘逸的灰色长袍，头上缠着带霉味的黑色头巾。与这些本地人形成鲜明对比的我们，显得无比苍白、乏味。尽管他们多多少少还是有些腼腆，可个个看上去都快乐、亲切，兴高采烈地聚在一起品尝欧式点心，接受他们不熟悉的待客之道，带着他们自己的尊贵和尊严。

华人中的重要人物保持着轻微的远观姿态，呈现出不想动弹、不想与人交融、非黑即白的风格。他们的妻子们，个个一丝不苟，穿着整洁光鲜的中式裙装，相形之下，欧洲妇女个个显得穿着过火。

这次加冕盛典的花园派对，我们女人们几个月前就开始筹

① Idahans.

② chawat，马来语。——译者注

划，都纷纷从家乡邮购了新的礼服，在典礼前几周我们不变的话题一直是“我的裙子会按时到来吗？”显然大家的裙子都及时赶到了。一下子见到那么多新裙子，注定是一件让人兴奋的事，可我们还都尽力装得若无其事，避免过多地去注意别人的新装，可这实在太难掩饰了。让我们自信重振的不光是这些新衣服，还有我们的社交谈话水平，也因为刚刚抵达的海军官员们而重放光彩；而且完全不用担心，刚才说的那些话上一次宴会时我已经对同一个人说过了。

随“探险”号一起到达的还有西弗斯高地人[1]。他们用风笛向我们吹奏小夜曲，在网球场的绿草地上给我们跳剑舞，本地酋长们连这个也彬彬有礼、泰然自若地接受了。当下午将尽，人们纷纷涌向总督，排队告别，妇女调整了她们的表情，男人放松了情绪，紧张的表演眼看完成了。

接着船上的乐队奏响了《天佑吾王》[2]。我吃惊地发现，自己的眼里竟然也装满了泪水，随着泪水，是我的心在颤动。我也许不是一名帝国建设者，但是那一天我发现，有一种强烈而真实的情绪倾泻在五大洲的每一寸大英帝国土地上，而我十分自豪于被它吞没。连穆鲁特酋长老巴干，连哈吉·萨马特，连伊达罕的吉昂，他们都能懂得，从他们自己的部落统治中懂得，每一名新统治者的诞生，都伴随着死亡。而那一天，我们共同希望给逝去的阿尔伯特·弗雷德利克·亚瑟·乔治送去称颂和崇敬，也给新的王者，英王乔治六世献上同样的称颂和崇敬。

这个花园派对之后，紧跟着是长达一个星期的庆祝活动，我在山打根从未见过这么盛大、密集的社交活动。甚至在欧洲人家自己的院子里，也有小型的庆典在进行中，食品饮料整夜在厨房的火苗上烹煮着。我们每天半夜回到家时，会发现所有人都不知不觉搬到了前花园，都在兴致盎然地观赏着山下城里

---

① Seaforth Highlanders.

② 英国国歌。——译者注

罕见的礼花和彩灯。

整个这一周，阿鲁萨普一直在招待来自他们村的六个穆鲁特兄弟，他们睡在他的房间，结果是虱子和癣双丰收。我每次去后院，那里都是一派狂欢，裸体的土著人，光着脚蹦跳着用马来语招呼我“欢迎您，夫人”，这种行为当然是阿鲁萨普授意的。我们提供了一些食品作为他们的庆典供给，我还解决掉一大罐不小心混错了的威士忌和雪利，那是我一直想找机会把它们用掉的。不知道这么做，我是不是像一个邪恶的白种女人，给土著人灌这样的酒；但一想到我过去被土著人灌米酒的情形，就释然了——既然我能喝完那么多泡着蟑螂的米酒，那么威士忌混雪利也算客气的了。

每天夜里，从山下的唐人街和本地人社区飘来混合的乐调，苏格兰高地人风笛的环绕，华人舞龙的铿锵鼓声，马来人扬唱的哀怨声线，土著人吟唱的脉动，所有这些声浪都与《希望和光荣的土地》[①] 的稳健节奏融在一起，好像一缕金丝编织在本地的土布中。

庆祝活动的最后一夜终于来了，在俱乐部跳完了最后的告别曲，我和哈里站在我们暗凉夜色的花园中，俯瞰山下的码头。“探险”号还没熄掉她的仙女灯火，在子夜的天空和海水的背景映衬下，她闪烁着，照出一个完美的轮廓，船的中央闪耀着一

① Edward Elgar 所作，Edward Elgar 是深受英国人爱戴的作曲家，此曲和英国国歌地位不相上下。——译者注

个皇冠，皇冠四周镶嵌着电子珠宝。

“愿主保佑我王！”我说。

如果一个美国人，一个因为婚姻关系成为英国人一部分的美国人，能够带着敬仰和真诚感受到这些词的话，那么，这一刻的我便是如此。

接着，所有的灯灭了，山打根码头变成一个靛蓝的坑。明天起，我们将又是大英帝国那个遥远而被遗忘的前哨。

第五章

访客

01

“黄金债可偿，人情债背到死。”——马来语里有这么一句谚语。在婆罗洲，我们既是债主，又是负债人，这里有太多金钱买不来的东西。

山打根有一家旅馆，还有一家市政公立医院。医院比旅馆每天收费少一元，提供的餐食也好一些，还有现代化的上下水管，以及医生护士的照管，在我的经验里，人们似乎更愿意上医院而不是去旅馆。

每当有客人来访，不光住宿，甚至交通也需得此地居民来替客人考虑周全。北婆罗洲全州包括编组线和闸道在内，铁路线全长 124 英里，它将西海岸的杰士屯与米拉拉[1]相连，直通内陆。全州共有 102 英里铺了石子的公路，首府山打根宣称在它自己境内就占了 17 英里，因而我们也从不乘坐巴士或者有轨电车来进行婆罗洲旅行。我们要么乘汽船，要么乘本地人手摇的船逆水而上，或者徒步穿越丛林，如果有骑马的道路——这当然很少，我们会骑本地矮种马旅行。骑在上面，我的脚几乎触到地面。这些林林总总的旅行方式，不光慢，而且需要随身携带生活必需品，因此雇用脚夫苦力就成了必需。雇用苦力最好

① Melalap.

通过政府协助来进行，这些以出卖体力为生的苦力们对这项工作并不情愿，因而，人们要来北婆罗洲旅行，几乎需要彻底仰仗政府部门的协作，甚至个人的帮忙才能顺利开展。

婆罗洲频繁有探险队造访，有的是个人爱好，有的是科学考察。一直到最近，本地才开始有极为少量的科研工作开展。来自不同专业领域的学生对这个岛的兴趣日增，包括人类学、人种学、动物学、地质学。这些来访的探险者们可以归为两类：自我照顾类和被我们照顾类。欧萨和马汀·约翰逊是自我照顾类中最瞩目的典型，是他们，让我们中的很多人因为其善良而欠下无法偿还的人情债。

有好几个月的时间，每当我一打开那本美国画报，眼前就会出现一幅图片：欧萨和七个穆鲁特人围着我家冰箱在吃冰淇淋。图片上的文字说，这个著名品牌的燃煤油冰箱给北婆罗洲的异教徒制造出冰块，更给这猎头族人的食谱中增添了冰淇淋。

离开公众视野，退居日常生活的冰箱，此刻站在储藏室的一角，默默无闻地享受着自己的中年生活。它的确是我们社区中有价值而耀眼的一员，但是作为头版头条的光彩已经过去。在这个家里，它从未做出过任何类似经欧萨之手而出的冰淇淋，究其原因，是我从不具备像欧萨一样的热情。欧萨，对吃的太有一套了，在她所经营的营地厨房对比下，我家的伙房好像堆满了富人家的残汤剩菜，而且她做这一切时十分悦目。我怎么也忘不了我们坐在他们位于阿拜[①]丛林中的野营凳上，用薄脆饼托着鱼子酱吃的情景。

阿拜营地（又以约翰逊城著称）由马汀·约翰逊夫妇在1935年建成，用作他们制作电影中婆罗洲丛林的基地。营地坐落在京那巴当岸河[②]边，距离山打根大约五十五英里，他们铲除了一小片丛林，修建了一座小村落，自己安装了小电站，六七幢平房，欧萨自己种植蔬果花草。约翰逊夫妇，电影录音师，飞行员，加上山打根一半的无业人员，从北婆罗洲或马来亚买来或捕获的动物，在这里待了将近一年。

到处都是动物，是待在笼子里还是空地上，根据它们被设定的友好程度而决定。欧萨时常被这些东西咬伤，她总是毫不设防地去拥抱它们，她会用脸颊贴着一只巨大的暹罗猿，挠它痒痒，一边哼着"咕叽—咕叽—吱吱吱吱—小宝贝！"也是她，会告诉马汀怎么处理胶片盘，大声告诉厨师做蛋糕时该怎么搅拌黄油，还告诉我她一到纽约就立即去买一件貂皮外套。她说这话的时候，那只大猿猴正毅然决然地在摧毁她现有的那一件——欧萨实在是一道景观。她对动物毫无惧意，有时我觉得连应该有的谨慎也没有，但是看她一直被咬，那情形也似乎是

---

① Abai.

② Kinabatangan River，Kina 有说是 China，batangan 是马来语中大河的意思，因此这条河意为"中国河"。按这个说法，中国商人很早就与那一带有商业往来，尤其到明朝，商人们用这条河进入其内地，用陶器与本地人换取燕窝等当地特产。——译者注

愿打愿挨。

一天，他们在阿拜拍摄五只大猩猩，它们站在一株人工竖起的大树上，树下一个小男孩儿，手执一根轻微带电的电线，每当大猩猩得意忘形，要往下爬的时候，他就用电线给点教训。这么着，每击中一次，小男孩儿的志气长一分，大猩猩的威风灭一成。

终于，最大最有影响力的那只猩猩决定再也不受愚弄，执意向下俯冲。男孩儿爬上树迎面而去，并没有意识到电线需要接地才会带电，当他再一次碰到大猩猩时，发现自己举着一根威力尽失的线头，似乎在给这头暴怒的野兽挠痒痒，大猩猩一把将男孩儿推开，狂暴地冲下树来。

除了飞机飞行员之外，所有的人都向我们的平房驻地逃去。飞行员和这只大猩猩素有交情，他们之间的关系显而易见，有那么些脆弱柔软夹杂其间。当飞行员站在地上，平静地伸出手去，那畜生立即谦卑温顺地接过飞行员的手，在他身边走着，脸上带着绵羊般的表情，似乎在说："伙计们，我解释不清，可是爱一定要亲身体验才能懂得啊。"

那天晚上我听到的最后一件事，是我从食堂向驻地平房走回去时，约翰逊先生从后面叫住我，"等一下，等那打着灯笼的孩子来送你！眼镜王蛇有时从笼子里爬出来，睡在路上。"

约翰逊夫妇在山打根的最后一个下午，打算在我家花园里录制母猿阿吉碧的歌声。马汀说一直未能设法录制一段长臂猿的音带，因为它们从不在陌生环境下，或者受惊吓的情形中歌唱。通常，在每天第一缕晨曦中，整个山打根都能听见我们的阿吉碧的歌声，可是这一天，她本来有机会让全世界都听见她时，却羞怯地躲在一角，一声不出。我到现在也不知道——因为马汀的电影一直没能在山打根公映，他最后究竟有没有成功地录制下这凄厉荒野的丛林之声。

欧萨是我所认识的人中间最慷慨的，她和马汀离开婆罗洲之后，我们的伙房储藏间里臃肿不堪，堆满了各式美国食品：腌西瓜皮、枫糖浆、爆米花、加州熟橄榄、波士顿蛤蜊浓汤；我的梳妆台上则前所未有地放着各式第五大道的美容霜膏。

马汀的名言是："我的时间就是金钱，我花钱买速度。"这个信条在此热带地区完全是颠覆价值观的一种说法，他们也自然而然地因为他们对待仆人和帮手的方式而扰乱了整个山打根的社区宁静。马汀会在前一分钟咒骂用人，威胁要打他们，下一分钟他给他们签支票送礼物。在山打根期间，欧萨的洗衣任务忙坏了所有的女佣，她让阿妈在客厅里熨衣服，在前门回廊上晾晒衣服；她穿一件斑马纹的丝裙去总督府赴宴，像一匹斑马一样站在起居室正中大声说笑，可每个人都喜欢她。

约翰逊的飞机是在婆罗洲上空频繁飞翔的第一架，他们无畏地自用，并且慷慨地让我们搭乘，所有关于这一对儿的事迹都很宏大，唯独欧萨的身材除外。

他们是两个稀有而真实的人类；我想他们在任何地方都会

被这么看待，就好像他们留在山打根人的印象中一样。

当无线电传来马汀·约翰逊在飞机失事中丧生的消息时，他的旧仆来到我家求证这个噩耗的真假，再没有别的书面颂词能比得上仆人喋喋不休的重复：“他对我们真好啊。”

02

在马汀·约翰逊死讯传来不久后的一个星期天，我正奋笔写家书，阿鲁萨普进来打断我，说索丁从我的故国返回，带来很多那里的奇闻异谈。我们将索丁叫进来，哈里与我一起听他讲了一个上午他在美国的所见所闻，以及他的感想。

索丁是北婆罗洲土著，山地穆鲁特部落成员，那是二十个最怪异的北婆罗洲土著部落之一。他来自内陆小村昂比尤，村里住着大约三十个他们的族人。与海岸线的文明相隔绝，昂比尤村过着自给自足的生活。索丁在这个小村子里度过了他绝大部分人生，在那里，他的人情世故生涯中最糟的一笔，莫过于丰收季节多饮了几碗米酒带来的眩晕。

几年前，索丁因为他的一项特殊声誉来到山打根，被约翰逊夫妇雇用，照顾那些为拍摄需要而捉来或买来的动物。后来索丁陪着这支探险队一起回到美国，职责是在回程旅途中照看这些动物，由约翰逊承担一切费用。他在纽约待了三个月。

索丁回到山打根，来我家给我们讲述他在外面世界的经历时，已经脱掉商店买的服装，回到赤脚背心棉布短裤的形象。他的礼节中充满了土著人的传统敬意，他的态度却好像马可·波罗一样，生怕别人怀疑他的美国传奇之真实性。他使用马来语，而不是婆罗洲最为广泛使用的穆鲁特语，来向我们讲述。对于“电梯”“中央公园动物园”这样的概念，没有相应的词汇，他便自然而然将英文词引进，不着痕迹。

转述这个故事时，我尽可能靠近索丁的语气来翻译。

索丁口述：

当我从昂比尤村来到山打根时，我以为山打根很大；但是当我从山打根去了新加坡，我认为那才是一个真的很大的地方，兴许是所有的地方里最大的一个了；不过关于新加坡的大我倒并不吃惊，因为婆罗洲来过很多马来人，时常讲到这一点。接着当我们从新加坡来到开普敦，那就更厉害了，于是我问别人，美国也像这么大吗？别人告诉我，美国更大。现在我从美国回到婆罗洲，我认为山打根就像我的小手指头那么大。

我们乘一艘大船离开新加坡，船上有白人干着土著人的活，讲一种不是英语的语言。我们驶向科伦坡，一个我从前并不知道的地方，但实际上是个很好的地方，我在那儿买了香蕉和椰子吃。然后轮船继续航行，我们到了印度，我没有太多游览印度，因为动物病了，我忙着照管它们。一只大猩猩莎莉，它的肠胃病得很重，无论吃什么都会再像水一样地出来，然后它死了。所以，我没法去印度，但我想不是多大个地方，可能和古达差不多，所有的当地人都来到岸边迎接轮船。

印度之后，我们航行得更远更远，浪头也变得很高了，船长告诉大家风暴要来了。我看见前面黑压压的山，便说："我们要撞到山上了！"但是别人说："不，那是雾。"还真是雾。雾中我们遇到了严重的寒冷，以及越来越高的浪头，越来越猛的风暴。轮船在浪里摔来摔去很多天，我病得很重，动物们也病得很重，九只小猴子死了，古达来的大猩猩也死了，但是我没死。我们到达开普敦的时候我又高兴起来，这里是非洲了。

从远处看，开普敦闪着白光，我所知道的另外唯一一个像这样的东西就是石头水，白人用的，他们管它叫冰。于是我说："那儿的所有东西上都有冰。"可是别人说："不，那是房子和街道在太阳下闪光。"还真是那样。

约翰逊先生领我在开普敦登陆，那里有个人说我不能登陆，因为我是中国人，我说我不是中国人，我是马来人。然后，他们就让我登陆了。后来总是这样，人们总以为我是中国人，我也从来不告诉别人我是穆鲁特人，因为好像没人听说过穆鲁特，却所有人都知道中国人。于是，我只好说我是马来人，因为有的人也知道马来人。

开普敦天气很冷，动物们和我都冷得发抖。我穿一件衬衫和一条长裤，这对于穆鲁特人来说已经很多了，这时却还不够。约翰逊先生问我有没有别的衣服，我说没有，他就领我去商店，给我买了很多衣服：衬衫、长裤、短外套，还有一个特别长、一直垂到我脚上的黑外套，黑外套有宽宽的肩，很英俊，还给我买了一顶帽子、九条领带。他告诉我，在开普敦我必须扣上衬衫的纽扣并且在脖子上系上领带，这是此地的风俗。我的所有新衣花了十九英镑九先令六便士。

离开开普敦，轮船继续航行，直到我们到达达卡，这里也是非洲，但是却很热。所以，我对人说："为什么一个地方那么冷，一个地方又这么热？"人家说："嗯，因为就是这样。"于是我说："是啊，可能就是这样。"

这一次我们在船上待了很多天，最后到了美国。准备登陆时，海关的人对我说："你是中国人，你不能登陆。"于是约翰逊先生说："不，他是马来人，我三个月以后会将他送回婆罗洲。"海关的人说："你能讲英语，并且读和写吗？"我说："可以，一点点。"他说："读一下这个。"他把我的护照给我，我不会读，但是我记住上面都有什么，因为约翰逊先生告诉过我，于是我就把我记住的说给那个人听，然后那人说："OK，欢迎到美国！"

就这样我们进入了美国，到了一个很大很大的村子，这里有成千上万的灯。我们达到时是晚上，但是当我望向村子上方的天空时，它那么亮，那么红，还闪烁着，到处都是灯。我说："这是早晨吗？"他们说："不，这是纽约！"

我实在是被纽约惊呆了，我只想看啊看啊看啊，把所有的照顾动物和我的工作都忘了。每天晚上，那些人都把他们的名字点上灯挂在天上，以免被忘记，因为纽约的人太多了，很容易就忘记一些。随时都有汽车、巴士和列车的声音，有列车在我头顶的桥上，有列车在我脚下，还有的在我脚下的脚下。列车里总是挤满了人，我想如果列车停下来，人们都从那里面出来，纽约就装不下了，所以人们轮流住在列车里。我在那儿的时候，我总是在走，因为我害怕去坐列车，因为我不知道怎么下来，该在哪儿下来，或者我一不小心就会住在其中的一个里面。

街道很干净，他们每天早上都清扫抛光，我想在那么干净的地方，人一定不会生病。

房子都很高，有时我不得不在一个白人们管它叫电梯的东西里上上下下，那是个小房间，你走进去，然后突然间，它向上一动，它停下来时你的胃还停不下来，但是当它往下的时候，你感到你的什么东西都离开你走了。这比飞机糟得多，我一直很怕它，但是我坚持什么也没说，因为我想人们会议论我："他只是一个丛林人！"

纽约的冬天很冷，尽管我穿着很多很多衣服，加上我英俊的黑外套，我还总在发抖。所有人都穿着很厚的衣服和外套，就像我的一样，垂到膝盖以下。但是我真的被那儿的女人惊呆了，她们除了脖子上围着动物皮以外，身上别的地方几乎没穿什么，她们的丝袜就像没有一样，我是真的很吃惊她们竟然不觉得冷。

在纽约，我们把约翰逊先生的动物放在中央公园动物园，我每天去那儿照顾它们。最初约翰逊先生和我一起去，这样我才不会走丢，后来我可以自己去了，可是我始终都很害怕汽车。我走很多的路，在同样的街道上来来回回，也从不走远，因为我怕我会迷路。夜里我从不出门，因为灯一点上，一切都变得不一样了，我便糊涂了。

一天，他让我去电影院，我进去时还是白天，出来时已经是晚上了，那时才五点，在我们这儿还是白天，但是在纽约的冬天，那已经是夜晚，灯都点上了。我向上望去，除了高高的房子，以及屋顶上的红灯，什么也看不见，没有天。所有人都匆忙地走来走去，列车发出声音，所有的灯都在闪，我又变得迷糊起来。我走啊走啊，但是怎么也找不到我住的地方。约翰逊先生写了一封信让我随身带着，以防我某天迷路时告诉别人我是谁，我住哪儿；这时，我走丢了，所以我就开始在外套里找这封信，更吃惊的是，我发现我把信也弄丢了。

我走近一个警察，问他我怎么去中央公园动物园，因为如果到那儿我就能找到我的房子了，那就在附近。警察说，在十二个街区以外。于是我说“非常感谢”，然后又走了一段，我又问了另一个警察，他说还有九个街区。我又走，下一个警察说“这就是中央公园动物园！”哈，我就在动物园了，点上灯我都没认出来。于是我找到了我的家。这次真是走运啊，因为我当真是迷路了。

一天，卖报纸的人来和我说话，他们说：“你喜欢纽约吗？最喜欢什么？”我说：“是的，我喜欢纽约，我喜欢那些红色的电灯标志，好像一串火在流动，那些你追我赶的小灯跑得像小动物一样。”

一天，我在外面散步，来到一个很大的地方，那儿有很多马。我对一个穿制服的人说：“我能进去吗？”他说：“你得买票。”我说：“我买，现在能进去了吗？”他说：“当然！”于是我就进去了。我看到高大、漂亮的马，以及漂亮的穿制服的人，他们弹奏音乐，马儿随着音乐跳舞。我觉得纽约的马比我们国家的警察还聪明，于是我使劲拍着我的手，像其他人一样，又惊讶又开心。表演完的时候，大家都急忙争着离开，每个人都推每个人，我摔倒了，一个人把我拉起来，我说：“真谢谢你。”然后就回家了。

我还去看了拳击和摔跤。拳击还可以，摔跤太野蛮了，我们这儿除非想杀人，一般我们不那么干。

一天，一个人受伤躺在街上，每个人都看看他就走开了，于是我也看看他就走开了，因为我怕如果我待在他附近，别人以为我把他弄伤的。后来我告诉约翰逊先生，他说：“这里每天都有人被杀死。”

有一天，我又在外面散步，遇见一个人喝醉了酒，就好像在婆罗洲有人喝多了米酒一样。那人说：“你和我一样是菲律宾人！”我说：“不，我是马来人。”他又说：“不，你就是菲律宾人！”我说：“你喝醉了，你最好回家去吧，难道你不知道这里每天都有人被杀死吗？”他没回家，他想打我，因为我不是菲律宾人。我于是开跑，跑到一个很重要的人身边，那人穿着制服站在一个旅馆门边，我挨着这个重要人物站着，他不允许那个醉酒的菲律宾人靠近酒店，所以也就打不到我。

约翰逊先生带我去一个地方吃饭，在那儿你把钱放到一个小洞里，然后再从那洞口取出一盘饭菜，每个洞贴着不同的名字，你好知道从每一个洞里你可以得到哪样饭菜。我们吃了一份叫作派的东西，是把蔬菜、土豆和肉一起煮熟，裹在面粉里面。我觉得那个地方可真是很狡猾，该塞一毛的孔你塞不进五分的，该塞五分的你要是塞个二分的它就没反应。

一次，有个人给我一些葡萄酒，我喝了一点，一下子记起外面那么多的汽车、火车，很大的噪声和带给人的迷糊，以及每天有人被杀掉的事，我担心我喝多了会被撞、走丢，或者被杀，于是我就没有继续再喝。

约翰逊先生还带我去一个俱乐部，他们要在那儿谈论婆罗洲。我们到了那儿，他告诉我，我得站起来用马来语给大家讲。我说，这么做没用，因为他们听不懂马来语啊，但是他说我必须讲马来语，再由他用英语来告诉他们我说的是什么。我那会儿又害怕又害羞，因为有那么多人，而我从来没有练习过在很多人面前说话。尽管加上冷的原因我发抖了，但我还是说了。我告诉他们，在我的村子里，只有三十个人，我很吃惊他们愿意听关于那么小一个村子的故事。我讲完的时候，他们又使劲拍打他们的双手，表示他们听得很高兴，然后我坐下，约翰逊先生才说话。他给他们看了一卷他的电影片，关于格曼洞的燕窝穴，关于长鼻猴，还有步行鱼。后来人们围过来对我说："我们喜欢你今晚讲的东西，你说的什么语？是中国语吗？你是中国人吗？"于是我说："不，我是马来人，十分谢谢你们。"

吉姆先生，过去在婆罗洲开飞船的，当时也在纽约，可他不住在那儿。一天，我们乘一艘很大的飞船，从纽约去他的家乡，那飞船比约翰逊先生的大多了，还有很多别人也在里边。我没有害怕，因为我已经习惯了坐飞机，但是在这里与在婆罗洲飞行，是很不一样的。在我们国家，我向下望去，是丛林树木，还有河流，我一点不怕；但是这里，我望下去，都是楼房和火车，掉在那上面一定不会舒服。在纽约，飞船的翅膀上有雪和冰，天气很严酷，好像我们到达开普敦之前的天气，我感到不舒服，但是我没有吐。行了很多英里才到吉姆先生的家乡，我们去到他家，他的家人招待我们吃喝，但是和他们一起吃饭让我很不好意思，我不知道怎么像他们那样吃，我一辈子都是用手指抓着吃，用那些铁的武器钳起食物往嘴里送，对我来说很困难。我不想表现得粗鲁，不遵从他们的习惯，于是我只好假装不饿，早早地就去睡觉了。第二天我们就回纽约了。

又一天，约翰逊太太到酒店来找我，要带我去和一些妇女谈话。我一直跟着她后面走，但是我转开头一分钟，去看了一下别的东西，再回过头来就看不见她了。后来再看见她，我就跟上去，一直到她忽然回过头来很生气地看着我，我这才发现这不是约翰逊太太，是一个不认识的女人。于是我担心我可能又丢了，但是约翰逊太太追上我们，说："你为什么不跟着我呢？"我说："我以为我跟着呢，因为那个女人看起来就像你。"然后约翰逊太太看了看她，说："哼，我不这么认为！"

我病了两周，他们带我去医院，但是我没住院，我害怕有人在那儿死去，所以我站起来，走了，回到我的家里去，在那儿生病。我患了严重的痢疾，拉的都是水，医生来看了我好多次，两个星期以后，我就好了。

一天，约翰逊先生说，两天以后他会把我送上回婆罗洲的轮船，我听到这个消息很伤心，因为他对我很好，还有美国又是那么一个了不起的地方。我像个孩子一样地哭了，什么也吃不下。开始我还以为我会在美国留下来，工作，第二天，我想通了："唉，没关系，如果他说我得走，那我就走。"

这是新年的前一天，他给我买了一块手表作为礼物。那天晚上我去了时代广场，去看美国人怎么过节。那里人很多，吓坏我了，立即就想回到我的房子里去，但是我回不去，我们就像鱼被网住了一样。人们在我耳边吹一样东西，弄出来的响声好像羊叫，我对他们说："别再弄了！"他们说："你不喜欢吗？在你们的国家你们做什么呢？"然后我说："不喜欢！"我想回家上床，但是那一整晚我都回不去，直到凌晨一点。因为这是纽约的新年，而新年在纽约你不能回家。

那是第一个月的第一天，我却很伤心，因为这一天我就要出发去婆罗洲了。约翰逊先生拉着我的手用马来语说"Selamant belaya"，而我却用英语说"再见"，我觉得这样更礼貌些。约翰逊太太领我上了一艘荷兰轮船 Kota Djandi 号。离开他们使我那么伤心，以至于我忘了带上我的两条毯子，两个枕头，还有我的橡胶鞋，但是我记住带了我那九条领带，我的大帽子，还有我的黑色外套。

这样我就起程回家了，当轮船到达新加坡时，我拿着约翰逊先生写的一封信去给一个人，那人接过信去读完以后，告诉我："你难道不知道这个人已经死了吗？他许多天前从飞机上掉下来，他已经死了。"

这时我只看着他，我说不出话，只因为我太伤心、太难受了，我不能相信那是真的。但是我问了很多人，而所有人都回答我说那是真的。然后我像个孩子一样哭了两天，我不吃不睡，后来我知道我将永远为这个人伤心。

现在我得回我的村子去看我的族人去了，我要多买些水牛，多种些水稻，到丰收季节，我收割水稻，喝米酒，然后找一个媳妇。尽管我会一直像这里的所有人一样生活，我却永远也不会忘记美国。

第二部

各自的路

第六章

男孩儿降生

01

当哈里一件件笔挺的衬衫在热带的晚宴桌上变得皱巴巴，当一句句言不由衷的客套话在几杯波特酒[①]的鼓励下不由自主就从唇边溜出，我们也找到了自己原始的良方解药。这时我们记起来，丛林在等着我们，长河缓缓地从森林里流出，异教的土著在此狩猎，绿色的山坡，湿漉漉的山谷，都只识得本地人的足迹，内陆平原也只听得见土著人的声音。我们装好被褥、牛肉和大米，耳畔回旋的词语都是马来语和穆鲁特语的轻柔，而与我们如影随形，不离左右的声响，只是我们身后的苦力坚实的脚步声，我们又出发了，开始我们的丛林之旅。

在我来到婆罗洲之前的很多年间，这一直是我丈夫经常做的事。

十二年前，一个奇怪的白人男子穿过根地咬[②]平原，来到北婆罗洲内陆深处的一个穆鲁特小村子，包村。他在这里很受礼遇，人们在长屋给他接风，然后安置他在长屋与单身汉以及小伙子们一起睡觉。这一觉，不断地被老者的咳嗽、向火堆里的吐痰声，

① Port，是一种酒精加强葡萄酒，比普通葡萄酒更甜，酒精浓度也更高，为葡萄牙杜罗河谷的名产。——译者注

② Keningau，婆罗洲重要的内陆城镇。——译者注

以及年轻人无休止的挠痒痒声打断。

这个白人在这热情好客的气氛中住了好些天。这些日子里，他钓鱼成果颇丰，打猎技能虽然了了，却也小有斩获，与酋长一起喝米酒。不过他一直小心翼翼，生怕冒犯穆鲁特规矩，似乎对本地的禁忌和习俗都了如指掌。

一些私下的饭局中，那一队陪他来的穿卡其制服的土著年轻人，早已忙着将他们主人的故事很有权威性地在当地人中间传播开来。渐渐地，这个白人的生活在村里一个小伙子的头脑中组成了这么一幅图画：他走村串巷，快乐地钓鱼、打猎、喝米酒。当这个白人离开包村、向沿海地区返回时，在好几天的徒步旅行中，他都没有发现这个穆鲁特年轻人跟了来，这就是阿鲁萨普。

到了沿海，阿鲁萨普将自己介绍给这个白人，并解释说，他跟随他走了150英里的路，就只为了能成为他随行的一员。深深被这样的敬重打动，这个白人心里很自然地将这个小伙子视作了心腹。由此，远远在我的时代开始之前，阿鲁萨普已经是我丈夫生活中的一员。

阿鲁萨普一定很失望地发现，与一个欧洲人一起生活，并不意味着总是钓鱼、打猎、喝米酒。在这些旅行的间隙，是漫长而乏味的日常生活，他得洗碗、谨慎地举着鸡毛掸子满屋除尘，无精打采地用扫帚扫地。这些间隙中，他可能正在后院抽着烟管，也会被来自正屋的叫声打断，让他去伺候吃喝。当阿鲁萨普终于穿戴好衣服、裤子、头巾、纱笼，端着一托盘饮料出现时，身上可能仍然充斥着浓烈的土烟草臭味，然而他的尊严和优美是无懈可击的。

几年以后，当我出现时，这些尊严和优美的价值早已牢牢奠定，我更是立即喜欢上了他，同时我也明白，不要指望他能在家务活上有多勤勉，他的闪耀之处，更多的是在我们穿越平原和丛林的旅途中才体现出来。每当那时，他的外交地位凸显，不再只是先生的随身跟班男孩儿。他是我们向陌生村落表达友好的大使，是他的主人与当地要人间的联络线，是这个白人与土著之间友谊和信任的福音。

他利落地处理好一切的旅行杂务，全家只有他在打包时绝不会忘掉点灯的油和可以用来装水的空油桶；此外，关键物品，如红辣椒酱，他主人的啤酒杯和杜松子酒，则都是他的头等要事。他干练地封装好所有的辎重，然后，在出发这天，他一身行头似乎是他主人的拷贝。某一年，他的先生穿暗蓝色苦力布短裤和衬衫，阿鲁萨普也穿暗蓝；又一年，先生换成了卡其布装束，阿鲁萨普也一身卡其亮相，还戴着先生淘汰的一顶斯泰森毡帽。而我也上下短打地去配合我丈夫，我们仨统一的中性外表，每每出现在一个陌生村落时，更无形中彰显了阿鲁萨普的重要地位。

家里的一组枪械在旅途中，每每阿鲁萨普总会设法将其中一支留作己用，当然我和他都很清楚，他枪法比我好，从而优先享有我那支口径22的来复枪，这倒也公平。

每当山打根这冗长而乏味的琐碎生活持续得太久，让阿鲁萨普不堪忍受时，他要么申请休假，要么提出辞职。不过无论他采取哪种行为，结果都一样；他毅然离开这个城市，回到他的村子去，一走好几个月。在那儿，他凭借讲述主人的风光故事，构筑了自己的尊贵地位，可以一直喝着米酒，直到他那棕色的皮肤开始闪现桃木的红光。在稻米丰收的那几个星期里，他就这么喝过去，接下来的几个星期他则一边休养，一边开始预备一些向我们示好的礼物，然后又回到山打根。

同时，哈里和我一面被阿鲁萨普如此的三心二意激怒，一面也不再为他这样的行为而吃惊。我们都发誓不让他再回来，然后阿鲁萨普自有一套办法，让他总能在一个理所当然的舒服长假之后，毫无愧意地再回到这个家里来。面对哈里猛烈爆发的斥责，以及阿鲁萨普再也不能回我家工作这种赌咒似的决定，阿鲁萨普只是很伤心地为自己辩解。他对先生所说的一切都充满尊敬地表示同意，然后悄悄地回到后房，而那个替代他的男孩，可以明显地感到阿鲁萨普身上不可置疑的优势，默默地走了。当下一次饮料被送上来的时候，托盘后出现的是阿鲁萨普，仍然充斥着浓烈的土烟草臭味，仍然充满了尊严和优美，日子便又回到它的旧轨道上去。

但是，如果某一次哈里的暴怒无法遏制，阿鲁萨普会到镇上待一两个星期来缓冲。这期间，他会用马来语给他的先生一天写一封信，这些信总能将他的所作所为讲得合情合理。他向他的先生保证，已经原谅了先生的愤怒和失礼，他对先生仍然不存丝毫恨意，他还记得自己和先生曾经是多么要好的朋友，彼此是多么的喜欢和欣赏。他，阿鲁萨普，现在已经准备好了，再来为先生服务，在接下来的很多年里，他都将以一如既往的热情和忠诚来为先生服务。

这样的谈判通常持续十天左右，其间我们经历了各样的情感起伏。先是暴怒，接着稍微平缓一些的生气，终于我们达成一个共识，也许我们是傻子，但我们真的希望阿鲁萨普回来。在这个决定下，给阿鲁萨普小涨一点工钱简直就是必需的，这样他才可以付清他十天来待在镇上的住宿费，此后，日常生活方可重返运行秩序，或者说步行秩序，因为步行更接近于阿鲁萨普的步态。

02

在其中一次这样的度假中，阿鲁萨普在他老家包村结婚了，他娶了库塔。对于阿鲁萨普的年纪，他这些年来似乎还很懵懂；但是在几次稻收的季节，他开始“寻找烟叶”，也就是说，找女孩子的陪伴了。库塔，并不比一个孩子大多少，第一次证实了自己是个女人之后，就被视作到了婚嫁的年龄。

那一年的稻子丰收，稻收季节也更加隆重，在吉祥而干燥的天空下，耀眼的阳光里，村里的钟连续几天地敲着。这时，天上的半月渐渐转盈，这是最吉利的征兆，如同孕育，婚礼的季节成熟了。

来自阿鲁萨普受人尊重的家族的一份丰厚的嫁妆在得体的仪式下呈送给了新娘的父亲。那是四个古老而很有价值的坛子，三只很重的红铜钟，一支吹管，一把土著匕首，一根穿了贝壳的脖圈，以及一头水牛，所有这些一齐送到了库塔的娘家。这份来自他妹妹出嫁时获得的新娘聘礼，从那时起就一直小心翼翼地存放着，供阿鲁萨普成亲时使用，完整地传到了阿鲁萨普手中。

为客人准备的米酒坛子装得满满的，杀鸡宰鸭地预备着，窖存的鱼和肉也都挖起来用竹器运了过来。由新郎和新娘的朋友分别组成的饮酒队，就着酒坛上的竹条饥渴地喝着，直到双方都累倒，撑倒，不能动弹，才宣布胜利。

然后轮到库塔出场，脖子上挂着二十串珠链——她的新郎送给她的礼物，来到阿鲁萨普的面前。这是最后的仪式，象征着他们的结合，他们要在同一个碗里吃饭，同一个坛里喝酒。她丰腴苍白的身体在油灯的橘色光晕中泛着光，耀眼的珠子挂在她赤裸而丰满的胸前，秀气的月亮形脸蛋上颧骨扁平，他们的脸靠得紧紧的，在糯米酒坛的上面。当她丰满的嘴唇从竹片上吸到米酒时，她抬起亮晶晶的眼，看了一下阿鲁萨普，紧跟着就匆忙而心虚地躲开了对方的眼神。但是这深棕色眼珠的一瞥，顿时让阿鲁萨普的脸变得更红，这是多少米酒也不能做到的呀。库塔有一副娇小完美的身子，诱人的胸脯，成熟的身体被稚气的脸蛋烘托得更加难以抗拒。她像一个阳光下熟透了的金黄芒果一样自然甜美，像一只丰满的鸽子一般狂野地飞越丛林上空，她是绝无仅有的一个生命，能让阿鲁萨普加速他那充满了尊严的步伐。

可是，阿鲁萨普又按时地厌倦了老家的乡村生活，希望再次返回山打根。库塔，从未遮住过上身，从未见过一个白人妇女，从未离开过家乡的村子，拒绝和他一起走。于是阿鲁萨普独自回来，带来的只有婚姻的记忆，用以慰藉他的独身生活。

好几个月来，我们的家居生活在山打根慵懒的气氛中好像沉沉睡去。那时在我们潜意识中，一直在想，阿鲁萨普应该和妻子在一起。尽管我们知道，现在这样可能比后院多出一个女人要和平安宁许多，但是我们心里一直在感叹，可怜的阿鲁萨普。

终于，哈里告诉阿鲁萨普，又到了“pergi round”的时间了。这个表达法是马来英语，字面含义是“出去转转”，通常被土著男孩儿用来指代他们主人的旅行，同时还伴随着另一个词，劳司[1]。这个“劳司”对这些土著男孩儿的真正意义在于，额外的餐费。“出去转转”和挣“劳司”是最能让阿鲁萨普兴奋的期待，

① Louse，截取自旅行津贴“travelling allowance”。——译者注

尤其是这次，哈里说他会重访包村，我们家里的气氛终于才又活转过来。我那一阵在发烧，而不能成行，但我的22口径来复枪会去，我的缺席其实完全被这支来复枪给弥补了。

阿鲁萨普监管、准备了这次为期四周的旅行，所有的粮草供给、衣服鞋袜、卧具，都装进了土著人做的竹篓，以及哈里自己发明的包裹里。然后，哈里和阿鲁萨普，武装在相似的卡其短衫之下，开始了他们向内陆挺进的苦力之旅。

坐了两天汽船到达杰士屯，然后坐上北婆罗洲唯一的铁路线，到达米拉拉，继而顺着马道骑行来到根地咬，内陆地区的中心。从这里开始，又步行两天，沿着土著人开辟出来的小路穿过根地咬平原和丛林，到达包村。

穆鲁特村民总会热情地接待老朋友，他们自己也喜欢找各种庆典的借口。在造访的那五天中，哈里、阿鲁萨普以及村里的男人们天天打猎：野牛、野猪、赤麂、黑鹿，筵席歌舞日日不断，整个村子似乎进入了一个永久的欢庆状态之中，每个人的肚子都欣然鼓着，愉悦像雾气一样蔓延在整个村子。库塔，独自一人，远离这热闹，羞涩而不可接近。

在动身回来的前夕，欢送宴席上，哈里把头人、长者以及库塔的家人召集过来，向他们总结了本地习俗以及离婚法案，告诉他们，库塔必须跟阿鲁萨普一起回到山打根，如果她不肯，那么阿鲁萨普可以与她离婚，因为法律和习俗都将以她不履行

夫妻义务为由，允许他这么做。而且，如果阿鲁萨普在这种情形下与她离婚，她的父亲还必须将聘礼归还于阿鲁萨普。一番辩解之后，大会同意了先生的说法，认同了这个约定，认为库塔必须陪伴阿鲁萨普回到山打根。

库塔一开始激烈地抗争，不肯离开村子，但是决定一旦做出，她很快就理智地向村民告辞。

这场盛宴以离别的准备收场，阿鲁萨普的盲眼母亲被领到哈里面前告别，并祈求哈里成为她儿子的养父养母兄弟姐妹以及保护人，这些任务哈里都欣然接受，一行人在包村人崇敬的光环中离开了。

阿鲁萨普和库塔亲热地走在队伍的最后面，阿鲁萨普的眼中显示出从未有过的梦幻，他神思缥缈，步伐却更加仔细。到

达第一个沿海城镇时，阿鲁萨普给库塔买了一件可芭雅服，她到此时为止，仅腰间一袭纱笼盖住双腿。可芭雅是马来人的一种短上衣，紧裹在库塔的胸上，用一枚别针扣住，在这最基本的服装的囚禁下，库塔身体上重要的部位似乎总在伺机逃脱，好像那个小小的丰满的身体在挣扎着要求自由。

除了她的身体对衣服的持续反抗以外（她一有机会就脱掉），库塔对山打根的文明生活并没有表现出太多的敌对情绪。但是，一旦真有触动到她的时候，她立刻会将她的感情无比自然地宣泄出来。

从一开始，库塔就在厨房里与阿银、阿金以及陈玉，我们当时的厨子，挑起战争。厨房里的情形总是错综复杂，来自于种族的、烹饪习惯的、卫生标准的，这是几个人一起做饭不可避免的结果。无论我买多少搪瓷锅，希望专门用来给我和哈里做饭，但最终我总能看见那些锅里装着各式各样别人的饮食。库塔天然的色彩敏感，令她格外青睐那最好的蓝色珐琅瓷，因此，她总会在她给自己和阿鲁萨普做鱼和米饭时使用这几件器皿。他们吃过一餐之后，将剩下的部分放在锅里留给下一顿。她的这一习惯最令陈玉深恶而痛绝之——陈玉的职责是将所有的烹饪器皿清洁干净供我查看。

库塔和陈玉之间的这一世仇经历了两个阶段。第一阶段，库塔没有理会陈玉的牢骚和抱怨，这种状态完全取决于库塔的心情，持续了一段时间。然后，在没有任何预警的情况下，骤然升到了第二阶段。库塔抄起一把菜刀将陈玉从厨房撵了出来。如果厨子站在原地勇敢地面对这个残暴的小野人来势汹汹的持刀相向的话，真不知会发生什么事。但是这种假设永远不知道结果，因为我们的厨子从来不会那样。

在这一系列的过程中，阿鲁萨普将自己撤离到视线以外，因为他既不愿意面对库塔，更不想去与厨子说理。事态平息之后，大家会让阿鲁萨普去严厉斥责、管教库塔，库塔这时也已经处于厌战后的温顺状态。

也有时，库塔早早回到他们山下的小屋就寝，而阿鲁萨普在前面的派对中伺奉酒水，他晚些回去以后，发现自己被锁在了门外。每每此时，他只安静地顺山爬回厨房棚屋，与猫们一起睡在厨房的地面上。

03

在阿鲁萨普的世界里，有一个高过一切的向往，他希望有个儿子。曾经有过三次，生命之光在库塔的子宫闪过，而每一次孩子出生前，库塔都说服阿鲁萨普将她送回老家的村子。那里孕期的忌讳和风俗都有人指引和监督，那里女性亲戚们会在生产过程中正确地推压、按摩她的腹部来助产。

第一次，一个六个月的婴儿生下来就死了。关于这件事，库塔和阿鲁萨普的猜测是，一定是孕期的某一夜屋里的火灭了，孩子也随着这火种在子宫里死去了。

第二次，宝宝出生，活了两个星期。宝宝的死，库塔归罪于阿鲁萨普的不小心。因为怀孕期间，有一次阿鲁萨普陪着先生去打猎，作为一个即将做父亲的人，本该谨慎，可是他却吃了鹿头，这触犯了禁忌，而导致了宝宝的夭折。

库塔生的第三个孩子，在出生后三天，又死了。尽管村里的接生婆用刚刺穿了水牛脏腑的竹片来切断婴儿的脐带，从而赐予他动物的能量，他亦未能逃脱厄运。库塔和阿鲁萨普只能归因于，有坏人使了巫术，来诅咒这个孩子。

现在，库塔第四次怀孕了。阿鲁萨普一直在祈祷，有一个儿子来传递他们部落濒于灭绝的种子。再一次，库塔要求回老家村子去。

然而这一次，哈里和我下定了决心，坚持让阿鲁萨普制止她回村，这样，孩子可以在山打根，在医生的监护下顺利出生。在阿鲁萨普对孩子的强烈企盼支撑下，他斗胆反对了库塔。激烈的抗争后，库塔又一次出乎意料地表现出对命运的无奈接受，安静地留了下来。

有胚胎在她腹中萌芽，而库塔的脸上丝毫没有变化，连显得稍微成熟一些都没有。小小的身躯，纤细的腰肢，秀气的脖子，幼稚的脸蛋，她一点也不像一个怀孕的妇女，反倒像一个美丽的孩子，一夜之间胸部和腹部凝聚了丰饶的繁殖力。每当她从后屋的台阶上上下下，我们都祈祷，猫啊狗啊猴啊，你们都不要挡在她的道上，她的样子让我们觉得，任何一点颠簸也会使宝宝掉下来，但是库塔似乎对所有的过去都害了健忘症一样，毫不担心。她肚子越来越大，也就越来越不动弹，大部分时间躺在她的垫子上抽烟。

孕妇不时有各种各样稀奇古怪的对食物的喜好，都一一被阿鲁萨普不厌其烦地满足。有时是酸甜可口的红毛丹，有时是浓郁的榴莲，还有时是烤山猪肉，那么这一天，阿鲁萨普就得请假出去猎山猪。

我们俩都对阿鲁萨普和库塔充满了疼爱，我们对他们的依恋来自于责任感，更来自于他们对我们强烈的信任。但是我们坚定地要让这个孩子无论如何生存下来的意愿，并不完全是我们身上那种父母本能使然，更因为我们都深深地爱上了这个国家，这片土地。我们有一个共同的梦，希望这里的人们香火延续，永不间断。阿鲁萨普和库塔两人都是纯血统穆鲁特人，婆罗洲异教土著的种群人数正迅速减少的部落之一。这个宝宝身上藏着很多的意义，两个异教徒的骨肉，一个正在消亡的种族的血脉，这让他的意义超越了简单的个体。

关于这个胎儿何时降临，他们俩都不清楚。而库塔认为，怀孕有一个月，两个月，或者三个月，都一点也不重要。阿鲁萨普想帮着搞清，但是没有库塔的配合，他的任何努力都是白搭，他只好猜测宝宝的种子是在“旱季雨季轮换”时种下的，而库塔那夸张的肚子立即推翻了他的假想。库塔的医生，从怀孕征兆刚一显露我们就请他照顾库塔的这个医生，说最大的可能，我们将会在圣诞节迎来这份礼物。

库塔大概是他们部落里头一个在医学指导和照料下度过孕期并分娩的妇女，她每周接受护士的检查，被指导做常规的运动，以及食用健康的食物。她总是很温顺地听取这些建议，却从不遵守。她整天躺在垫子上，云山雾罩地抽着烟，也只吃阿鲁萨普按她的要求拿回来的各种食物。

她的房间被收拾一新，添了婴儿床和蚊帐，这样他就不用睡在垫子上，他的父母中间。小澡盆，鲜艳的小纱笼，婴儿服，都一一准备妥当。

圣诞节那一个星期来临，阿鲁萨普被告诫，在库塔的第一声呻吟发出时,不要自作主张去展开任何接生的工作,只需求助。

这一周里，出现了几次由腹痛产生的误警，大概是吃了过多的炒饭和猪肉的原因。接着到了圣诞前夜，晚宴时，库塔忽然发作，立即赶来的护士检查后，告诉我们，几个小时以内什么事也不会发生。晚宴的饮品就此磨蹭起来，上气不接下气，阿鲁萨普神思恍惚。子夜一过，客人散去，哈里，我以及阿鲁萨普冲到后房库塔的门外，像三个紧张的父母一般等在外面。

库塔凄惨地哭喊着，从她小屋里泄出的灯光，淌到这漆黑而温暖的夜里，护士站在门边，兴奋地向我们传递进展。库塔一直叫着，护士一直兴奋着，到了三点，护士终于说，是请医生的时候了。尽管医生立即就赶了过来，孩子却迟迟不肯露面。等他终于降临时，天已经快亮了。那第一声纤细的声线从宝宝的肺里发出，查看之下，证实了是个儿子，所有的人才欢快地睡去。

这个小小的男子，巴勇·缤·阿鲁萨普，美丽无瑕。他只顾吃奶睡觉，睡觉吃奶，浑然不知，一场战争在他头顶发生，一场在卫生与迷信、传统之间爆发的战争。

库塔怀孕期间，大家都很注意，尽可能地不去违背穆鲁特的风俗和禁忌。巴勇出生以后，医生和护士为他准备了礼物，用以防备可能由他们的照顾而导致的危险。而他们则担心，来自于医生护士的关注可能会吸引邪恶精灵，从而伤害到孩子。

但是在食物和卫生这两方面，我们很坚定地在能够防范的情况下，毫不妥协。

在巴勇生命的最初四十八小时内，奶汁没有从库塔的乳房流出，她很惊恐，觉得孩子会被饿着，于是趁我们不注意，偷偷地用一个没洗过的干姜水瓶子里的橡胶管，给巴勇喂了听装牛奶。当我们在巴勇的床下发现这个瓶子时，哈里将它扔到了窗外的竹林中，而我则再次给她解释巴勇还不饿的事实。第二天，我再次发现这套喂养设备又被启用，只得没收了瓶子，撕掉了橡胶管，并警告他俩，如果再给孩子喂母乳之外的任何其他东西，哈里要把孩子从他们身边抱走。谢天谢地，到这个时候，库塔的乳汁终于畅流。然而，我始终都在怀疑，那些“更有营养”的东西，例如米饭、猪肉、鱼肉以及甜薯都悄悄地溜进了小巴勇的膳食中。

理论上说，巴勇睡在自己的小床上，而床就立在他母亲的垫子一侧。但是日复一日，我们都看见巴勇和库塔一起躺在垫上，厚厚地裹在蚊帐下面，笼罩在杜逊烟草的熏天雾气中，几乎不可见。库塔解释说，巴勇可能会从床上摔下来而受伤，于是床换成了一个藤篮，但是巴勇仍然和库塔一起睡在那垫子上。

空气也是个问题，新鲜与恶浊之间的较量。我每天过去将门窗打开，把巴勇头上的毯子取掉，蚊帐撩开，我知道，这短暂的通风我一走就会终止，所以我总是在那儿待一会儿，和库塔聊聊天，直到巴勇好好地呼吸了一阵新鲜空气。

当巴勇几个星期大的时候，我们建议让他每天在户外待一会儿，尤其是在早晨的阳光下。可这对父母对这个提议无比担心，他们怕孩子被人偷走，即便不偷走，陌生人也会凑近了看他，这样会引来魔鬼，伤害到他。

巴勇一直健康而茁壮，可能由于文明的喂养，也可能什么也不因为。七周大的时候，我们带他参加了总督府的宝宝秀，在所有的三百多个婴儿中，有华人、马来人、爪哇人、印度人、菲律宾人以及本地人，而巴勇是唯一一个穆鲁特人。他饱受关注和喜爱，在宝宝竞赛中被评为最优秀土著宝宝，获得一盒婴儿皂以及一根蓝色的绶带。阿鲁萨普、库塔以及巴勇表现得十分优雅，保持着安静而令人愉快的姿态，坦然地接受着众人给他们的喝彩；然而哈里和我却掩饰不住骄傲，为我们这份共同的杰作。

三天以后，在安静而温暖的午休时间，我的卧室门忽然被打开，阿银冲了进来。惊惶地翻看着我的书，只见她惯常乐呵呵的脸扭动着，满是惶惑和紧张，她一面努力地组织词汇想要说什么，一面却止不住在哭。

一般来说，阿银的英语和马来语都讲得过去，但是这会儿，她唇边只吐出一串串的广东话。渐渐地，从这些语无伦次的汉语中，溜出的一两个马来语和英语词，我听出了两个字眼："宝宝"和"生病"。

我从长藤椅上一跃而起，披上睡袍，踩进一双当地人穿的拖鞋，冲向门边。下了很滑的铁木楼梯，穿过充满饭菜味的灶房，沿着那五十级反射着刺目阳光的台阶下去，便是佣人区。我一路狂奔。

绝望的号哭声将我领到库塔的房里。在那午后三点令人窒息的热浪中，我看见阿鲁萨普和库塔蹲在巴勇身边，几乎用他们的身体包住了这个孩子，眼泪止不住地在他脸上流着。

我大喊一声，让他们静下来，然后将他们从垫子跟前拽开。我抱起巴勇，他小小的身体裹在一张湿热的毛巾里。我听了听他的心跳，搏动和脉搏尚清晰，湿漉漉的脑袋无力地向后耷拉着，双目已经无神，但还有一息温暖的呼吸从他嘴中呼出。

我控制着内心的恐惧，强迫自己要镇定，回头去询问绝望中的阿鲁萨普，孩子究竟发生了什么事。令人心碎的泪珠从他棕色的脸颊上无助地滚下，他抽泣着告诉我，巴勇忽然肠胃不适，中国医生来过，给了些药，走了，接着巴勇变得僵硬，再然后就是我见到的情形了。

我抱着孩子在前面，身后跟着他的父母，在这热带的热浪中冲上台阶，穿过灶房，回到正屋的电话旁。

拿起电话前，我再次听了听宝宝的心跳，但我自己的心脏粗放地撞动，无法分清听到的心跳是宝宝的，还是我自己的。然后，当冷汗将我和孩子湿透，我一个激灵，拨通了给巴勇接生的医生的电话。

接电话的是罗满大夫，医生的华人助手，他解释说医生不在，下午是他出诊去看的巴勇。没有什么需要担心的，他宣称，只是中暑而已。

“但是，大夫，我告诉你，他快要不行了，他就在我的臂弯里，快要死去了！”我哭喊道，“你马上告诉我，现在怎么办来挽救他！”

“夫人，请您现在不要慌乱，”那个有条不紊的声音平缓地回答道，“只是肠胃不适，所有的土著婴儿这个季节都会发生这类中暑状况。你知道的，他们总是喂一些不恰当的食物。不过，如果你很担心这个孩子，那么叫你的男仆把孩子带到我办公室来，我再看看吧。我担保，没什么好担心的……”

那个平和舒缓的声音还在继续，我不再听下去了，因为我已经绝望地意识到，我臂弯里的孩子已经死了。这个小穆鲁特人的眼睛，只短暂地看了看这个友好的世界，现在仍然睁着，却什么也看不见了。

我扔下听筒，转向阿鲁萨普和库塔，无语地看着他们顺服的脸。从这样的顺服无望和放弃中，我眼前那些曾经争执不休的东西起了变化。我看到由白人和医生组成的新世界，与土著和接生婆的旧世界一样，在命运面前，都无能为力。他们的儿子死了，这个失去了生命的孩子的躯体，比我的任何语言都更有力地陈述着一切。

阿鲁萨普张开双臂，我将巴勇放在了上面。

在热带，葬礼必须尽快举行。潮湿和高温的力量能够迅速地瓦解一切，迫使着送葬者尽快将亲人埋葬。

来自同村的两个穆鲁特男子帮着阿鲁萨普一起，钉了一个简单的小棺材给巴勇。日落时分，这支小小的送葬队伍颠簸着向山上走去。在红土山梁上，有一片没有任何献祭的坟地，异教徒在那里埋葬他们的死者。阿鲁萨普和昂布扛着这副小棺材，沿着土砖铺成的山路上行。库塔跟在后面，抱着巴勇的一些物件，用以陪葬。

太阳落下去的时候，远处有雷声响起，巴勇重回大地。

知道异教徒葬礼不欢迎外人，我和哈里站在另一个山坡上远远地注视着那一队悲伤的送葬人群。他们离开后，我们才翻过土砖墙来到坟前。

库塔的纱笼挂在一根杆上，形成了一个帷幔，庇护着巴勇的魂灵，为他向京那巴鲁神山[①]行进的旅途挡风遮雨。巴勇自己的小纱笼被撕成了碎条，也系在这根杆上，迎风招展。因为只有毁掉的衣衫，才不能为任何恶意所利用来加害于他；而死者的魂灵将在另一个世界中找到这件完整的衣衫，来穿戴用着。

两小碗米饭和水摆放在那里，是他旅途中的食物。他的脚冲着东方，这样他怎么也不会走错方向，巴勇已经准备好了这

① Mount Kinabalu，在当地被视作神山。——译者注

段英勇的旅程，他将一路向那灵魂的归所——圣山走去。

我静静地看着这个小坟堆和它的装饰，似乎它埋葬的不是一个孩子，是一个种族。

尽管那一夜库塔号哭着，呜咽着，抽泣着，但是阿鲁萨普还有一件大事摆在面前，他得准备一席丧宴，来答谢那些帮助了他的穆鲁特人，以及所有在丧葬期间来探访的人。取消丧宴，或者仓促小气地举行，都将亵渎巴勇的亡灵，对那冢中的身躯有所伤害，还会让他的灵魂在攀越京那巴鲁神山的峭壁时遭遇危险。整晚，阿鲁萨普不断地上着咖啡和食物，火也燃了一夜，和着异教徒的挽歌。

我躺在床上无法入睡，哀挽声响在耳边，响在心里，平息不下。于是，我把那天发生的事一片片穿起来，形成了一段伤心的组曲。清早，我亲眼见到的巴勇还灿烂活泼，但是下午我回到卧室午休以后，巴勇忽然间肠胃不适。阿鲁萨普很警觉，但是午休时间，在东方人眼里不可打扰，他因此不愿惊动我，只给哈里的办公室去了电话。

哈里因此致电巴勇的接生医生，接电话的是医生的华人助手，罗满大夫，他说巴勇的医生不在，他可以出诊去看看巴勇。罗满大夫去到我们的后屋，诊断巴勇的症状为中暑，给阿鲁萨普留了一瓶药，离开时也没有跟我打招呼。

巴勇的病情急剧恶化，阵阵干呕伴随着呕吐，阿鲁萨普将药灌进他的喉咙，孩子不住地喘气，喘气，头向后耷下，身子僵硬起来，灌下去的药冒着泡从嘴里流出。随即，阿鲁萨普和库塔认为孩子死了，一阵暴风骤雨般的眼泪和穆鲁特的哭丧席卷而来，惶恐万状的阿银冲进我的卧室。

巴勇究竟是死于不当食物引起的胃痉挛抽搐，还是由于阿鲁萨普情急之下不慎将药灌进了他的气管，窒息而死？我无法断定。但是我相信一点，如果巴勇是欧洲人的孩子，那位华人大夫是不会以“中暑”而草草对待，更不会将药留给一个对服用方法一无所知也毫不在意的人。

阿鲁萨普和库塔双双发誓，除了母乳，没有别的任何食物进了孩子的嘴，但是我太知道那些甘薯、米饭，还有黄瓜的诱惑，几乎可以断定，库塔没有违背土著人的习惯，她将这些美食送进了婴儿的嘴里。

在阿鲁萨普和库塔的观念中，整个这件事证明了卫生习惯以及白人医生在与命运抗争时的失败。

第二天早上，我造访了罗满大夫的诊所。当我被领进他的办公室时，这个小个子医生微微颔首，并且很快地说道：“我正要给您致电，询问那个孩子今天的状况。”

“孩子死了，昨天我和你在电话里交谈时，他死在我的臂弯。”我急速地说。

“我实在很遗憾，夫人。”大夫回答道，从他脸上的表情，看不出来这个消息对他来说是意外还是……我有些怀疑，消息已经传到了他这儿。“但是您知道，婴儿急性死亡是时常发生的事。”

“我现在知道了，”我伤心地答道，“可是我忍不住这么想，如果是个欧洲人的孩子，他是不会这么突然死去的。大夫，您能向我保证，您当时做了一切可能的事来挽救这个孩子吗？”

在这么直接的问题下，罗满大夫那职业化的和蔼脸庞变得像一团模子里的果冻布丁，这个表情持续了一阵，但是这位医生已经为自己找到了开解之词。“夫人，”他生硬地说，“欧洲人不会给孩子喂这样不当的食物，而导致他们生病，而这些土著人却一向如此，每天都有婴儿死于肠炎。如果母亲给自己的孩子喂食有害物品，医生是救不了他的。”

“我知道在食物这个问题上他们有多令人失望，”我承认这一点，“但不管是什么导致了这个孩子的病，你在他死前仅仅一个小时看了他，那时他一定已经病得十分严重，为什么你没有通知我？你也知道阿鲁萨普和库塔之前已经失去了三个孩子，你也知道我们做了一切来使这个孩子顺利成活，你当然知道这些土著民对疾患照料的无知和无所谓，你怎么能够将药交给阿鲁萨普来掌管，而在离开我家之前不给我任何的警示？唉，我真的感到，如果这个孩子被恰当地治疗和照顾了，是可以救过来的！我恨透了这种东方态度，即便你作为一个华人，也认为欧洲人的命珍贵，而亚洲人的却一文不值！”

“亲爱的夫人，你担心什么！他们失去了前面三个孩子，为什么将这第四次的失去归咎于我们？”

我无望地看着他。

“这里的土著非常无能，如果他们都死了，或许是件好事，把这片土地留给更加文明的人。”罗满大夫非常温和地建议道。

“文明的！”我忍不住哼了起来。“文明的！当我们所有的文明人将自己毁于一旦之时，在那些不文明的国度仍然有野人快乐地生活在山林间！”

“您这个论断是没有科学依据的，夫人。”这个小个子医生很文雅地说道。

我强压着想要咆哮一句“科学依据见鬼去吧！”的冲动，离开了诊所。

04

几个星期后，我们的家被选中，将要出现在一个关于热带生命的节目的第二幕中。那一阵，家里的客房临时供给一支科考队的领队和他迷人的太太使用，领队研究热带灵长类动物行为，他的太太研究另一类被称作“孤独的单身汉”的热带灵长动物行为。

舞台被设计来表现传统的东方待客之道，加进了杜松子、比特酒、咖喱以及奎宁水来制造更为适当的气氛。让我装扮一个管理有序的、具有东方风味家庭的女主人。据称这样的家庭里，脚步都是无声的。在远远超过了他的就寝时间之后，哈里勉为其难地维持了一个白人男子应有的笑脸，其结果是，次日清早我醒来时毫无意外地要面对他的坏脾气。

额外的挑水男仆、洗衣阿妈、小工在平房后面挤挤攘攘；会说英语的闲汉们，自打上一支科考队离开后就没有找到工作的，这时也充满了希望在附近晃悠；脸色油亮的印度小贩闻到了新鲜血液的气息，也带着他们的货凑了进来。这里被各行各业挤炸了锅，忽然这个下午，一段异样不祥的安静打破了常规的喧嚣。自从巴勇死后，我一直留心观察阿鲁萨普，我担心过度的悲痛会让他对周围的环境、任何与孩子的死相关的人和事，产生积怨。但是在迎接客人的忙碌和兴奋中，我几乎忘记了注意他的行为。今天，我再次观察他，发现他宽颧骨的脸上罩着一副灾难的面具，弓着的肩膀似乎包纳了整个世界的委屈，他行为如常，但是身上所散发出来的苦难气息弥漫了全家，我随处都能感受到。我意识到将有一场风暴袭来，但是暗暗希望闪电的霹雳能够在晚餐后再响起。因为那天晚上我们正设宴款待尊贵的访客。

星期天午餐后的片刻安宁被女佣的敲门声打破，我并不吃惊，只暗暗咕哝了一声。有时候，似乎一天里所有的麻烦都喜欢囤积起来，并在一个钟点里总爆发。这一次，在这一天里最为闷热难当、我的身体最不情愿有任何动作的时候，麻烦来了。

阿银带来了一个惊人而糟糕的消息，阿鲁萨普和库塔准备离开。他们卷好了被褥，装了一些衣物和食品，准备回老家包村。

阿鲁萨普阴沉严峻，连库塔似乎也被吓着了。

阿银已经请求他们留下，说这个时候走，家里这么多人，不太好。还警告他们说，主人将会很生气。阿鲁萨普说，是命运在和他作对，有巫术在他身上作蛊，他的孩子死于邪恶的诅咒，他必须要走。

我将这个消息转达给我正横躺着的丈夫，他大声地冲着阿银吼叫："你告诉他，让他见鬼去！还告诉他，如果他这次走了，就再也别回来！"吼完他便转身，特别理智地睡了过去。

我意识到无能为力，如果这一天来临，到了阿鲁萨普要回去的时候，他终会回到他的村子去的。

藏在窗帘后面，我目送这一对逃离者顺山路而下。阿鲁萨普在前面领路，背着行李卷和一个藤篮，库塔亦步亦趋紧随其后，她最好的那件可芭雅，紧绷在丰满的胸脯上，最艳丽的那条纱笼平平地裹着她小巧的臀部，一手拎一只蓝色的搪瓷茶壶，另一手提着一个篮子，里面装着小猫，小可怜一号。

那只狗，阿新，远远地跟在后面，拖着尾巴，每一步都走得很沮丧。紧跟着狗的，是乌斯特，这只狗的忠实伴侣，一个穆鲁特小男孩。

一切都静悄悄地发生着。他们悄悄地走到了这条山路的尽头，在那儿，乌斯特和狗停了下来，阿鲁萨普继续向前。男孩儿和那猪肝色的猎狗在闷热的阳光下目送着他们，直到看不见。然后他们回转身来，向家里走来，静悄悄地进了院子，静悄悄

地消失在后屋区。

阿鲁萨普和库塔走在回乡的路上。他一面走，一面抽着先生的一根旧烟斗。他的心里，并不因为先生说了那句让他“再也不要回去”的话而怨恨他，他知道先生这么说是用来解气。

赤脚踩在潮湿的道路上，他又深深地吸了一口烟。这时，周遭熟悉的景象，使阿鲁萨普伤透的心渐渐地生出一些慰藉。身旁这些友善的绿树，时不时见到的棕叶木棚，蹚过一条又一条湍急的溪流，野鸽子从林中惊起的声音，羞怯的鼠鹿在暗处搞出噼里啪啦的声音，所有这一切来自生命的暗示将生命重新带回了他的心里。

这一刻之前，那个死去的孩子在他心里一直沉重得像一个女人子宫里的死婴。但是现在，感觉到周遭的生命在阳光的照射下散发的气息，闻着泥土的温暖，光脚踏在道路上，听着库塔的脚步声紧跟在后。在这万物间，他的心，复活了。

抽着烟斗，哼着穆鲁特小调。很快地，阿鲁萨普将烟斗从齿间拿开，声音慢慢飘了起来，是那首他的族人们在快乐日子里吟唱的饮酒歌：

“这是我们的身躯，

真的，我们是古时的一群武士，

人头垒得高高的，

你真的从未听说

那从前的日子

是怎样的？”

再吸一口，又开始哼唱，一点一点，在淡巴菰的烟雾缭绕中，那些哀伤、绝望、苦涩离他而远去了。渐渐地，他明白过来，所有的事都会随着时间调整过来；当他的村子完成了稻收，男人喝完了米酒，洪亮的土著钟声不再响起，妇女们再次回到田间耕作，库塔还会再一次孕育一粒这个部落的种子，而他，又会再有一个儿子生下来。

第七章

苏禄海

01

你曾经在炙热而蔚蓝色的水里沐浴过吗？并且，脚放在一组珊瑚礁上，有海星轻咬你的脚底，有白色细沙缓缓在脚下流过，有水在太阳下的一波一波中融进天空，而你的身躯，融进这水中？有过吗？你有过吗？这时，你的身体没有一点负担，随着海浪的颠簸冲刷，你那失去重量的双脚，你那被水漂洗的双腿，你那漂漂掠过的双手，都融去了，在这海的温暖、海的清凉、海的甜蜜中重生。

每年八月，我们都会出发，向苏禄海上的岛屿而去。东海岸外，这些岛屿就那么躺在那儿——塞阑干[①]、帕巴班戈[②]、宾南浜[③]、丁文马塔[④]、西巴丹[⑤]、巴比[⑥]——我们出发，向这些苏禄海上的岛而去。于是再一次，所有的美丽词句都有了意义；再一次，所有的意念喊出一个愿望：人啊，死去吧；这些自然啊，永生吧。然而，在那里，自然达到了极致之美的一个地方，人，也似乎反而更像一个人。

---

① Selangan.

② Pababag.

③ Penampangan.

④ Timbun Mata.

⑤ Sipidan.

⑥ Pulau Babi.

很多时候我讨厌读诗：我跟它没有共鸣，又觉得它词不达意，令我烦恼发狂；也有些时候我喜欢粗鲁庸俗，厌恶言语精巧；有时，索性在我心里眼里，世事万物皆不如意。

但是在那里，在苏禄海的岛屿上，我会用修饰性最强的言辞，道出最甜美的念想，那些词精雕细琢，抛光得像一块块珍贵的宝石，几乎像是蒂芬尼的工匠在处理语言。在那里，我会读伊利亚特，梦见奥德赛。

那里，在那些岛上，太阳升起，照耀，又沉下，在属于我们的热带王国；那里，我们躺在栈道的木板上，瓜分领土，哈里一半，我一半，像君王一样，我们为各自的领土命名。

“伽雅岛[①]是我的，我喜欢那里高高的山峰，以及峰顶上盛开的白色兰草，还有我们游泳的那浅浅海湾。”

“我要欧码渡[②]，那儿有土著人的洞穴，洞里有阴茎崇拜的符号，以及那些建了一半的船，还有弧形的沙滩，透过它，可以看海的那一边。”

“马塔岛是我的，不过太大了，你可以要一半。”

“你最好还要巴克巴克[③]，因为你是那么喜欢那些闪闪发光的蓝螃蟹。”

最后，只剩下夜色的蔚蓝包围在我们身边。黄色哈密瓜一

---

① Bod Gaya.

② Omadal.

③ Bakbak.

样的月亮栖息在伽雅岛的尽头，在它下面，是睡着了的海水溅起的一带金黄，天空很近很深，星星肆无忌惮地在远处闪烁，它们映到水里，使得海面泛起微光。这半透明的深海，此刻依然是珊瑚滩上一片夺目的蔚蓝。无眠的鱼群整夜忙碌着，被躺在甲板上的我们瞧见，这些热带生命的私生活就这样被我们偷窥到。

于是我们，一起在这里的两个人，滑进了苏禄海。

02

写于丁文马塔岛

当帕斯在那儿等着，他将给我们带路，像我们的河神，掌控岛上河流的潮涨潮落。也只有当帕斯能够成功地领着我们从海边顺河流而上，找到我们在林中的营地，再顺利地返回大海。

布达柯站在当帕斯后面，他负责干脏活，别人不肯干的都归他。他有十二岁吧，大概，细长而结实，黝黑光洁的皮肤下，身体的器官好像是钢铁制的。

阿鲁萨普也准备好了。他在包村度过六个星期之后，刚刚回到我们家。此刻的情绪好像一名归家的浪子，哈里不在身边的时候，他便奉命对我负责，发誓旅途中不会允许我滥用自己的判断。

我们走在不可穿越的丛林中。我今天故意地用了这个渲染过度的词，“不可穿越”，因为这种词，在我那个强求准确的丈夫面前断不能使用。他会说，很可能会说，既然你已经在穿越，怎么会是不可穿越呢。于是，每当我独自一人时，便喜欢说一些像旅行指南上那样夸张的话。

这天，哈里在另一个岛上，考察一片可以新划入保护区的森林，于是我便穿越在这个“不可穿越”的丛林中了。从我们营地到河流的源头，是一段从原始森林中开辟出来的隧道，黑暗、潮湿、闷热，拥有一切隧道的不悦特征，除了有一次，我听见了火车的长鸣。潮湿的水汽从上面滴下来，从脚下浸上来，藤蔓植物频频地钩住我的头发和衣服，令我不得不时时俯身。尼帕棕在头上横过，我看不见天空。

我们来到蜿蜒的泥泞小路上，它把我们引向远离河流的方向，我再一次见识了当帕斯对付河潮的技巧。时间必须把握得恰到好处，在小路被水完全淹没之前赶到河边，但又一定不要在潮汐正猛、能够将船冲刷到岸边之前。我想象了一下，从被河水淹没的小路一直游到河边，只为了能坐船顺流而下，绝不是件多愉快的事。

不过话说回来，退潮的时候，在四分之三英里的泥地里蹒跚而过，其实更让人绝望。红树林地里的烂泥恶臭熏天，直没过我那被蚊虫咬烂的腿，鞋不断地陷入泥沼，当我失去平衡而本能地伸出手去时，又不知道会抓到什么吓人的东西，同时脑子里一直闪现潜伏的鳄鱼的镜头。

可今天，当帕斯又一次绝妙地应对了潮汐涨落的时间，我们得以一身干爽地来到河边的小船上。

我躺在船尾，就着香蕉和鱼干，沐浴在明亮的阳光下。在这可爱至极的阳光里，我想起了我们林子里永远潮湿闷热的帐篷。在这样美丽、赐予生命的阳光里，我高声礼赞，伸直了身躯，以晒干每一寸的潮湿，干到骨髓里。我躺在那儿，望上去，是清晨明净的天空。

布达柯、当帕斯和我都脱了衣服，我穿着泳衣而他们光着上身，大家也都光着脚。只有阿鲁萨普，依然体面地坐在海上，膝盖上紧抱着那支22口径来复枪，因为他受人之托，肩负重任。

“鸽子！”

当帕斯停止了划桨，布达柯也不动了，任船漂着，阿鲁萨普向树顶瞄准时，所有人都凝神屏息，我根本看不见他在瞄向什么目标。枪声一响，只见什么东西从树间那一片刺眼的明亮中掉下来，掉到暗处，红树林的泥沼中。当帕斯朝那个方向疾速划去；布达柯站在舷首，一声尖叫便钻了下去，像一个铅坠，消失得无影无踪。一会儿冒出来时，水从他圆圆的黑脑袋上淌下，手里举着一只野鸽子。他灵巧地从艄舷上又爬回来，趺坐在甲板上，他身体里好似有一个个高速完好运转着的线圈，弹簧一般精密有力。

这时，荣誉也满足了，面子也有了，我们自然是不能空着手回营的啊。阿鲁萨普仍然紧紧抱着他的22口径，但我怀疑他是否还能再有机会用上。他热爱带这支来复枪，带上就总是要想办法用上的。

我们回到海里的船上，那儿一个人也没有。船长和水手，一个中国人，一个马来人，都去浅滩垂钓了。当帕斯把他们都吆喝回来，将小舟系在船尾，甩出了鱼线。我把我的鱼线捆在船舱顶上，假装也在钓鱼，否则当帕斯那巴夭族的灵魂会感到难以忍受——居然有多余的鱼线没有被派上用场。一切都妥当之后，我穿着泳装，舒服地躺倒在甲板上，伸展四肢向上望去。

云在天上，岛在海里。岛也在天空上，云也在海里，海天辉映，无可分割。

亘古以来，更无一刻如同此时，我是天上的一朵云，是海里的一座小岛；是水里的一荡涟漪，是空气中的一缕清新；我是一个恋爱中的女孩，我是一名嫁作良人的妇女；我是正在开创的男人，我是一个被点化的孩子。

我是不是太漫无边际了，忍不住自责了一下，可这的确是奢侈而华美的一天啊。

这时，一片云飘过头顶，忽然就下起雨来，暴烈的程度如同刚才的美好一样强烈。把垫子拖进船舱中，雨点击打着刮向我们。当帕斯和布达柯坐在小舟里撑着尼帕棕叶当伞，水从布达柯黝黑的头顶泼下，再从他鼻梁上溅开，他仿佛自带完美的防水功能，身上一直在淌水，却从不被打湿。这大概是从长年生活在水里的巴夭族祖先那里一代一代继承下来的高质肌肤。

发动机噗噗发出的恶臭，今天闻起来也没那么糟糕，它是鲁滨逊·克鲁索传奇的一部分。我坐在那儿对着我的脚趾头笑起来，想象野人星期五在他的岛上看见染了颜色的趾甲该有多吃惊。

雨点从海面上粗暴地弹起来，马来船长已经在船尾升起了炭火炉，上面架了两口锅在煮，其中一个不用看也知道，是米；另一个正煮着章鱼。

雨就这么停了，没有事先缓和一下，好像开关一关，太阳

便一下子打开。我们把船搁浅在一个浅浅的珊瑚湾，这样我可以在那儿晒会儿太阳。洁净的白珊瑚礁上，水清澈透明。当帕斯站在船尾，阿鲁萨普拿着一张弓，试图在找鲨鱼、章鱼以及河口的鳄鱼。水底的沙滩上，文静地铺陈着海星，它们也向上望着，想看看我在做什么。

还是在那间小屋里，我换上一条特别短的短裤和带着弧形衣摆的衬衫，衣摆悬在外面，这样凉快些。

所有的人都聚拢在船尾吃饭，一人端一只盛了米饭的白色贝壳，像白瓷碗一样，同时人人都去一个公用的锅里捞鱼，闻着特别香。我也的确饿了，正想去和他们一起吃呢，耳边响起丈夫的历历教诲——在那口公用的锅里我可能会染上什么样的疾病，于是我打开一听卫生的罐装牛肉。

饭后我们要去的那个小岛，前几天路过时就看见了它，岛上有个巴夭族小村落。像这样远远地看见一个岛屿，最终可以真的登上去，特别令人兴奋，因为你常会听见有人说，“瞧，多精致的小岛啊，我什么时候一定要去”，但他们最终多半不会去，而我，现在就在去的路上！

到了我的小岛，摩托艇停泊下来，看见我那火柴盒玩具一样的小村落就在椰子树下。当帕斯用小舟将我送上岸，将所有人送上岸，船长和水手都欢天喜地地将他们的摩托艇抛在一边，我们各揣向往地登上了小岛。

有几家巴夭妇女蹚在珊瑚礁浅滩里，水深及大腿，她们静静地看着我们的小舟靠岸，那一瞬间像水彩画里赭石色的剪影。她们继续蹚水散去，好像一群在海里面摆集市的妇女。

我从船上爬下来，跟在她们后面，最初的几缕探究目光之后，她们不再盯着我看。她们对我好像一点也不吃惊，似乎已经习惯了我这样短裤加衬衫打扮的欧洲妇女对她们的好奇。对她们来说，我自然想要跟在她们后面，去搜索大海的宝藏。无穷无尽的宝藏，可以满足每一个人，而明天的潮水将带来更多。

深红和靛青的纱笼高高扎在胸脯上，再垂在两腿之间，走着走着会有妇女将纱笼先放松，再重新扎紧。

背上的裸体婴儿和身边跟着蹚水的裸体的孩子，都像烤焦的小杏仁儿一样的颜色。这些年轻女子有着紧凑的身体、锥形的乳房和嫩姜芽一样的乳头，玫红色的双颊在赭石色的背景下熠熠生辉。年长的妇女胳膊上布满筋络，脸像核桃一样沟壑纵横。

我跟随着她们在水底留下的足迹，所到之处布满了可怖的黑色死海参、海蛞蝓，在白沙海底留下一道深红色的丝绒花环。我紧跟着这群巴夭妇女，想搞明白她们究竟在做什么。

我注视着一位老妈妈，她将胳膊滑进水里拾起一只蛞蝓，用小刀划开，将肉取出，这时赤色的内脏随汁水流出；老妈妈再将它抛回大海，那一团黑色投入海水中时，仿佛一个扎了丝带的漂亮的空礼盒。

我已经完全融进了她们中间，小心翼翼地游走在海星、小鱿鱼和水母中间，一旦发现有水母，妈妈们会警告孩子，我也借此得以闪避。

同时找到的还有海蛇，各种大小，几寸到六尺长的都有，浅绿色，像最高等级的玉石，周身布满乳白色的环。它们凶险也往往只是在水里，一旦你用一根棍上的弯钩把它们举出水面，它们立即功力尽失，无异于一只扭动的蛇皮长筒袜。每当这时，我立即将它们放回水中，它们多少可以挽回点体面。

海底的珊瑚花园像被施了魔法一样在生长，开放着艳丽的多年生花朵，四周环绕着娇俏的草本植物和火烈的香脂树，亮蓝色的鼠尾草。哦，这是整个王国最好的花园和种子，一定是萨顿王亲手用心种下的，它不可能自古就在那里。

花园里的居民有疾飞的鱼，像工艺品商店橱窗里的玻璃鱼，还有小巧美丽得不可方物的鱼，各种颜色的小鱼，看它们穿梭就像注视阳光下的三棱镜，也像看一只万花筒。它们像这个海底花园的神仙，俗艳、明丽、快乐，我小心翼翼而略带歉意地游走在它们之间。

这个集会上的妇女对不能吃的东西毫不关注，因此我和一位老妈妈达成了默契，我替她挑取蛞蝓里的肉，她替我留下最大最干净最薄的贝壳。这项合作实在太好了，我们忍不住交换了满意而欣喜的眼色。

巴夭背篓很快就装满了，看样子是一次不错的出海。

天空在太阳和雨之间几番交替，大海像是阳光下的一块蓝玻璃，在雨里又变成迷离的绿玻璃。雨水在我脸上和头发上干去，盐在我腿上结成颗粒，衣服干透到我身体里去，云朵在头顶的天空飘浮，阳光刺射在我们身上，棕色的婴儿靠在我们身上，棕色的孩子环绕在我们身边，玻璃一样的鱼群游荡在我们脚边。

天哪，生活，你怎么能这么好！那个曾经是个小女孩的我，何曾奢求更多？

当帕斯划着小舟来找我，阿鲁萨普说我们得走了。回到摩托艇上我那甲板上的垫子旁，这时正当日落，天地间除了美，什么也没有；在它面前，我是这样的渺小，我无以回报，只有无尽的感激。

船撞着一个珊瑚礁，猛地停下来，我几乎从甲板上被甩出去。所有人都站起来，嚷嚷着用杆子去撑，直到船又动起来，马来船长这时开始全速前进。再触礁再走，完全像是依靠着没有轮胎的车在行驶，前进、触礁、吆喝、再前进、再撞停。这种毫无航海风范的航行，似乎也没人在意。

终于驶出了珊瑚礁，开始平稳航行了，阿鲁萨普也开始捕猎时时轻快地蹿出水面的水母。

到达河口时，海潮已经忠实地在那儿等候着我们。“河神”当帕斯照例万无一失地安排好一切，他、布达柯、我还有阿鲁萨普离开摩托艇，登上小舟，在黄昏的河海交接口，他们小心翼翼地在红树林里的洪流中划着桨。这里是当帕斯每晚撞见鳄鱼爷爷的地方。今天他连玩笑也不许我们跟他开，以免把自己暴露出来。一路上我们保持着充满虔诚敬意的沉默，没人敢提他的名字，直到来到河流的上游。

当河道开始干涸，而两旁的道路开始泥泞时，便看见普阿萨拿着手电筒来接我们。在手电光的照耀下，这一顺着通道穿越丛林回营的路途险象环生，放荡夜游的巨蜥堵在路上，野猪咕噜着在树丛的根部不停地拱，赤麂的叫声不知从何处传来。一转眼，本来好端端的路，又蹚进一条小溪；不过鲁滨逊·克鲁索是不会介意回家的路上打湿双脚的。

越过黑黝黝的树丫，我看见篝火在前方，哈里叫到“吼哈”，厨子问我们有没有带回来什么可以下锅，而我却在问是否又有一片新的森林被圈入了保护区。

“今天还不错吧？”哈里问。

我这会儿躺在我的小床上，脱了鞋，一双泥腿悬在床下，油罐里正烧着洗澡水，还有咖喱鸽子的香气飘来。我但凡有一点力气，便会伸出胳膊去够我的烟盒；如果能再伸得远一点，还能够得着威士忌酒壶，便可嘬上一口。

旅行书里那些夸张的句子就这样，又蹦出我的舌尖。

我惬意地叹口气：“鲁滨逊·克鲁索生命中的每一天都是快乐的！”

03

但绝不是每一个夜晚！

这个丁文马塔岛的营地是在一片原始丛林中开辟而来的。这儿曾经是好几代野猪打滚撒欢的地方，猪虱遍布。

我在辗转反侧中彻底醒来，挠着我身上的每一个部位，连脑子里都在痒。这种情况下，听见哈里熟睡中发出的均匀呼吸声尤其令人抓狂。他身上有跟我一样多的猪虱、沙蝇，比我还多的水蛭伤口，这些似乎于他享受“黑甜乡”秋毫无犯，他甚至连醒来同情我一下的风度也没有。

我试图去控制我的歇斯底里，告诉自己，我不痒，我不痒，我很舒服，多好的小床啊，让我躺着，我这就睡了，我这就睡了，我这就睡了。

可我跳下床，掀开蚊帐，在地上摸到酒瓶，然后扒下身上的睡衣，浇了一身的烈酒之后，再回到床上，扎好蚊帐，开始数羊。把一群羊赶到羊栏边，刚驱赶了几只过去，猛地想起看过一篇文章，论证了数羊助眠理论完全是无稽之谈。

刚才在蚊帐外被蚊子叮了的地方又开始痒，猪虱也卷土重来。我彻底放弃骗人的心理舒缓疗法，放纵而满足地挠起来。但挠并不能解决问题，除非你只想把自己抓烂，烂成一片一片，最终成为一个悲伤的传奇故事的女主角。要解决这个问题的唯一办法是忍，可我又并不坚强。

我想到两条路，一是当一名歇斯底里的妻子，尖声把哈里叫醒，让他救我出苦海。女的不都这样吗？——干吗我不呢？可是哈里的反应，我设想了一下便偃旗息鼓。他讨厌在任何情况下被粗暴地唤醒，我敢肯定他可怜的妻子半夜两点一边挠着猪虱、一边哭泣的惨状不会带来任何不同。

我只能选择另一条路，那就是明天离开这里。我会心平气和地让哈里把我送到陆地，然后在那儿乘上汽轮回山打根。可现在是星期二，我已经错过了这个星期的汽轮，这意味着这个星期我只能充当一名不速之客，去叨扰比我有更多俗务要处理的人们，最终还是成为自以为可以搞定，而事实上跟其他女人别无二致的另一个。天哪，我当初为什么要来呀！

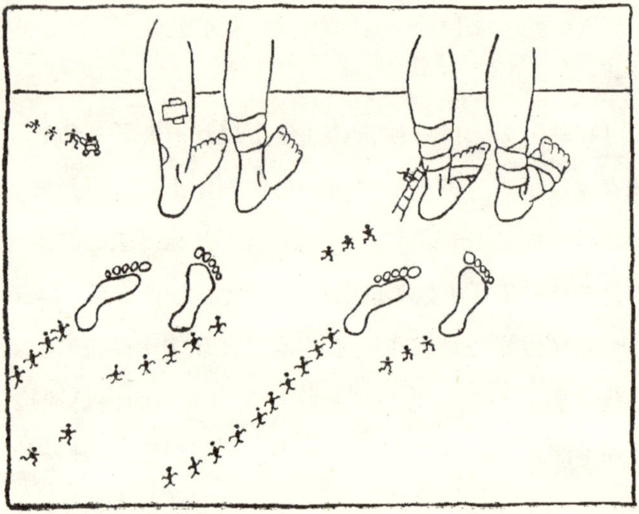

但我绝不能继续这样无眠，在经历了那样繁重的白天之后。既然哈里能睡着，我也能。我得睡觉。

我不痒，我很舒服，多好的小床啊让我躺着，苦力们都没有床呢。不仅如此，我还有个小床垫。去你的，我打赌猪虱就在床垫里！明天我要用汽油把它浇透，还有毯子！只要能把猪虱赶走，其他的痒我一定都能忍。

然而，猪虱对人的尊严毫无敬重之心，它们在胳肢窝里，在身体的正中间，在大腿上，在肚皮上。

我爬起来点燃一根烟，火柴焰让我感到舒服一些，钟面上指示，这时是三点。

哈里翻了个身嘟囔一句："该起床了吗？怎么了？"

"没，没到起床的时候。"现在不是跟他说的时候。

我的叮咬处开始流水，也许会感染，这样一晚一晚地熬绝对不行，我得想办法回家，哪怕有损我的骄傲也得回家。而且我绝不再来，就这么定了，明天，回家……

难道我竟然睡着了？

我闻到了咖啡，这赐予生命力的，充满人性的，上天礼赠的，能带给你英雄气魄的——咖啡！

"丁零零！"我冲着哈里的床叫起来，他已经点上了烟，穿上了袜子。

我把昨晚为了防潮压在床垫下面的短裤和衬衫拉出来，钻出蚊帐，跟哈里一起坐在小棚的台阶上喝咖啡。

丛林中的清晨弥漫开来，夜的沉重被黎明的清新驱散，我身体的沉重无眠，也被新一天的活力驱散。

天差不多亮了，可以看见梳洗，我抹上一点胭脂时，哈里冲我吹口哨。

"昨晚睡得好吗？"

"很糟糕。"

"怎么回事？"

（是时候告诉他我想回家的事了。）

"是那些该死的猪虱，我痒坏了，我想今天不跟你进丛林去了。”

“跟你说吧，我们俩今天都休息，开着汽艇，去找一个浅滩沐浴、晒太阳，海水能舒缓我们的叮咬呢。岛的那一端有一片柚木林，我也想顺便去看看。好，动身吧。”

（该告诉他我想回家了。）

（哎！如果你现在回家，可能就错过好多好玩的事了。哎！）

“去吗？”哈里又在问。

“等等。”（那个歇斯底里想要回家的妇女正在死去。）

“去。”我回答道。

我知道我半夜里肯定又会想要回家。

04

写于塞阑干岛

现在，用短小夸张的一段，来回忆一下塞阑干岛上那些关于树叶、螃蟹、帆船以及木棚的异闻。

阿鲁萨普刚把汽油灯点上，我们就听见地面上传来鬼鬼祟祟的持续的窸窣之声，像是落叶的响动。我走下木棚的台阶，将手电照向营地中间的空地，靠近丛林的边缘地区，有枯叶正在向我们木棚这边移动，伴随着耳语一般的波动，像一块恐怖的地毯。我定了定神，仔细看过去，确保这并不是由那两杯杜松子酒引起的幻觉。

“哈里，快来！你要是看不到这一幕，我就永远戒掉杜松子！”

可能这句发誓起了作用，哈里立刻就来了。这时，枯叶还在向我们移动。我轻轻掀开几片叶子一看，下面全是螃蟹。

它们急切地爬向我们的油灯光所覆盖的区域，这可能是它们一生中所见过的最亮的光线了吧。

一个小时的工夫，它们完成了对我们的造访，又匆匆离去，再也不见踪影。

那夜，我们饱餐一顿，有海龟蛋、烤得像法棍一样香脆的木薯根、带着生蚝和洋蓟心味道的水煮棕榈树心、味道像板栗一样的红榴莲、烤赤麂，还有米饭。

扫荡一空之后，我们满足地躺在蚊帐下面，没有瘙痒叮咬，将丁文马塔丛林的营地和猪虱完全抛在了脑后，微风从海面飘来，在奢侈的一刻，必须得有一本书才能让这奢侈更加完整。我们带来的书里，仅剩一卷毛姆的《旅行图书馆》未读，却被哈里霸占着。

“我想要一半，”我说，“那也是我的书。”

哈里拿出一个刀片，将布书脊从中划开。“给，你的一半。”

我那一半从贝内特的《老妇人的故事》[1]开始，简直太令人

---

① “*'Old Wives' Tale*” by Arnold Bennett.——译者注

满足了。

我们就那么在蚊帐下躺着，哈里很快就睡着了。我也几乎要睡过去的时候，微风刮得猛烈起来，越来越疾劲。我眼睁睁看见屋顶被掀走，星星出现在我的上方。

我又一次以为是那两杯杜松子之过，再次把哈里叫醒。我穿着睡衣死死地扶着正在飘散的墙壁，哈里裹着纱笼紧拽着最后一块棕榈叶屋顶，只好大声叫醒阿鲁萨普、当帕斯、普阿萨以及那些苦力。

眼睁睁地看着这屋子在风中一转眼变成几根孤零零的柱子。一会儿工夫，风刮得更猛了，我抢救出了哈里的眼镜、徕卡相机、吊袜带，以及一切还来得及抢救的小奢侈物件，抱着它们爬到我床上，尽力忍住没有大笑。在我的头顶上方，我看见一个由人腿织成的网，这景象奇妙而荒诞，有生之年从未见过。那些漂亮的、棕色的、光亮而灵活的腿，以这样一种不寻常的姿态交织在一起，组成这幅阳刚而美丽的画面。这不由得让我相信，它能将我们从任何困境中拯救出来。

遗憾的是，当男人们如此迅速地把房子搭好，赶在大雨之前让我们有藏身之所时，更大更快的一阵风瞬间又将它刮得七零八落。

这时，当帕斯这位生活在船上的巴夭人，转身从悬崖上溜下去，到了岸边，取下船上的青铜色船帆，再顺着山崖爬上来，把我们的小屋用这青铜色的帆布包了个严严实实，再从外面用

藤绳牢牢捆住。风再也奈何不了它，我们好像在一个小船里飘摇，却再也不会支离破碎。

一个月以后，哈里和我一起登上汽船时，我们有了小麦色漂亮的肌肤，身形苗条结实，腿上贴满了创伤胶布。

“早，凯斯太太，”船长向我问好，“您在那些热带岛上玩得高兴吗？”

“太高兴了，您看不出来吗？”

“是的，一眼就看出来了。我一直都觉得那儿是最好的度假地，我得把太太和孩子们也送去待几个星期，他们一定会很享受的。”

“是啊，船长，那里就是特别适合太太和孩子。”

然后，汽船到了拉哈达图[①]。塔司福太太上来，一见我就说：“一定好玩极了吧？”还说，她啥时候也得去；接着索亚小姐也上来了，塔司福太太又告诉索亚小姐，她也得去。汽船开了，又经过一些岛，又上来一些人，大家都说他们要去。

可只有我们去了。

① Lahad Datu，今沙巴州内陆城市。——译者注

第八章

魂归故里

01

回去的路上，汽轮通常会在塞姆盆纳[1]停留一晚。经过丛林的翠绿和大海的湛蓝之后，塞姆盆纳呈现出一片刺眼的白，就像一只粗糙的手，从我面颊拂过，滚烫灼人。可我也清楚地记得，有一次，太阳刚刚褪去时，眼前的风景忽然变得不可置信地美丽；也许是那渐渐暗下来的海滩上还烙着1935年杀人事件的记忆，这落日之美便因此染上了忧伤的色调。

杀人狂阿巴纳瓦斯的故事使我第一次体会到了远东的愤怒。整整一个周末，塞姆盆纳被一个发了狂的土著袭击，各种小道消息传到山打根，木材公司的船只带来只言片语，警长从拉哈达图发来电报，塞姆盆纳的巴夭人土著船将消息散播到各地，而“京打巴鲁”号汽轮更是惊人地报告说，它根本不敢在塞姆盆纳的码头停靠，否则甲板将会是一片火海。我们在平静的山打根交流着形形色色的八卦，杀人狂的故事占据了整个话题。

那以后，我在那个小小的哨所里，那间潮湿闷热布满灰尘还留着暗红色阿巴纳瓦斯血迹的小屋里睡过好几次。

烘烤过的塞姆盆纳海滨，太阳在五点开始下沉时依旧酷热，

---

① Semporna，斗湖地区的一个城镇。——译者注

沙滩上这个小哨所里的空气湿重，飘着怪味。水牛身上的汗味、死鱼的恶臭，混合着夜来香略带病态的幽香，在凝固的空气中像麝香一样。

碉堡院内，犯人阿巴纳瓦斯羡慕地望着下士长官的厨房。下士长官达尔拉的妻子姬佳，正站在一堆开放的炭火前准备晚饭，有鱼、米和咖啡。她掀起锅盖，一边搅，一边闻着冒出的热气里的味道。发髻在夕阳下微微闪光，光脚踩在地上发出一阵软软的声音，薄薄的上衣裹在身上，显出动人的胸部。

阿巴纳瓦斯深深吸了口气，是椰油炒鱿鱼的香味。他小心躬下身子，将挑子上的水桶轻轻放到地上，尽管肩上的负担立即轻了，可扁担还是嵌在裸露出的肩膀里。

他站在门边，本已像死灰一样沉寂多年的心，忽然又痛了起来。看着眼前这个世界：这个男人有一个家，有跟人一道分享食物的幸福，有来自妻子的安抚和温暖。

桶里的水斜着流了出来，四周这么安静，流水声一下惊动了姬佳。她转向门边，看见阿巴纳瓦斯，令他立即把水挑进来，她做饭要用。这个犯人一动不动地站在天堂的边缘，完全沉浸在自己的梦中。

下士达尔拉从犯人身后的碉堡里出来，疾速向自家厨房走去，格子纱笼在他的两条长腿间，随着他走动，活泼地扇动着。达尔拉这时看见阿巴纳瓦斯站在黄昏里，一动不动地看着他的妻子。

下士走近他，阿巴纳瓦斯仍然一动不动，下士在他脸上看见了渴望的神情。一股怒火涌上了下士的头顶，他感到自己的尊严和傲慢受到了挑战，所有的愤慨一下子爆发出来。他有资格这么想，这么做，因为他是警察下士达尔拉！他是哨所甚至塞姆盆纳至高无上的权力象征，他代表着白人的法典！下士此刻怒不可遏。

“畜生，”他喊道，“胆敢用你的脏眼去看我的女人，把水倒了给我滚！”

阿巴纳瓦斯呆呆地站在下士面前。

“蠢猪！你这不知廉耻的野猪！把水倒了滚！”

阿巴纳瓦斯缓缓地从幻境中醒过来，看着眼前暴跳如雷的下士。

“我不敢玷污下士的太太，”他温和地说，“但是我看到下士的家里，有我所向往的一切，心里忽然很难过。”

“哈，你心里难过了！那我给你医治一下！”下士挥手给了犯人一耳光，走进厨房。

阿巴纳瓦斯呆立在原地，这一记掌掴加重了他的伤痛。他顺服地侧了侧肩膀，把水倒进下士的水缸里，再把桶放到水车上，缓缓地走回营房，坐在床上。这会儿阿巴纳瓦斯才意识到刚才都发生了什么。

他坐在昏暗闷热的营房里，下士打过的脸颊还隐隐作痛。他回想起自己的一生，在这甜腻的黄昏，那些过去的岁月忽然都清晰地浮现在眼前。

02

他看见茂密的丛林中缓缓流过的京那巴当岸河，插在河流上游的小村落，那里土著的信仰与穆罕默德的教诲艰难地融为一体，村子里散落着吊脚楼；他还看见阿巴纳瓦斯，那个土生土长的乌浪双涯人，京那巴当岸河上的汉子。

阿巴纳瓦斯还是个孩子，他赤条条的，像一个刚出生的婴儿，奔跑着长大，长成了丛林的主人，河上的霸王；再大一些，到了抽烟的年纪，围上一条裹腰布开始追女人。他爱上了一位本村的姑娘，在那些温柔的粗暴的爱情之后，把他黑皮肤的新娘娶上了他的新床。

每个白天，他去河里钓鱼捕捞，那里在他有生之年都将取之不竭；他去丛林里狩猎：黑鹿、野牛、赤麂、大象、犀牛，用上他所有的胆量和技巧。到了黄昏，当太阳光线长长地斜透过树叶时，他满载而归，回到他棕榈叶搭成的小家里，回到他的女人身边，享受激情和男人的荣耀。

一天，在黄昏柔和的光线下，他从林子里出来，肩上搭着刚刚猎获的鹿。最后的一道夕阳照在他小木屋的走廊上。在苍白的光线下，他见到了一幕若非亲眼见到怎么也不会相信的情景。

耻辱像一枚毒镖扎进他心里，阿巴纳瓦斯站在长长的树影下，越来越沉的那只死鹿从肩上滑下来，他悄悄转身，向河边走去。

在丛林喧嚣的黑暗中，他坐在河边想了一夜。只有一个办法能洗刷他和妻子的耻辱。他，阿巴纳瓦斯，作为一个大河的汉子，没有别的选择，必须遵循祖先的习俗、理智的告诫，也是他们民族的约定赋予了他这个权利。

他从河岸边站起来，从泥地上拾起长矛，拔出猎刀，无声地回到他那棕榈叶搭成的小屋。

当耻辱终于随着流淌的鲜血从阿巴纳瓦斯身上去掉时，他看着身下扭曲的身体，那曾经曼妙无比的，通奸的妻子的躯体，被他的长矛刺穿，血流如注地躺在她情人被割下的头颅边。阿巴纳瓦斯伤心地看着他们，肯定地知道，自己做了一件正确的事。

他向头人汇报了这起杀戮，头人的话就是部落的法律。阿巴纳瓦斯的行为被定性为正义之举的同时，头人还意识到，本区域所有暴力死亡事件都需要向白人汇报，于是阿巴纳瓦斯划着小船，经历两天两夜来到当地秘书的小屋里。

他说明了他的所作所为，便准备打道回府。可秘书告诉他，这事必须向区域长官汇报，阿巴纳瓦斯顺从地，又划了两天两夜来到入海口。

穿过一些满是泥泞的小村子，水渐渐变得有咸味。顺着红树林湿地的黑淤泥，阿巴纳瓦斯的小船终于到达安静、苍白的山打根海湾，他来到区域长官的面前。

他又一次解释了他正义的行为，以及他的妻子和情人所犯的罪行、向命运所欠下的债。于是，他，阿巴纳瓦斯替他们还了这笔债，现在可以回到他的族人中间去了。区域长官说，这个行为必须经由白人来判定，而阿巴纳瓦斯将被监管起来，直到法官宣判。

阿巴纳瓦斯在陌生的山打根监狱里等了好多天，等那法官阅他的卷宗，随后这个代表着白人法律的声音宣读，通奸，罪不至死，而罪犯依照其本族条例杀死通奸者以示惩罚，违背了白人的法律。

法官继续询问阿巴纳瓦斯，他是否在疯狂或极度愤怒的状态下产生的上述行为。阿巴纳瓦斯解释说，那是他在伤心和痛苦时，也是在河岸边仔细想过以后才做的事。法官因此认定，这比在狂怒下所犯而罪加一等。对于阿巴纳瓦斯来说，这太神秘了，他最终放弃了想明白这件事的努力，就那么安静地等着他们来告诉他，他可以回家了。

终于，法律给予了宣判，阿巴纳瓦斯将永世不能回到他的家乡，他的村子，他将在监狱里度过余生。

阿巴纳瓦斯不相信这是真的，他的想象力无法帮他理解无休止的监禁意味着什么，这同时也像一道恩典，使他免于只有想明白才会有的痛苦。

季节更替轮回，罪犯阿巴纳瓦斯在监狱里待了下来。北方的雨季挪到南方，雨从清早下到傍晚；夜雨消失变得干旱，旱季过去又迎来雨季。季节重复着变换，阿巴纳瓦斯告诉自己，也许下一个季节到来时，我就可以划着小船，沿着京那巴当岸河，逆流而上，回到自己的村子里去。

他在梦里一次次奋力地在缓慢凝滞的河水里，划着那只纤细的独木舟，他再一次看见红树林荫翳的河岸移向身后，尖利的尼帕棕树的叶子划过头顶的天空，亮闪闪的蓝色红树林蟹在泥潭里钻出钻进。等到醒来，他意识到这些都是梦。

就这样，他做着一个又一个的梦，从一个季节到下一个季节，始终没有真正明白，他余下来的一生将会由什么组成，阿巴纳瓦斯就这样在监狱里待过了十年。

十年的时间将这个大河汉子的躯体变成犯人阿巴纳瓦斯。闪着光泽的皮肤和灵巧的肌肉消失了，他的足迹被限制在一个窄小的范围内，可是他的心一直跟他本族的人们在一起。

因为这十年来他表现很好，监狱长官决定给予他一些特权和照顾，因此被移送到塞姆盆纳，住在一个警察营房内，事实上成了一名假释犯人，给印度警官做一些卑微的活，来获取有限的一点自由。

03

薄暮中，阿巴纳瓦斯坐在窄床上，脸颊上仍然火辣辣的。十年的乡愁一瞬间席卷而来，伴随着一阵剧烈的恶心，他身子前倾，吐在了地上。这来自灵魂和身体的双重恶心忽地唤醒了身体深处的暴力，他脑子里的念头在激烈地撞击。

他厌恶透了……厌恶做一个品行良好的囚徒，厌恶当那个老好人阿巴纳瓦斯，厌恶当他辛苦之后被赏一根卷烟，或者挑水冲洗了那些肮脏的印度人的厕所之后多得一碗米饭。他也厌恶住在满是臭虫的营房里，偶尔获得一夜的自由，他溜出去找一个巴夭丫头在椰子树下睡一夜，黎明前偷偷溜回营房。

他这一生想要的仅仅是任何男人都想要的——一个女人和一个家。十年来，他们不允许他拥有，现在下士又打他，只因为他有这个梦想就打他，还叫他野猪。下士的声音再次响起：

“猪！畜生！野猪！”

渐渐地，刚才的恶心从他身体里消失了，虚弱被一股力量取代，一股有着强烈驱使的力量。

他从床上站起来，只裹着一层薄薄的短裤，挺直了裸露着的上身，黝黑的躯体变得很有震慑力，一下子拉紧了全身松弛的肌肉。他再也感觉不到肩上有扁担嵌进去的凹槽，他感到自己又是那条大河的汉子，伤心了十年的汉子，要把这一切都抹去。

眼睛在屋子里扫视一圈，最后停留在锁柜上，那是存放弹药的地方；离锁柜不远有个架子，上面架着些步枪，他下意识地数了数，发现都在。这里人的懒散习惯可是千真万确，连看押着三个爪哇囚徒的值班哨兵也没有带武器。

阿巴纳瓦斯知道，下了班的警察不是端着咖啡杯在集市上吹牛，便是懒洋洋地在足球场上溜达，而下士达尔拉，想都不用想，肯定端着一碗米饭吃得正香，一边向姬佳炫耀他如何教训那个粗野的囚犯。

阿巴纳瓦斯的眼睛闪出一丝庆幸，他意识到，正是由于达尔拉懒得没有收发子弹，才有今天，这个哨所落在他这个犯人的手里。

他拿起一把沉重的花锄快速走到锁柜边。

04

下士达尔拉和警官荷纳曼、西匝曼坐在退休警察阿里的商店门前，悠闲地喝着咖啡。达尔拉将纱笼里交叉着的一双细细的大腿放平,使劲挠着被虫子叮过的地方,纤细的手指忙个不停。西匝曼也穿着纱笼，显得很享受的样子，正拿手赶着一只想要跟他抢吃黄蛋糕的苍蝇。

“每天远远看着 D.O. 先生的船驶向码头，是最愉快的一件事,”西匝曼一边吃一边说道，“要不然我们一整天都得穿着笨重的制服。”

“是啊，这确实太幸运了,”达尔拉表示同意，“当你远远看见它起航时，便又是换上制服、发步枪和子弹的时候。”

“很久以前，我还在山打根警署，可不是这样的,”退休的阿里接嘴说，“那时，我们都很自豪地穿着制服，也很愿意扛着步枪，一点也不怕它沉。现在居然有哨兵不带枪……切……这种事也会发生，今非昔比啊，那时的男人有骄傲和尊严，切！”

“切！老家伙，就算过去的日子再好，又怎样？穿制服，扛步枪，现在呢？在一个小店里爬出爬进，伺候我们咖啡，你才切呢，老东西！”下士达尔拉更起劲儿地在挠他大腿上的痒痒。

“不管怎么说，人没有了骄傲总是不好的。”阿里坚持重申他的观点。

“好吧好吧，老东西，等有麻烦了你来保护塞姆盆纳吧！”西匝曼取笑道，将最后一块藏红花蛋糕扔进他弯弯的嘴唇里。“我们走吧，荷纳曼。”

荷纳曼一直在很享受并且很有成效地剔着牙，没有参加争论，这时他收拾好自己长长的身体，整理了一下纱笼，站起来准备随朋友离开。

“我再待会儿，”下士悠闲地说，“我再喝杯咖啡，让这老头儿再教育我一会儿，警察应该具有怎样的行为。”

五分钟后，这懒散的咖啡店演讲被两声刺耳的警报打断，声音来自营房的方向。

“街上好像有骚动。”阿里一边说一边望出去，这时萨嘎警官冲进门来。

“阿巴纳瓦斯疯了，在杀人！”他喊道，“已经杀死了西匝曼警官和荷纳曼警官，他自己藏身在哨所里！谁去他就开枪射谁！”

“真主安拉！”下士达尔拉一下跳起来，“步枪和子弹都在哨所里，我一定得抓住这个阿巴纳瓦斯！”

“可是你没有枪啊，”萨嘎反驳道，“他一样会射你。”

下士已经冲出了门，纱笼在脚踝处窸窣，一边跑一边回头喊：“如果我的警官都死了，我最好也死去吧。”

“勇敢的人，尽管是个懒人，”老阿里说，“还有你，萨嘎，你是个警官，为什么不赶回去捉拿阿巴纳瓦斯？”

“我没有武器，你告诉我，让自己白白去送死有什么崇高意义，老家伙？”

“总得有行动，我也一样，我，阿里，一个老人，一个开咖啡店的，我也要去拿起武器贡献力量。”老人从店里跑了出去。

05

阿巴纳瓦斯猫着身子，从碉堡的枪眼里眯眼看出去，目光沉着地从荷纳曼警官和西匝曼警官裹着纱笼的身体上扫过，此刻他们躺在离碉堡入口不远的地上。他们是最先闯入视线的人，也是造成这十年痛苦的一部分。正是这痛苦，阿巴纳瓦斯必须要抹去，所以，现在他们在他的步枪口下倒地。阿巴纳瓦斯似乎找到了力量。

六支上了膛的步枪排在他身边，里边有四百发子弹，枪眼俯视着市镇、商店以及营房的入口。碉堡另一侧的枪眼，对准码头查验室，他在那里放了四支步枪和四百发子弹。这样整个碉堡插翅难入，除非闯过他的火力防御范围。而囚犯自己，如果猫着身子，外面根本看不见他；一旦直身起来要移动，他的头和肩便会暴露在碉堡的半墙之外。

一个高高的身影飞奔而来，进入阿巴纳瓦斯的视线，这是他一直在等待的。

姬佳，此刻蹲在厨房过道上魂飞魄散，距离营房只有一链之遥，此刻辨出了自己的丈夫。她嘶喊着想叫他当心，可下士还是过来了，纱笼在他两腿间扇来扇去。

下士进入了哨所区，向碉堡的入口跑去，一边向不知隐身何处的对手大喊。“把枪放下，阿巴纳瓦斯，如果你有仇恨，请针对我；如果今天不该打你，我向你道歉，别向其他人或者向我寻仇，我真的向你道歉！”

阿巴纳瓦斯的步枪给了他答复，下士惨叫着用双手捂在腹部，倒了下去。姬佳尖叫着向自己丈夫跑去，阿巴纳瓦斯向她头顶上方连开两枪，引得姬佳又尖叫着奔回厨房，慌忙把门顶上。阿巴纳瓦斯面无表情地看了看倒在黑暗中地上的三具尸体。

远处的灯光照在大街的店铺上，阿巴纳瓦斯可以看见人们在惊惶地奔逃，是他的几声枪响制伏了他们。他转向另一侧的枪眼，看了看码头，再用一串射击把那里的人群也立即驱散。

他爬上二层楼那间十五英尺的小屋顶，营房的屋檐把他与外界阻隔开，而他却可以透过屋檐把哨所周围的情形看得一清二楚。于是，他决定今晚带着两支步枪和足够的子弹，就住在这里了。

那一晚躺在屋顶上，唇干舌燥，饥肠辘辘，阿巴纳瓦斯对他的命运没有任何期待和紧张，还像十年前一样，没有觉得自己的行为有何不妥。

06

退役警察阿里忙了一夜。第一次获悉阿巴纳瓦斯的疯狂杀人消息后，他就跑去阿布巴卡家借了一支手枪和四十发子弹。

他靠近哨所，看见阿巴纳瓦斯的头在二楼顶上的栏杆后面移动，然后仔细瞄准，可这枪打不出去，阿里又不精通机械，悻悻而归。

这一次他跑到阿卜杜拉家里，借了一支步枪和十发子弹，回到自己的咖啡馆，爬上二楼，通过这里的窗户他可以清楚地看见碉堡。

他守望了一整夜，毫无动静，终于在第一缕曙光来临时，看见人影在营房栏杆后移动，一枪打过去，人影便不见了。天亮了，阿里从瞭望位置撤下来，去沐浴祷告，请求真主保佑他的弟子今天能够射准。

而碉堡内，阿巴纳瓦斯瘸着腿走到枪眼边，看着渐渐升起的太阳，在蓝色的海湾上反射出刺眼强光。他已经在阿里射中的大腿上扎了止血带，疼痛带来的不适，远不如失血后的虚弱让他烦躁。

他又瘸着腿走到另一侧，看了看街市上的情况，店铺的橱窗都紧闭着，街上空无一人，白天的热浪已经在空气中翻卷，营房前的空地上，荷纳曼和西匝曼浮肿的尸体开始散发出甜腻的恶臭。

在接下来这个热得令人神志错乱的白天，他作为事件中心的角色，一点点地在褪色，只有一个受伤的困兽从屋顶退下来，向镇上扫射一通，再上子弹；警觉地观察着入口处官府的举动。他口渴极了，在焦虑中煎熬，在两个枪眼之间来回观察。阿巴纳瓦斯几乎灵魂出窍，旁观着这头发狂困兽，自己却已悄悄走入一个梦境，在那里，他看见了未曾见过的塞姆盆纳没有影子的阳光。

07

到了黄昏，商店拥挤起来，但所有的人都小心翼翼。从山打根来的警官和警长，到本地居民和地方长官，医生、中国商人以及塞姆盆纳的巴夭人，杏眼的孩子、八卦的妇女，大家谁也不觉得从商店的后门出入有什么不体面，谁也不愿意去正街上冒险。

人们聚在一起，咖啡比往常喝得更多。阿布巴卡的店招呼着所有的人，而阿里那儿则形成另一个据点，依木阿穆的木材所里，人们抑制不住嘤嘤嗡嗡的兴奋。

传言四起，印度人、巴夭人、穆鲁特人、马来西亚华人各执一词。囚犯阿巴纳瓦斯与姬佳有奸情，囚犯阿巴纳瓦斯从未靠近过姬佳；下士达尔拉打了阿巴纳瓦斯，达尔拉没有打阿巴纳瓦斯，因为下士懒到不想打人；哨所里有足够支撑一个星期的水和食物，哨所里既没有水也没有食物；为什么值班哨兵没有带武器？那几个被囚禁的爪哇人消失到哪里去了？

而用英文散播的传言则说，这太不可思议；懒散，太懒散；没有武装的卫兵，没人穿制服；大傻瓜下士达尔拉；他妻子呢，现在何处？哭，对吗？哼，我看活该，没准她正是祸根；我早说过，所有的祸事后面都有一个女人；哦，我看这两个都是大傻子，达尔拉和阿巴纳瓦斯！

在依木阿穆的商店后面的场院上，是另一番说辞，这里警长正在部署。明早开始机枪射击，先拿一些四寸的铁木来，那是哨所墙壁的厚度，看看机枪子弹能否把它射穿。将铁木靠着椰子树站立，开枪，天哪，看那木头，射穿了。这下我们肯定能搞定阿巴纳瓦斯了。今晚，趁天黑把机枪布置好，明天天一亮就开火。好了，伙计们，好好睡几个小时。

早上六点，五发子弹从路易斯机枪直射到碉堡的顶层；到了七点，又两发射穿了厚重的墙壁。

囚犯阿巴纳瓦斯那黝黑的躯体已经了无生息，再也感受不到外面的骚动和喧嚣。枪声还在响，穿过墙壁，将那具静静地蜷缩在屋顶的肉体击打得血肉模糊。这时，来自哨所里唯一的声音是顺着屋梁向地上滴血的声音。

囚犯阿巴纳瓦斯躺在那儿。

这个乌浪双涯人，大河上的汉子，沿着京那巴当岸河逆流

而上。万物清新的早晨，空气中飘荡着生命的芳香。当太阳把生命重新带给丛林时，万物齐唱。红树林荫翳的河岸在致礼，尼帕棕在深深地鞠躬，清凉的河水温柔地向这只独木舟敞开。阳光和阴影，河流和丛林，一切都在欢迎他，这个乌浪双涯人终于回到了故乡。

第九章

小男孩

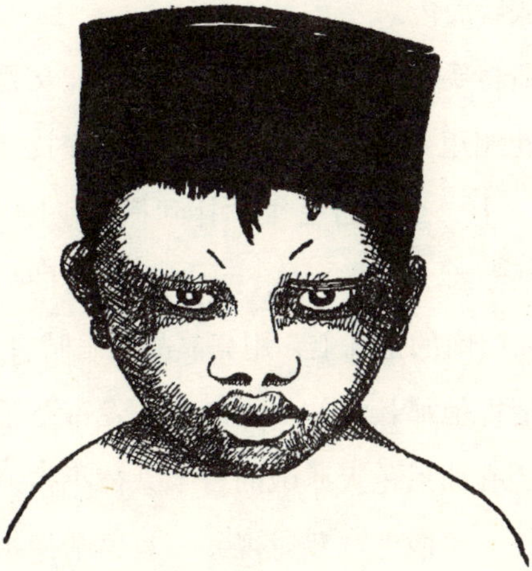

01

又到了暴雨停止的季节，在其他地方，这叫春天。晚上点灯以后，帝蛾们铺满我们的墙上，好像一幅幅充满想象力的刺绣。黑色的犀甲往油灯里扑，玉蝉蹲在墙角，蜥蜴在屋顶上爬。在这些漫长而充满沉思的夜晚，我似乎能听见乌斯特大声朗读课文的声音从后面传来。

自从乌斯特头也不回地离家下山，已经又是一轮满月；自从他那次在花园里哭泣，被瓦瓦猴的歌声安抚，已经又是四轮满月；现在，十二个月过去了，扑阿撒节、哈之节、圣诞节、中国年、复活节都又过了一次，十二个月前的那个早上，乌斯特第一次站在门前的走廊上，用亮晶晶的眼睛看着我。

我仍然记得他那长长的“长命锁头发帘”垂下来，盖在他的眉毛上，还有那黑色天鹅绒的穆罕默德小帽，快乐地扣在他的小脑袋上。他勇敢地与我对视，一双眼睛像焦油一样，又黑又亮，下嘴唇挑战似的向前噘着，好像在说他是个男人，不会跑掉。而与此同时，他的眼神却告诉我，他还是个小婴儿，其实已经吓坏了。

在加冕庆典的那一个星期，土著居民从四面八方涌向山打根。他们光脚跋涉在山间小径，划着乌篷船穿过河流；驾驶着墨蓝色风帆的“泊拉胡”[①]在西南季风降临前，终于赶到了山打根海岸，来庆祝新任白人酋长的登基。穆鲁特人、杜逊人、括嘉人[②]、土著酋长、头人、长者都来了，北婆罗洲的异教徒和国王的臣民们也都来了。

只要一碰见熟人，他们便随地铺开睡垫；每一个雇用了土著男仆的后院，全都自主招待不速之客；太太们柜子里的茶、咖啡、牛奶源源不断地流进访客的嘴里。

六个穆鲁特兄弟在阿鲁萨普的房间里铺开了他们的睡垫。他们来的那天，我去了一次后院，一个小孩子交叉着腿坐在角落里瞪着我，其他人都站起来走到我跟前。他们除了下体裹了薄薄的一层布以外，全身裸露，结实而光亮，头发用椰子油梳洗得明亮而整洁，眼睛也像皮肤和头发一样闪亮，充满好奇却毫不鲁莽，说话彬彬有礼。他们想了解这个新的白人酋长，用穆鲁特语问阿鲁萨普，再经由阿鲁萨普翻译给我。

“他比尊贵的地方长官还大吗？”

“他比尊贵的驻员还大吗？”

“那，他比尊贵的总督还大吗？”

“很多土地上的人们敬重他。”我回答说，“今天，整个世界，所有的村子都在庆祝，为他喝米酒。河流、山川、峡谷、广阔

① perahus，马来语中指一种两头尖的小船。——译者注
② Kwijaus，被认为是杜逊人的一个分支部落。——译者注

的乡村，都是他的一个个村子。”

“这么说，这个白人酋长真伟大，超过我们可以想象的伟大。”阿鲁萨普再把他们说的翻译给我听。

正是这些穆鲁特兄弟中间的一个，在庆典周的最后一个早上，站在我门前走廊上，身旁是当天坐在角落里的那个孩子。他对我丈夫说：“我请求把这个小孩乌斯特留在这里，留给尊贵的先生。”

小乌斯特站在一旁，一只光脚丫不停地蠕动着。这只脚缺了个趾头。一块小小的裹腰布束在他下身。瘦瘦的，像小动物那种瘦法。腿上长着癣，摩卡色的肌肤上有白色的瘢痕。

“这个孩子没有爸爸妈妈，我得去找工作，我没法带着他，把他留在这里，他可以给尊贵的先生太太干活。”

“孩子的爸爸妈妈是哪里人？”哈里问他。

“先生，他爸爸是达雅人[①]，信仰穆斯林；他妈妈就是我们村里的穆鲁特人，他们的灵魂很早就上了京那巴鲁山。在村子里，乌斯特就像我的儿子，一直跟着我。白人选了这个新酋长，我就离开村子来到山打根，庆贺新酋长。现在伟大的庆典已经结束了，我也没有钱了，必须去找工作。尊贵的先生肯留下这个孩子吗？”

“孩子多大？”

“用你们的计算方法我不知道，但他还不到吸烟斗的年纪，

① Dyaks.

也还不到找女人的年纪。"

"我留下他，阮特，我会给他饭吃，给他衣穿，照顾他，让他学着做先生的男孩。"

阮特走了，留下乌斯特一个人，他又盯着我们看了会儿，然后转身下了走廊。我喜欢他光脚走路的姿势，脚板轻快而坚定。我看他对新环境比我们想象的适应得更好。

哈里先发话："他可以帮阿鲁萨普给我们上饮料。"

"我们最不需要的，就是更多的佣人给我们上更多的饮品。"

"他可以帮阿鲁萨普做家务，可以照顾动物；我们旅行时可以带上他，他可以学着归置我的东西。"

可见，哈里从不会为细节发愁，我就不一样了。

02

"如果他不洗澡，他身上的癣永远也不会好，我告诉过他，必须每天洗澡。你看看他的脖子，多脏啊，你得管管，哈里。"

"乌斯特多少天没洗澡了，阿鲁萨普？"

"二十三天了，先生。"

"怎么可能！"

"真的，先生。乌斯特就是不肯洗澡，我们村子里的别人都不像他那样，我从来没有见过别人像他那样，先生。"

乌斯特站在后面听着，满不在乎的样子。

“我今天下午来给他洗，阿鲁萨普，给我准备一满盆热水，肥皂，还有一个椰子壳用来擦身体。”

乌斯特光着身子站在澡盆里，我们用一块卫宝[1]香皂抹在他身上搓。他也忙个不停，想要把他那紫红色的小鸡鸡藏起来。

乌斯特负责擦干阿鲁萨普洗好的碗。他每隔一阵就会到我跟前，手里拿着一个打碎的瓷器或玻璃杯，一般来说解释会是这样的：

“我把碗抓得牢牢的，夫人，特别小心地擦着，忽然狗（或者：猫、猴子、瓦瓦猴、松鼠、人、保姆）进来了，在那儿跑来跑去，撞到我，忽然，碗就从我手里松开掉到了地上，你看，它自己就碎了！”

这个解释有时也有变种。

“猫打碎的。”

哈里建议我应该从他津贴里扣钱。我想了想，那得要两年半，才能把一个手工签名的祖母绿高脚杯扣出来，唯一可以填补这打碎玻璃杯损失的办法，是提高乌斯特的津贴。于是我在账本上给他做了一个月很高的工资，然后用这工资抵消了那个高脚杯的赔偿，这样账就平了，只是我们再也没有那个高脚杯了。

---

① Lifebuoy，联合利华旗下的除菌香皂品牌。——译者注

03

穿过那一壑野草，在一丛窃窃私语的竹林下面，两片火红的美人蕉之间，有一条通向我家厨房的小径，一些大大小小的、缺了口的碗摆在那儿，给来往的动物备着鱼肉、米饭和其他肉类。那些碗时时刻刻都在，也总是有一些动物把鼻子凑上去闻，因此从花园的边缘到丛林深处，这些碗算是闻名遐迩，尾巴一抖，头一点，或者下巴一动，消息便不胫而走，这里有“人人”得而享用的鱼肉米饭，像一个乌托邦大家庭，腻味了转身便去。

它们中的不少来了便再也不肯走。有些动物跟人一样，一旦欲望得到满足，对自由的向往便不那么强烈了。但我们总是很乐意看见它们快乐地待下来。

这其中有赫尔曼，一只幼儿长臂猿，它那笑眯眯的眼神和总是欣喜若狂的小身子，让人忍不住地想使用幼稚的腔调去跟它说话。赫尔曼生活在一个友善的世界里，有温言细语、爱怜的眼光和无微不至的关怀。还有阿吉碧，一只成年母猿，它美丽、古怪、脾气暴躁，没人尝试着去靠近它或者抱抱它，大家都后退一步，小心翼翼地求它别咬。它倒爱憎分明，从不咬它的朋友。还有盘子脸，那是只大猩猩，动人的双眼和永不满足的胃口，跟一个傻孩子差不多，一刻也不肯闲着。

还有尼弗和思尼弗，那对儿水獭。不像别的水獭，它们从不游水。还有淡黄色长毛狐猴，它住在花园的另一端，四肢团在一起，像个玩具；以及那只黄色长毛、被科学家们叫作婆罗洲眼镜猴的“四不像”和那只发出难闻气味的白臭鼬。

还有一只每天都洗澡的、颜色就像婴儿屁股的粉色猪；再就是阿四，那只杂交的猪肝色猎狗。最后，得说说这家皇族，半暹罗猫一家子：浪荡子托马斯，不知疲倦的母亲玛丽，还有长着中国式眼睛的荡妇威姆布什，以及它们几个的数不胜数的子孙后代。

这些都是乌斯特的玩伴。每一个炎热的下午，当我光着身子在楼上午睡，心里念叨着不知这热浪何时可退时，乌斯特和它们在院子里闹作一团，猫、狗、猴子，尖叫、追逐、嬉闹，它们的欢乐不会被烈日晒蔫，它们的活力永远也不会需要午睡。

我在蒸笼中煎熬一样地躺着时，就想，每一家都需要有这样没道理可讲的快乐。

04

一天下午，从后花园里传来一阵愤怒、惊恐的尖叫声。我想这除了盘子脸不会有别人，于是从门前的走廊上望下去，只见那个小男孩变成了萨提[1]，乌斯特泪流成河，像一个吐水的石

[1] Satyr，希腊神话中半人半兽的森林之神。——译者注

雕怪兽。

“别号了！”我叫道。

“我觉得他疯了，夫人。”阿鲁萨普说。

“我让你别哭了，乌斯特，告诉我这是怎么回事？”

“阿鲁萨普打我！”

“是吗，阿鲁萨普？”

“那乌斯特太坏了！每天都闯祸惹麻烦，今天他把抛光布扔了，鞋油藏起来，擦碗布也不知被他拿到哪里去了。我只好不停地去追着他要这些东西，可他只是笑。后来我坐下来擦铜器，他又对我扔烂芒果，我只好抓住他，打了屁股，也没打多狠，就像人家先生打自己孩子一样。他便开始张开嘴大哭，反正我看他是在发疯。”

阿鲁萨普看着乌斯特，带着打死一只蟑螂时候的表情；而乌斯特呢，刚才一直闭嘴在听，这会儿又张大了嘴，号哭得加倍响亮。

阿妈们都从厨房里出来，站在檐下看热闹。阿银脱下了她的中式长裤，跪在厨房里擦洗地板，她的表情好像在看一个坏孩子接受正义的审判。阿鲁萨普退回到屋檐下，撇清了此事与己无关。所有人的表情都好像在暗示，我总算看清了我那可爱的小男孩的真实嘴脸。只有胡森拿着镰刀在花园里，不为所动，天下大概只有他的兰花缺牛粪肥料这件事才能让他关心。

“你最好趁先生回来之前立即住嘴。”我命令道。

我同时还在整理我的衣服，因为刚才听见吵闹声，我匆忙就起来了。一边训斥一边扣好扣子，好歹让乌斯特止住了哭声。可我刚一转身准备去穿鞋，乌斯特又开始了。整个山坡上的人都能听见，我仿佛能听见各种八卦，挨家挨户传遍，关于凯斯家那个让他们没辙的小男孩。哈里回来喝茶了，乌斯特还在那里泪如泉涌。

“交给我，我来处置，他这是发脾气呢。”

我松了口气，继续穿衣服。我依稀记得一些自己童年时代发脾气时的委屈，希望哈里不要太厉害，不过那哭声总算渐渐止住了。

几分钟以后，我来到花园那一头。那里的茶桌边，瓦瓦猴有一个在两棵树周围用铁丝网围成的家，松鼠就住在它们头顶的树上，跑进跑出，不时地偷一根黄瓜或者木瓜什么的。有时瓦瓦猴在清晨的阳光下太兴奋而高声歌唱时，还会招致松鼠的斥责。淡黄色的长毛狐猴也住在那儿，就在瓦瓦猴的家下面一点，它的宝宝一直待在它的长毛中间，看上去就像多出来的一对眼睛，它们一整天一整天地睡觉。阿鲁萨普说，只有这样，它们才能在夜间醒来与灵魂交流。

可是今天这里太热闹了，连它们都醒着。这时，狐猴妈妈吃了它的晚餐，正在吞咽。哈里和乌斯特手牵手站在笼子里，乌斯特的鼻子需要擤，胸脯还在一起一伏。

赫尔曼一直喘着气，在树枝间玩空中飞人，时机把握得分毫不差，每一次荡漾都像在玩儿命。阿吉碧在几个长树枝之间荡了几个水平的弧线，试着把赫尔曼的注意力调过来。狐猴妈妈表演了几个马戏团杂技，引得宝宝吱吱尖叫。松鼠们本来要过来指责它们太放荡的，也忘了本意，驻足观看。可惜终于没看到“狗笑着，猫拽着一只勺逃走”的情景。①

这时，仿佛帕里亚齐②附体的赫尔曼，拿出了看家绝活，它忽然跳上乌斯特的肩膀，温柔地将胳膊缠绕在乌斯特头上，唱起了歌。我丈夫这时离开他们，回到我身边开始用餐。

这是多美好感人的一幕啊，我想，谁愿意在此刻焚琴煮鹤来谈论管孩子呢。

“我想最好的办法是把乌斯特送到马来地方学校去，这样最起码早上那些日常家务工作，他不会去碍事，我们也可以少打碎几个杯子。”

马来学校的课本上有一幅图，就是第一课的图，上面是一个沉思的孩子。那个孩子交叉着腿，穿着纱笼，一件带图案的巴夭服装从瘦削的肩头垮下，黑色天鹅绒的马来小帽箍在头顶，

---

① 这个地方应是作者笔误。这是一首在英语国家广为流传的童谣：hey diddle diddle. 歌词描述了如下场景：猫拉小提琴、奶牛跳过月亮、小狗笑了、盘子拽着一只勺逃走（非作者所写：猫拽着一只勺逃走）。这首童谣的意义，曾有许多版本的考证。有说源自希腊神话；有说是八卦阿拉贡的凯瑟琳……最终这些民间理论都被以托尔金为首的学院派取笑了。他们公认：这首只是童谣，展现的是无边想象的无厘头。——译者注

② Pagliacci，著名歌剧中的丑角。——译者注

眼睛望向前方，似乎在渴求智慧。这位斯文的孩子显然不是乌斯特。

第一天早上，我也这么打扮了他，可当他从学校回来时，他穿了一条蓝色短裤和足球衫，说是用巴夭服和纱笼换的。

“为什么要用你自己的衣服去换这个？”

“夫人，学校里所有的男孩儿都这么穿，我得跟别人穿一样。”

“你喜欢学校吗？”

“不，夫人。”

“为什么呢？”

“学校里，孩子们老得坐着；还有，别人都有朋友，我没有。”

“除了坐着之外，你们还干别的吗？”

“校长给我们喝听装的牛奶，还有人卖木瓜和香蕉，明天我得带三分钱去买水果，别人都买。”

乌斯特进步很快，他每天晚上都坐在厨房的桌前读他的课文。

“鸡爸爸高唱报晓，昂首阔步；
鸡妈妈轻声哼唱，咯咯下蛋。”

乌斯特还读到这段：

“爪哇人卖沙嗲，

孟加拉人卖面包。”

这千真万确，写课本的人绝对做过研究。

“小男孩布勇特别喜欢踢足球；

他每天都要去操场。”

这是乌斯特最喜欢的一篇课文，可不是所有的男孩都喜欢足球吗？

“Si-Bu-yong sa-ngat su-ka ma-in bo-la……”他一面用脚在地上打着拍子，一面唱着，留声机里的马来小调在低吟着附和，海湾对面传来模糊的编钟在回应，青蛙跟他合唱：“Si-Bu-yong sa-ngat su-ka ma-in bo-la……”

乌斯特开始上学后不久，后院里又多了一个新的小男孩。

“这是谁，阿鲁萨普？”

“这个小男孩来干乌斯特那份活。”

“你们三个人还干不了这些活吗？”

“有些活儿小男孩干很方便，比如到市场上去抱回买的东西，擦鞋擦铜器，或者其他夫人要求的事。”

显然，家里得继续支付阿鲁萨普作为闲散人工的费用。

“谁给这个小男孩付工钱？”

“阿银、阿金还有我。”

我明白，到了考验我良心的时候了，看我是不是肯再支付第二个小男孩的人工。

“很好，如果阿鲁萨普和阿银、阿金认为需要一个小男孩，那就让他们花钱雇吧。”

那天下午，我听见后院传来欢快的声音，是乌斯特和小男孩二号在玩足球，玩得非常开心。第二天，二号就被开除了。

阿银、阿金和阿鲁萨普伤心地对我们和乌斯特的行为表示不解，为什么养着一个小男孩，却不叫他干活，这太不可思议了，他们只能解释为：我们的脑子可能出了点儿问题。

05

四个月过去了，这期间并不太平。

“那小东西今晚在哪儿？”

“午茶后就不见了，一下午都没回来，他现在大多数时候在城里。”我回答说。

“小魔头！他会在那儿惹祸的。”

“是啊，不过这样也不怪他，我们在他那个年纪如果父母允许，也会想去啊。”

“嗯，我总不能让他整夜在外面吧。阿鲁萨普，乌斯特放学后在山打根都干什么？”

“先生，他有时候去电影院，有时候去华人戏园子，有时候去看拳击。”

“他哪儿来的钱？”

“他下午去市政厅帮人拾网球，那些先生们就给他一毛五分钱。”

“他今晚没回来吃饭吗？”

“那乌斯特早已经不在这儿吃饭了，他每天从阿银那儿领饭钱，放学后就去咖啡馆，在那儿买吃的，然后去操场上和朋友们玩儿。他只是在需要给先生开饭上餐时才回来。”

“哼，就这件事现在也没做了，我明天得问问他。”

这时我提起一件想了很久的事。

“我们不能再像养宠物一样来对待乌斯特了。”

“我以为你喜欢养着他呀！”

“我当然喜欢，但不是像现在这样。我们得多陪他，还得约束他，得认真做这件事，不然就送他回村子去，山打根对他没什么好处；而我觉得，我实在太懒得去行使父母的职责。”

很长一段沉默，我们坐在那儿，望着餐桌中间那一束盛开的天堂鸟，看蚂蚁从赤红的花蕊中间爬出来，顺着花茎爬回水里，再从花蕊中间爬出来。

终于，我丈夫开口说道：“是，我想是这样的，你自己的孩子不一样，因为你别无选择……我得去搞清楚阮特在哪儿，把乌斯特交还给他。”

接下来，整整一个星期我都在掂量这件事。翻来覆去地想，山打根的生活对乌斯特没有好处，本地学校的教育最多可以让他将来获得一份低级的文职工作，还真不如回到自己的村子，做一名真正的穆鲁特男孩。道理我想通了，可是感觉却完全两样。

哈里查清楚了，阮特现在是一个工头，替我们的瑞士朋友文克博士工作。我们管文克博士叫小文，他是石油公司的地质学家。阮特在小文的丛林营地，京那巴当岸河上游六十英里外，远离了山打根的夜生活。哈里托一艘船给阮特捎信说，他想把乌斯特送回去。

小文每次来城里采购时，都会来我们家坐坐，跟我们一起谈谈瑞士，以暂时忘却孤独。他说，他总是在营地上挂一面瑞士国旗，不是因为激进的爱国主义情绪，仅仅是一种很简单的感觉，就像你每次出门旅行时，总想戴着同一顶帽子一样。小文有一双青春的蓝眼睛，漂亮的金发，替他的国家瑞士充当着一个十分完美的大使角色。

我们坐在那儿吃松饼，往松饼的小格子里浇着热的糖棕树糖浆，有时糖浆会顺着我们的下巴流下来。

“小文，你这趟能帮我把那小东西带回去，交给阮特吗？”

“你不想继续留着小东西了？”

“我们拿他没办法，小文，他整天混在山打根的花花世界里，我怕哪天他就把女人和孩子给带回来了。城市对他没什么好处，我希望他远离这一切。”

“好的，我把小东西带走。”

“还有，小文，你愿意再带一只小猫走吗？很漂亮的一只暹罗，托马斯的子嗣，出自威姆布什，继承了父母的优点。”

“好，我再带上这只小猫。”

“你真的喜欢小猫吗，小文？还是仅仅因为你不好拒绝？”

“我喜欢猫，它们将让丛林变得像家。”

最后一天早上，乌斯特站在我们面前，他比来的时候胖了些，可还是小，还是长着白斑的摩卡色皮肤，腿上依然有癣，下嘴唇一样往外噘着。我起初以为他的嘴唇有点发抖，后来我发现并没有，他漂亮的黑眼睛望着我，这次看上去颇像课文里那个沉思的男孩。

他那小小的物质世界，如今倒是丰富了不少，小裤子里现在有了口袋，口袋里还有钱。除了这些，他还有了一只盘子、一个杯子、一口做饭的锅、一些米、一个铁皮推车、一些书、足球、睡垫、蚊帐、毯子，嗯，这对于一个穆鲁特小男孩来说，很丰富了。

“你希望到丛林里去，还是留下来跟我们在一起？”我丈夫问他。

“你们大人都决定了。”他回答说。

我眼光追随着他下了山，直到他变成一个晃动的小影子。他没有回头，我明明知道他不会，可还是有点失望。

旁边的桌上有张照片，是我们留在老家的女儿，穿着聚会的盛装。她在学钢琴，还有一只手表，爱好集邮。她的圆脸上

带着笑，下唇甜美而平和，她也喜欢去电影院。我把眼睛从乌斯特身上移回来之后，看见的便是这一幕，只是有些混浊，眼里有咸咸的东西。

第三部

吃 风

“吃一点风”[①] 意为“去享受散步”。

如果我清早出门散步，路上遇到老妈妈或者青年男子，我们这样打招呼：

“您这么早去哪里啊，夫人？您是出来吃一点风吗？”

“早安，老太太！是啊，我出来吃点风。”

---

① 马来语，makan angin。——译者注

第十章

探险者的准备

01

每一次冒险对我来说，都有三个阶段。第一个阶段是出发前，那时我的梦想与现实没有任何关联，东南西北都任由我想象；到了第二个阶段，脚疼、蚊虫咬、背痛、精神被摧垮，我只希望我压根儿没来；这时第三个阶段来了，我终于认识到，我人生中的其他事件全是黑面包，而这次历险，是鱼子酱。在这个阶段，那些极有可能只发生在别人身上的，那些奇妙、虚幻、华美和不可想象的，都发生在了我自己身上；也只有这时，我才知道，这样的经历不可能没有代价，这些不舒适、丧失信心、沮丧都是值得付出的。

有一种内心坚韧强大的人，他们可以越过第二个阶段的绝望，轩昂地径直走入第三个阶段，是他们的耐力和果断，令他们在艰难的环境中蓬勃旺盛。他们像狮子一样，骄傲地舔好自己的伤口，重新焕发雄风。与他们相比，我是一只喜欢冒险的小羊。

自从去年六月，我丈夫问我要不要跟他一起去乌露·夸马特[1]，而我答应了之后，便一直处在期待的兴奋和对预期状况的抗拒之间。我倒不担心那些旅途中可能出现的险境，我知道，

---

① Ulu Kwamut.

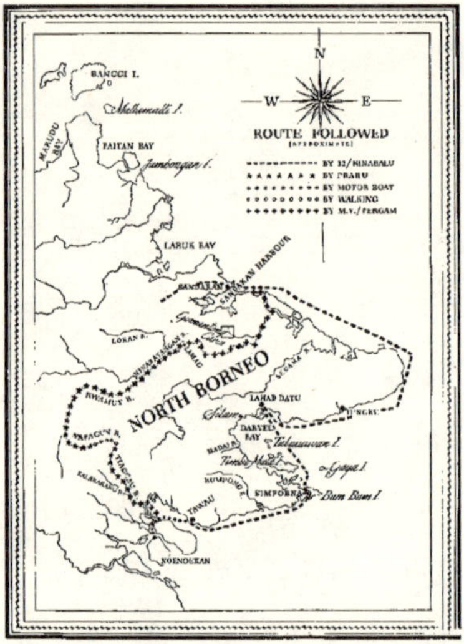

即便我是个恒温箱里的婴儿，我丈夫也会把我活着带回来。我怕的，是那些我再熟悉不过的、丛林旅行途中的各种小煎熬，谁也不能帮我解决的那些看似微不足道的不适。我知道，我在自家书房里英勇无比的灵魂，在滂沱大雨的泥泞中会立即变成一个懦夫。

因此，当我在出发那天扫视身旁的书架时，目光落在了这几本书身上 :《猎头族的日常生活》[1]，这让我轻松了很多，猎头族也有日常生活。书架上还有一些把我的思绪带到我将要去的

① *Everyday Life among the Head Hunters.*

地方的书名：《婆罗洲猎头族的家庭生活》[1]《猎头族之黑、白、棕》[2]《婆罗洲猎头族》[3]《婆罗洲的原始人群》[4]《婆罗洲的异教部落》[5]《北婆罗洲异教徒》[6]。

另一个书架上：《丛林深处的人》[7]《穿过那些神秘的小径》[8]《海盗风》[9]《婆罗洲，那片偷走我的心的土地》[10]。在这里，我看见前辈们，他们早在我之前很多年就在梦想这样的探险。

于是我走到打字机前，写下我临行前的最后一封家书：

我们今天将离开山打根，穿越最后的猎头族领地，向北婆罗洲的心脏进发。尽管这之前我跟哈里一起在此旅行多次，结识了诸多有趣的原住民，但没有一个像书里描写的真正的婆罗洲野人，他们要么是阿鲁萨普的哥们儿，或者索丁媳妇的表哥，要么就是老人来探询哈弗瑞总督，年轻人好奇地打听飞行器。可是现在，我们将要去的地方，没有任何欧洲人曾经涉足，住在那里的土著人是北婆罗洲的猎头族，听说至今仍然猎取人头。我们将在那里，遭遇

---

① *Home Life of the Borneo Head Hunters.*

② *Head Hunters Black, White, and Brown.*

③ *Head Hunters of Borneo.*

④ *Primitive Peoples of Borneo.*

⑤ *Pagan Tribes of Borneo.*

⑥ *Pagans of North Borneo.*

⑦ *Men of the Inner Jungle.*

⑧ *Where the Strange Trails Go Down.*

⑨ *The Pirate Wind.*

⑩ *Borneo, the Stealer of Hearts.*

真正的婆罗洲野人。

我封好了信坐在那儿，思量别人会不会也像我这样，在貌似大胆鲁莽时，其实胆战心惊。我站起来，离开这个房间，关上书房门，将那些表征婆罗洲探险的故事关在里面，向一个真实的旅程出发。

几个华人妇女苦力将我们的行李搬上公共汽车。

“你没忘什么东西吧？”哈里问我。

“嗯，有可能，不过要是我记住了那些，一定会有别的行李没装上。”我们看着被褥卷顺着花园小径滚下去，行军床、药品盒、提篮……

“行李太多了！”哈里说道。

结婚前，我丈夫旅行时靠米饭和猎获的野味生存，从来不带床垫、帐篷，也没带过老婆。

“是，我知道不少，可哪样可以省掉呢？”每到这时候我就觉得充满歉意。“这里是清单，就是我们带的东西。”我开始大声朗读：

六套生活必需品——食物、炊餐具、卧具以及毛巾。哈里、艾格尼斯、阿鲁萨普共用

两个藤篮——装着露营床和床垫。哈里、艾格尼斯共用

一个帐篷——哈里、艾格尼斯共用

一个药品盒——哈里。可供接生之外的其他紧急医疗急救用，也可辅助接生用。

一支点22步枪——哈里

一把手枪——哈里

一只背包——胶卷，相机，子弹，烟斗和淡巴菰，鱼线，昆虫罐——哈里

一个藤篮——阿鲁萨普个人用品

一个包裹——哈里个人用品

一个包裹——s艾格尼斯个人用品

“这就是清单，你觉得哪样可以去掉？”我问道。

“除你之外，别的都不行。”我丈夫说。而这几乎是事实，简直令我哭笑不得。

阿鲁萨普跟着那些行李，看着它们被搬上公共汽车。

他自己搬着满满一篮鸡蛋，一篮蔬菜。阿银跟在他后面，拿着一把蓝布伞，说，千万别忘了给夫人带上这个。哈里嘟嘟囔囔，很不情愿地打理着这一切，却也放弃了抵制的企图，我们紧随其后下了山。我知道，下一次再走上这条花园小径时，我的脚趾甲里都将满是丛林的泥土，头发里满是篝火的烟味，鼻孔里全是异味，心里装满了我想要回味留恋的各种记忆。

“再见，阿银。”

“再见，太太，您一定好好照顾自己，我现在一个人了，我会很孤独的。再见，先生，再见，阿鲁萨普。你们一路平安！”

“家里一切平安！”

我看了看我们的家。我是那么急切地想要走，不过，我猜想回来时，也会一样地迫切吧。

02

这趟旅行我们计划了好几年。有三次连日期也定好了，储备物资也买好了，最后行李都装好了，没有成行。一次是我丈夫接到关于另一项工作的紧急电话，另两次是突如其来的暴雨，致使我们将要航行的河面洪水暴发，不能通航。

计划是乘汽轮沿北婆罗洲东岸到斗湖，回程穿越这片土地上号称“不可靠近”的内陆心脏，回到山打根。那片丛林里没有路，连前人留下的痕迹也找不到，从来没有欧洲人去过。这趟旅行的兴趣点之一，其实还在于，这个地区的土著没有或者说几乎没有过与“人类”接触、打交道的经验。河道上的航行将主要靠一种小型的土著独木舟——“泊拉胡”来完成，而穿越丛林则全靠徒步。

我丈夫相信沿河的分水岭之间，一定有美丽的森林和富饶的农耕原野，若如他所愿，真的有这些桃源，那么将它们保护起来就至关重要。他还希望能找到在婆罗洲非常稀有而至今没有记录的树种。

二十五年前，这些河流的源头滋养了无数土著村落，如今这些村落被次生林掩埋，而土著居民也消失了，因此，探询这一消失的真相和原因，是此行的目的之一。

在北婆罗洲的欧洲人中间，那个令人毛骨悚然的记忆，关于弗林特兄弟——华特和莱福仕的惨剧，是对这片土地所有理解的最主要来源，那是最后一片由猎头族主宰的王国。1890年，弗林特兄弟沿河远征，发生的残暴故事只是目前北婆罗洲这个令人汗毛直立的传说的一个版本，而我们就要去往故事发生的地方。我暗藏了一个愿望，即亲耳从土著人嘴里听到那另一半。

那里的旅行只能规划在所谓的旱季，也就是六、七、八这三个月。途经的河流是东岸的水文中心，汛情对它的影响大到你无法知晓下一个小时能否航行。婆罗洲的河流旅行充满了未知和不确定，洪水泛滥时，自然无法旅行；而没有洪水时，水位又可能低到不能行船。

但是，总有那么一段介于洪水和低水位之间、恰到好处的折中。每当那时，“泊拉胡”便好像插上了翅膀，船夫唱着歌，你的身体快乐地在闪亮，忘记了那些等待的时光，眼前只有清凉的水、火热的阳光和透明的空气，整个这条大河都属于你。

在家乡，六月是谈论新娘和嫁妆的季节，是毕业和度假的季节；而这里，北婆罗洲，是旱季，是适于河上航行的季节。

只有一件事令我担心。整个冬天我都在发烧，从验血的结果看，又不是疟疾，可是什么治疗也不管用。在山打根，这关系不大，因为阿银把家治理得井井有条，远非我所能及。我只需每日躺在床上，一本书打发光阴。可我知道，我不能带上我的床、书和高烧去婆罗洲河流上航行啊。

当我们定好了出发的日期，我匆忙去看了医生。他推荐了一种抗感染的注射剂。可药房却卖完了，说一支美国来的勘探队买光了这种注射剂的所有存货，下一批得去新加坡订，三个星期内不可能到货。这意味着，我必须得在出发前的最后一星期打完所有的剂量，才可能遏制旅途中将出现的不适。

药剂到货了，我的细胳膊上满满当当扎了七针，这时我精神激昂，身体却更加虚弱。我们能如期动身吗？哈里开始担心。我却清楚地知道，没有什么可以阻挡我，我们肯定会按时出发。

我是在发着烧的状态下打包准备行李的，幸好需要我做的并不多，阿银就让我装自己的，我丈夫的行李都不让我插手。阿鲁萨普负责食品、卧具、帐篷以及露营设备，哈里负责药品、枪支武器、照相器材，还有关于文化传播的材料，比如永不缺席的《黑森林杂志》[1]，大量的故事书，家庭类型小说，当然还有他自己的烟斗。似乎每个人负责的都比我多，可是总有这样一个悖论，一旦有东西漏了，无论是谁的责任，我肯定是被责怪

---

① *Blackwood's Magazine.*

的那个，因此，我根本不可能心安理得接受他们赠予我的赋闲角色。

我写了一系列清单，有给阿鲁萨普的，用马来文写，都是食品、露营用具等；也给阿银写了一份，说明需要给我丈夫带哪些东西，她当场用红笔把清单上的所有项目都打了钩，随后和晚餐菜单一起，钉在了厨房墙上，再按她的想法，给我丈夫装上了她认为应该带的东西。我心想，你倒没事，等他抱怨时你反正也听不见。

这一趟，我成功地把我的个人用品压缩到了仅仅一个小竹篮里。哈里总是说，我要想跟他一起旅行，就必须像他一样轻装，并且赶上他的步调。我承认我没有彻底跟上他的步调，但是每日天黑前，我起码跟苦力和行李所行的路程是一样的，从这个意义上说，我没有给任何一方拖后腿。当然，我知道哈里的诏书指令是正确的，这是公务探险，并非为了我接受熏陶而设置。

可我确实比丈夫需要的衣服种类要多些，他只要短裤和运动衫就好。我带了短裤，供丛林徒步用；长裤，供出现在土著村子里用；还有中长的裙裤，是在船上穿的。裙裤是考虑到用它们来保护我免遭晒伤，也避免染上克拉普[①]，因此我总会带上，也总希望用上，可事实是，几乎一次也没穿过，还是短裤有用得多。在这样的艰险旅途中，避免烦琐的衣物，以保证行动自

① Kurap，一种癣，很多当地人患的皮肤病。——译者注

如，是最值得考虑的因素，其他例如皮肤病、晒伤、不够漂亮这些问题，在疲惫的身体里不会引起丝毫反应。而且我早已发现，腿上的穿着越简化，脚步就越轻盈。

我也带了六件运动衫，六双胶底帆布鞋，一打袜子，无以计数的内衣，一件皮外套，一件睡袍，四条睡裙，笔记本，墨水瓶，鼻子喷雾，针线包，写生纸和铅笔，以及一个枕头——这是卧具卷里那些东西所不能提供的一个小小奢侈品。

所有这一切都装在一个长圆形的竹篮子里，一尺长、一尺宽、两尺高的轻巧竹篮。哈里自己设计，专门给这样的旅行用的，它比一个苦力的背略窄一些，这样它不会被树枝绊住，上面安装了背带，顶上有滑盖，除非盖子滑脱，否则这个行囊几乎是防水的。

03

那些小小的汽轮在婆罗洲人中间的影响可不小，有人喜欢有人恨。恨它的人，不外乎是因为，橱柜里活跃的蟑螂。全船共用一个卫生间，根本无法预期到港和离港时间，以及它在海浪中翻滚颠簸的行船方式。

而喜欢它的人，比如我，就常常会被人追问为什么。也许喜欢婆罗洲汽船真正的原因，是出于对那些乐于助人的船长们的感激吧。他们帮我们捎口信，带来书、杂志、狗、佣人、孩子、无线电，以及从一个与世隔绝的地方给另一个与世隔绝的地方带去这边盛产的鲜花。这一次，船长就受地方长官的太太之托，给区域长官的太太捎去一束兰花，这束花将要在两天的颠簸之后，出现在区域长官太太的晚宴上。

我们的船舱很小，但门开着的时候，苏禄海的整个海平线就都进来了。我不能想象这个世界上还有比这更甜美、更柔软、更蓝的水了。我穿着和服式睡袍躺在床上，微风吹过，好像轻柔的沐浴。这时哈里进来拿烟。

“船上还有其他乘客吗？”我问道。

“只有金客，他说他们在瑟嘎玛河[①]的上游找到黄金了。”

“如果这是真的，对别人有什么意义吗？”

“除非藏量够大，值得开采，否则没什么意义，瑟嘎玛河流域找到黄金好多年了，1898年伦敦渣打公司的报告就显示，他们每天都在等待来自婆罗洲关于金矿探测的电报，报告说，这些探测结果将带来极大的利润，可一直等到现在。”

“你去问问金客，那些针剂对他有什么影响，”我说，“我今天又有点发烧，胳膊肿得也厉害。”金客就是那群把山打根药房里的针剂买光的美国淘金客之一。

“你估计你能走完这趟旅行吗？”

“没问题，我们还要在这汽轮上待一天，再在河里的汽艇上

① Segama River.

过一天，然后真正的旅行才开始呢，到那时，这些反应应该都没有了。小文跟我们在哪里会合？”

“在斗湖，当晚我们会住在他位于石巴迪岛[①]的营地。”

小文当时正在进行一项北婆罗洲的地质勘探。当他和哈里得知对方要在同一时间、同一地区开展工作时，便讨论要结伴走，协作组织船只和劳力的使用。

“我不知道我们这么长时间待在一起会怎样，”我嘟囔着，“我想，等我们从这趟旅行回来，小文和你和我会增进很多了解吧。”

小文在斗湖接上我们，跟在一个黄黑色海盗帆的木篷船后面，驶向石巴迪岛。我们把鞋袜脱掉，摊在船板上，舒服地光着脚。哈里说，从前婆罗洲海盗用的木篷船就是这个，小文却说应该是巴贡船[②]，而阿鲁萨普却说应该是帕卡阮甘船[③]。在类似的这种争论中，有一个像我这样对此话题一无所知的人是多好啊。

小文在石巴迪岛上的营地带着浓郁的瑞士风味，这是他和施理伯格博士两人的地盘。在小文之前，这个勘探基地由施理伯格博士负责，可以看出施理伯格博士好像拥有熟练的魔法，这间平房随着他，从一个营地搬到另一个营地，屋梁一根根拆

---

① Sebatik Island.

② Bagong.

③ Pakarangan.

下来，再细细装回，两年多的时间，对这间屋子的悉心关爱，从那些被手掌无数次抚摸过而显得温暖泛着微光的木板上明显看得到，还有墙上那些装得严丝合缝的层板搁架，上面整齐码放着收纳用的小罐子。同时，施理伯格博士那庞大的古铜色身板，也表明了那张被每个人称作“施理伯格先生的床”的双倍尺寸是多么有必要。

关于小文，我从那张折叠露营椅中，看到了他不多的一点点奢侈；从极其匮乏可怜的那几罐食品储备中，看出他的节俭；从那满书架关于冰岛和北极圈的书籍中，看出他钟情的几件事；也从他营地的整洁中，看出一点他的生活习惯。

我还从雨水如何被一个固定在棕叶屋顶上的、手工制造的排水渠收集，看到了瑞士酒店效率的体现。这些水经过一个手工做的管道，输送至五十尺外的一个沐浴房，在这里，水全部倾倒至一个土著居民的瓮里，用作洗澡水。

当晚，我们第一次架起了那顶借来的非洲草原帐篷，那是哈里从医疗部借的，因为它更轻巧，一个人背着很容易。帐篷顶是单独的，并不配套，这个顶本来应该用在主帐篷之外，用来防雨。

“很好很小，不是吗？”哈里赞许地说道。

我们都聚在小文的木屋里进晚餐，有供所有人享用的米饭；有给小文和我两个喜欢蔬菜的人准备的煮黄瓜、菠萝以及蛇胆

形状的瓜；炖鸡肉是给哈里的，他讨厌蔬菜；小文的是沙丁鱼和奶酪，他不吃鸡肉；还吃了些桃罐头，主要目的是减轻我们行李的负担。从这顿晚餐我看出来，接下来的旅途中，小文的食谱跟我们的将很难妥协融合。

小文给我们看了很多他从空中拍摄的勘测图片，裸眼看上去像一块一块的鱼子酱，中间有很多虫子穿梭出入；而透过三维透视镜再看时，却是深深的丛林，树顶被拉到眼前，从它们身下的广袤丛林中剥离开来，而刚才那些像鱼子酱里穿梭的虫子，这时清晰可见，是加拉巴干河[1]，那条我们即将要航行其上

① Kalabakang River.

的河流。

那之后我们各自就寝，哈里和我第一次在我们的非洲草原帐篷下睡觉。我的发烧好些了，但还是很高兴我们将要在石巴迪岛多待一天，因为小文想要再多挖几个石油勘测洞，哈里还要收集一些树种。

“阿鲁萨普明早记得自己熬咖啡，”临睡前哈里叮嘱道，“别劳烦小文先生的厨子，我的咖啡要浓。晚安，香蕉腿。”

最后这句是说给我的，因为我腿上已经满是黑紫色的瘀青。

04

第二天下午，听小文说起我们的第一站，是越过荷属婆罗洲边境，航行去努努堪[①]向他的瑞典朋友告别时，我特别高兴。他这个朋友在那儿掌管着木材基地，与他一起生活的还有他的姐姐。我老早就听说过这位娇小的瑞典女性，以及她的女儿安妮塔，一个浅金色头发的孩子。这个孩子几乎成为荷属婆罗洲达雅人中间的一个传奇，达雅人黝黑、精壮、矮小，他们凶猛而善于探险，无论是与河流的激斗，还是与外族的战争，都鲜遇敌手。但他们从未见过像这个瑞典孩子的丝一样的头发和瓷

---

① Noenoekan.

器一样蓝色的眼睛，他们围在努努堪房子周围，欣赏地观看她玩耍。

我们离开石巴迪岛时，和风宜人，只觉河岸飞快地在我们的黑黄色风帆后飘过。不一会儿，风渐渐弱下来，开始下起小雨，我们淹没在雨中。这时只得撤下风帆，开动马达，等我们到达努努堪时，所有人浑身湿透。我们蹚过一片红泥沼地，站在雨中，努力表现出友好和蔼的样子，与木材基地的经理林奎斯特先生见面。这时我又开始发烧，牙关打战，他请我们上去他家里喝茶，我那时有说不出的感激。

一上去就看见他的姐姐和那个孩子坐在门前的走廊上，母女俩穿着相似的棉布格子裙，光着脚。她们俩都有尖尖的下颌，软软的金黄色头发，间杂着一道道稍微深一些颜色的发丝，蓝色的眼睛，弱不禁风的身体。两人的皮肤都呈现出晒过之后的颜色，却惊人地面黄肌瘦，明显地营养不良。

那母亲告诉我，她们经历了好几次疟疾，也都因为饮食的不健全而身体状况不佳。在努努堪，除非自己狩猎，否则他们没有任何肉可吃，所以她弟弟每个月总有一个晚上，会整晚出去打猎。那以后的几天，他们便暴饮暴食地吃肉，但因为没有冰块，肉也放不长。那几天他们就像达雅人一样，除了肉以外什么也不吃，直到把所有肉都吃光。

另外，她还提到一件我已经有所耳闻的事。她说因为她总是光着脚，穿着短裤，晚餐时也不换衣服，而招致其他几位荷兰木材商太太的嫌弃。说这件事时，她正在露台上给我们上茶，穿着简单，态度宜人，姿态和礼节放在任何大使家里也非常恰如其分。

我们坐在回廊上喝了很久的茶，看着大雨一直下。那只中国黄狗耷拉着脑袋躲在屋檐下，而病中的我，以及这位瑞典女士和安妮塔却在微微发抖。终于，我们与主人告别，向船上走去，回头看着雨中向我们挥手的三个斯堪的纳维亚人，我想，这远东的诱惑让妇女付出的可又是多得多了。

05

我们乘坐汽艇沿加拉巴干河而上，将从那里的一个村子里雇船和船夫。我仍然在发烧，所以一整天都躺在甲板上，只偶尔睁眼看看那一带漂荡着被我们抛在身后的河水，以及那傲慢的尼帕棕，将它们剑一样锋利的影子投射而来。当哈里在中午时分唤醒我，把我移到被树梢笼罩的阴影下时，正午白晃晃的艳阳当空，空气、水、昆虫，甚至我们体内的生命，似乎都停滞在那一刻，死寂。

再一次醒来，是被人从雨中拯救，甲板上那时已被浇透。可我们待在船舱里还不到一盏茶的工夫，雨已经过去，甲板上又好像蒸笼一般，树又开始冒汗，空气和先前一样静止、浑厚、炙热，似乎更加难以呼吸。

晚上，哈里和小文在驾驶舱板上铺床，我独自待在船舱里。船舱在汽艇的正中央，前后有门，四面有窗；发动机房在它后面，船夫休息的甲板在它前面，两侧是过道，这让我想起巴黎的公共男用小便厕所：外人可以从下面看见里边人的腿，可以从上面看见他的头，只不用去管这头和腿的主人究竟在干什么。

船舱里有个木头地漏，人可以站在上面洗澡，可真当你洗澡时，所有的水都会漫过去浸到我们的行李上。还有一个小箱子，高高地立在一个架子上，像一尊宝座，一束束的光线从四面的窗户上反射过来聚在它身上。还有两扇窗户，开在床的两侧，正好是船员睡觉时的视线。除非把这个床换成一个柴油发动机，我不能想象还有比这个船舱更不方便的了。

那一夜我们就定锚在河面上。当一个人的身体极度不适时，他无法感知环境的热度；经历了这么长时间的高温，我相信不可能比这更热了，而事实是它一直在变得更热。我好不容易睡着，开始梦见自己在一口锅里被慢火炖着，身体的脂肪在融化，肉正从骨架上脱落。

06

我现在终于承认，所有的酋长都有一副令人敬重的外表，过去很长一段时间我不这么看。而此时，他们身上那种杰出的廉洁、威仪感，根本让你不可回避。

加拉巴干村的奥兰图瓦[1]乘着他的“泊拉胡”出来迎接我们，裸露着棕色的胸膛，肩上那表明猎人族身份的刺青丝毫不影响他令人尊敬的仪表。

那张脸简直在说，这是一位慈祥的老人，一生诚实，每个周日都去教堂，给孙辈们零花钱，从不知暴力或者性为何物，是一位特别令人敬重的老人。

可换一种眼光来看。这里站着一位穆鲁特老人，身上裹着一块布条，私生活、性经历未知，疑有暴力。还那么令人尊重吗？

在他乘坐的泊拉胡四周的水面上，围绕着小一些的泊拉胡，东奔西突像受惊的鱼群，那些船上都是这位老人的孩子，他们之间的关系复杂得就像下面这首诗句所描述：

> 我没有兄弟，没有姐妹，
> 那个人的父亲是我父亲的儿子。

为方便起见，他们都被称作老人的孩子，我并非刻意在暗示一种滥交，并把这滥交的罪名强加在一个我刚刚结识并且对他充满敬意的人身上。

这些土著人身材矮小，肤色油亮如抛光的木材，大部分人身上除了一块布条外，几乎全裸。这些人被叫作腾加拉穆鲁特

---

[1] Orang tua，字面意义是老人，特指土著村落的头人。——译者注

人[1]，令我想起阿鲁萨普的部落勃肯穆鲁特[2]，这么一想，他们身上共有的蒙古人种特性，便变得熟悉和亲切起来。黑色的长发绾成松松的发髻，嘴唇上流着红色的槟榔汁，肌肉强劲的腿上满是创伤和溃疡，所有这些，都唤起一种亲切的感情。

阿鲁萨普用穆鲁特语向他们喊话，这开启了语言攻势的头一箭。这时，空气里开始充满了问候、笑声和调侃。在他部落手下的欢快气氛中，奥兰图瓦跳上了我们的汽艇，站在我们面前，哈里和小文给他递上卷烟，这时公务正式开始。

“情况怎样，老人家？”

---

① Tengara Muruts.

② Bokun Muruts.

“情况很好，先生。”他唇边泛起愉快的笑意，嘴角还有一团刚才吃槟榔留下的红色汁水。

“您收到区域长官的口信，说我们需要人力和船只吗？”哈里问道。

“是的，我收到了，先生。准备了五只船和八个人，将跟你们一起沿河而上。”

“我希望是强壮的人和结实的船，因为旅途将会很艰难。”

“放心吧，先生。人和船都很坚实，我自己也会陪着他们一起来给你们引路。”

“无论多少钱，我都会付给您的人，他们得带上至少两个星期的米。”

“没问题，先生。”

正事说完了，老人这时把目光移向我。土著人盯着别人看时，并不粗鲁。我也不知道我这矛盾的说法源自何处，是他们注视的方式，还是我私下内心里的解释，总之结果是丝毫没有令我不舒服。他黑色的眼睛明亮而不躲闪，但是此时的眼前所见，却让他眨巴了一下眼睛。

他看见这样一个人，跟别的任何一位先生一样地高，也跟他们一样瘦，还有着跟他们一样的棕色皮肤，穿着短裤、运动衣和跑鞋，挎着一把他们土著人的刀，头上包着大手帕，跟先生们一样。是三个男人来到丛林里了吗？可是手的样子怎么不一样？脸为什么又小一些？音调为什么也不同？老人转向哈里，很肯定地说："这是先生的妻子。"

哈里承认了这个事实。

"先生的妻子整个路途都跟着吗？"

"对，整个旅途。"

"丛林里也去？"

"是，丛林也一样。"

老人想了想，然后看着我摇了摇头，神秘地说："我希望先生的妻子好运！"

这时我知道我已经被介绍了，可以开始自己的探索和采集信息。"您好，老人家！我看到您身上的刺青，您一定猎过人头。"我说。

"也许我猎过，也许我没有，先生。"他很外交地回答了我，显然对政府禁止猎人头的规定很熟悉。他管我叫先生，是因为像所有河流上游的人一样，他不知道在东海岸，白人妇女都被称作"夫人"。

"老人家，您还记得五十年前那场大祸吗？"我问道，"两个白人领着很多警察，带着枪，穿过丛林，从河的上游而来，来惩罚杀死了华特·弗林特的穆鲁特村民？"

"所有加拉巴干河上的人都记得，先生。"老人的眼睛从我身上移开，仿佛要望到五十年前去。

"那次有多少穆鲁特人被杀？"

"有人说一百，有人说两百，那故事太糟糕了，先生。"

“讲给我听吧，老人家。”我说道。我想听华特·弗林特的故事，我想要听土著人讲出来的版本，我想要在这里，在加拉巴干河上，在稻田边，在如今平静生长的椰棕树下，听这个影子被投射了五十年的事件。

“请讲给我听，老人家。”我说。接着，我便静静地、仔细地听他讲起来。

第十一章

一百颗牙和一百只耳朵

01

这是今天流传在加拉巴干人嘴边的华特·弗林特的故事。奥兰图瓦讲述时，这段往事好像就发生在昨天，因为腾加拉穆鲁特人正是当年取弗林特头颅的人。

流传在山打根的版本，那些对“最蛮荒的婆罗洲”感兴趣的人不断重复的那个版本，来自于当时政府远征调查后的报告；而眼前这个，在土著人中间流传的版本，则是通过口口相传而延续下来的。也许两个版本都有来自于讲述者的偏见，然而土著人的版本，过去我没听人讲过。

真相和谎言，其实是由每一个听者来决定的。

夸马特河两岸雨水充足，两场雨之间的间隔，是火辣辣的太阳。在潮湿的河口处，空气像蒸汽一样，从河岸的泥地和丛林中升起。充满活力的只有沙蝇和蚊子，野猪被饿死，鳄鱼一动不动，商人在等下一艘船到来，那是1890年，正是这样的时候。

弗林特公司开在河岸边的小商店里，卖着沙丁鱼、酱汁、饼干、香肠、巧克力，还有肥皂。店里热烘烘的，满是尘土，商品上的商标破败不堪，有的甚至已经脱落，根本分不清罐里装的是牛尾汤还是糖水青梅。不过这些都不重要，因为客人都是河上的北婆罗洲土著居民。

小店里随时都有人坐着，本地人和华特·弗林特都爱在那儿坐着。弗林特这一刻特别舒服，因为他发现，尽管长裤让一个男人在大城市里的街道上显得很得体，而纱笼，却更适合坐着的时候穿。

弗林特坐在那儿想，除了入夜时分喝的那一杯外，整整一天也没什么盼头；到了晚上，也没什么盼头。生活乏味至极，从灰扑扑的店里回到空荡荡的家里，与自己做伴的仅仅是一张完美的床。

但是，有这么一个穆鲁特小姑娘林嘉，她明亮的眼睛黑白分明，弗林特从没在自己同种的女人中见过；林嘉对弗林特尊严的敬仰，也是他在别的妇女中从未享受过的；她的身体充满活力而温暖圆润，简单的思想令人愉悦，那一股野蛮劲儿又尤其诱人。

可她偏偏是穆鲁特酋长瑟朋那的女儿，没那么容易就得到。当然，弗林特是个好商人，他愿意为自己想要的而付出，他给了瑟朋那一百二十五美金作为新娘聘礼，又按穆鲁特习俗办了婚礼、摆了喜酒，林嘉就这样成了他的妻子。

弗林特因此成了瑟朋那的女婿，渐渐地，这种关系开始有了麻烦。瑟朋那是个地地道道的原始人，他的父亲、父亲的父亲，祖祖辈辈，从没有遵从过穆鲁特习俗之外的任何法律，弗林特一下子变成了这样一个人的女婿。

穆鲁特人不拘泥，过着一种公社式的群居生活，每一户人都容得下多一口人吃饭,多一个人睡觉。只要我有床你就可以睡,我有米你就可以吃,直到床烂了,米吃光了,再一起去找另一家。

可是对弗林特,这事没那么简单。当岳父瑟朋那、岳母玛香跟林嘉一起搬来和他们共同生活时,弗林特并不情愿。而且毫无疑问,还有兄弟姐妹都跟着来了,还有堂兄表姐,拿了东西装进篮子就走,朋友们随时上门来取猪食狗粮。林嘉喜欢跟他们坐在一起,聊天八卦,经常忘记正事,槟榔汁随地吐,一饿起来简直吃相凶残。这个曾经空荡荡的白人的家,慢慢地变得拥挤嘈杂。

两年过去了,这个问题在弗林特心中变得越来越难以忍受,随之他采用了白人会采纳的方式来处理。他向岳父提出一个建议,说腾加拉部落需要换换新空气,是时候搬离这个潮湿阴郁的卡拉夸马特,远离弗林特公司的商业气息,搬到上游纳森河[1]一带去。那里有远高于河口的大量原始丛林供部落栖息,有肥沃的土壤可供他们开垦出新的家园,种植更好的稻米、木薯根,猪也会比在这里更肥壮。

岳父赞同了弗林特的建议,因为他那时已经欠了弗林特一大笔债,没有理由对弗林特进行任何反驳。到了快要搬家的时候,弗林特说,林嘉带着两个宝宝也先跟他们一起去纳森,而弗林特自己,要去山打根度一个假。他们友好地告别,即便有人怀

① Nasan River.

疑这次分开时双方的真实意图，也没人说穿。

然而，弗林特仅仅去了京那巴当岸河下游不远的那马革，然后，像所有故事里起了疑心的丈夫一样，他突然返回夸马特，并且沿纳森河而上，去访问腾加拉部落新的安居地，就是他建议岳父在一片未开垦的处女地中创建新家园的地方。

然而，岳父既没有垦荒，更没有搭建新家，也没有种植水稻、木薯根、咖啡，弗林特帮他规划的事一件也没有做。整个腾加拉部落的村民大多坐在那儿，等待某种神秘预兆的降临。而岳父一家不知去向，据说穿过丛林，向加拉巴干河方向去了。瑟朋那说，五十五英里的丛林距离，对一个白人来说很是一段旅程了，会耗他一段时间的。于是，他暂时从他对弗林特所负的债务中解脱出来，不但如此，女儿又回到他手上，可以再许配一次，这样他可以再收一份聘礼。

瑟朋那这一搬迁，让弗林特赔了夫人又折兵，无论从金钱，还是从情感角度，都是一种伤害，因此他非常郁闷。在两个土著男孩的陪同下，他顺着瑟朋那在丛林里留下的足迹，穿越一片湿地，来到瑟朋那在加拉巴干河边一个叫令底司的驻扎地。这一家人重聚后发生的事情，因为时间久远，已经模糊晦涩，谁也不知道了。

02

但是很快，发生在弗林特身上的不幸故事，一传十、十传百地向河的下游流传。据说，那一趟跋涉对一个白人来说不堪重负，他因此得了一种怪病，到他岳父住处几天以后就死了。他们花了七天给他做了一口棺材，又花了三天给他掘了一块坟地，葬礼十分隆重。

这个口口相传的故事，从穆鲁特人嘴里传到达雅族生意人耳朵里，最后到达山打根的达雅族警察那儿，于是莱福仕·弗林特，即华特·弗林特的哥哥知道了。

似乎莱福仕从来就没有信任过他兄弟在夸马特所组建的家庭。现在，当他听到这个消息时，他回忆起来，他的兄弟后来终于厌倦了那些土著人的生活，他因此感到很可疑。于是向政府请求，要组成一个远征调查组，去查明他兄弟的死因。这个请求被批准后，调查组由山打根地方长官的人员、莱福仕自己，以及十三名达雅族警察组成。调查组这样的人员配备，显然没有以惩罚为目的，只有莱福仕脑子里暗藏着一个念头，如果发现兄弟的尸体上没有头，就要复仇。山打根这支仅以调查为名的小部队出发了。

进展十分缓慢，什么事都需要等，等船，等水手，等洪水退去，等水位上涨，一边等一边观察降雨情况。这一群人缓慢地沿河而上，沿京那巴当岸河、夸马特河，再上纳森河，最后穿过丛林，到了加拉巴干。

他们沿途走，不断地打听华特·弗林特的故事。所有的土著人都说，华特死于一种怪病，死于剧烈的咳嗽，死于腹痛，死于失血，这个病人死在一个朋友的家里，葬礼十分隆重。

加拉巴干河上的穆鲁特人内向害羞是出了名的，他们总是避免与白人打交道，因此远征队雇用了一个达雅族的商人。他因为与穆鲁特部落通婚而十分受本地人的信赖。他们让这位达雅族商人打前站，以保证加拉巴干人知道他们此次远征的目的并没有恶意，只是要调查华特·弗林特的死因。

从山打根起程后，经过六个星期的跋涉，远征队到达加拉巴干河上的令底司，达雅商人设法劝说了大部分在令底司的穆鲁特人不要退进丛林藏起来，可是瑟朋那带着他的妻子和女儿不见了。莱福仕·弗林特在留下来的人中找了很多证人交谈。老年妇女都一再描述他兄弟病得有多重；青年妇女都告诉他，林嘉是多么爱她丈夫；老人都说瑟朋那有多么关心他的女婿；而青年男子们，则纷纷告诉他弗林特有多敬重他的岳父。

可令底司有一座新坟，在河对岸，正对着瑟朋那一家走后空着的房子。当着被迫到场的一些证人，远征队挖开了这座坟墓，里面是华特·弗林特被砍头肢解后的身体。

这时，证人们仿佛忽然回忆起来那些残暴的场面：瑟朋那一家如何用刀剑和长矛来解决弗林特的愤怒；忽然回忆起他们如何跳舞、狂欢以庆祝猎获人头的荣誉。

带着极度的恐惧，以及无与伦比的愤慨，远征队草草地重新掩埋好坟墓，准备去追踪逃遁的谋杀凶犯，瑟朋那和家人。离开谋杀现场前，他们警告令底司的土著人，远征队会回来，烧掉他们的房子，毁掉他们的庄稼，作为他们撒谎以及同谋杀人的报应。驾着一艘令底司人的“泊拉胡”，他们沿着加拉巴干河，向下游驶去。

天上下着雨，河上起了洪水，在他们探寻到瑟朋那的踪迹前，天已经黑了下来，他们只得停止搜索，在一座废弃的穆鲁特房子里住下。只派出一队达雅克探子先行，看能否找到一些逃犯的线索。很快，侦察队就带了消息回来，在河流下游发现一间非常漂亮的长屋,聚集了几百人在欢庆,瑟朋那和他的妻子、女儿及其所有家人都在，唱歌、跳舞、敲锣，畅饮一坛又一坛的米酒。

听着侦察队带回来的这个消息，达雅警察们的眼睛里闪着愤怒的火花，他们迫不及待地摩挲着自己的佩刀，敲击着枪托，决定趁天亮前去突袭这些正欢呼雀跃的穆鲁特人。与此同时，河水还在上涨，漫进了他们栖身的这间破屋，两个冻得瑟瑟发抖的白人在期待天明。篝火被水冲灭，毯子和垫子都被水泡了，最终他们不得不从房子里回到船上，水位还在上涨，船已经停到了屋顶。远征队蹲在船里，闪电是唯一的光照，雷鸣是仅有的声音。

他们不敢在黑暗中驾驭洪水。次日，第一缕天光出现时，他们便开拔向下游进发。在侦察队的带领下，他们驶离加拉巴干河，进入一条叫裴干的支流。在黎明的黑暗中，远远地，那座长屋依稀可见。他们悄无声息地停泊在长屋下游的一段距离之外，将船藏在岸边茂密的藤蔓中之后，这一队人奋力越过泥滩，藏到了屋后不远处的密林中，打算从后面突袭屋里的穆鲁特人。终于，他们蹚过泥泞，来到长屋后面的空地上，仅几百码之遥时，穆鲁特人发现了他们。屋内立时大乱，伴随着“杀人魔王”的怒吼，远征队开火了。这一刻起，每个人除了杀人或被杀以外，没有别的选择。穆鲁特这方人多，可白人有枪。

仅仅二十分钟，远征队从两侧扫荡了整个长屋。血从地板间的缝隙泼下，流淌到吊脚楼下，渗进泥里。被杀死的穆鲁特人在一百三十人到一百四十人，包括妇女和孩子，那些试图从长屋向河里逃的人也被击中，劈作几段。有四名妇女和三名儿童带着伤爬进丛林藏了起来，逃出大难。这一切仅仅用了二十分钟。

长屋被付之一炬，火光之后化为一片灰烬。

达雅族警察擦干刺刀，挑着他们刚刚割下来的穆鲁特人头扛在肩上。

远征队沿河而下。

一眼还一眼，一牙还一牙，这是所有土著人都明白的规矩。但随着这个故事的传诵，似乎向迷思中的土著人证明了一件事：

白人的规矩不是一眼还一眼，一牙还一牙。他们在1890年那个下雨的早上，在裴干河上的长屋里，带走了一百双眼和一百颗牙。

那么瑟朋那的腾加拉部落就此灭绝了吗？

这时，两位看上去很有尊严的长者提醒我们说，有四名妇女和三名儿童受伤后爬进丛林，活了下来，其中两个孩子是瑟朋那的孙子，弗林特和林嘉的后代，一个叫阿力品，一个叫奥多翁。那两名长者向我们移近了几步，说："我们就是阿力品和奥多翁。"

"你们怎么知道？"我们问道。

他们指向一名老年妇女，胸部下垂，嘴唇发黑。"她，"他们说，"就是林嘉。"

“这故事太可怕了。”我说。

“是的，的确很可怕，”我丈夫答道，“可正是因为这样的故事，你和我今天才敢在河上旅行，而不用担心被取了人头。”

第十二章

一把蓝雨伞

01

离开加拉巴干村那天早上，我们花了一个半小时，把所有行李全部放进雇来的小船里。哈里和我一共要了四只“泊拉胡”。我们的队伍有十二位穆鲁特船夫，加上普阿萨、昂吉布，以及林业部的卡迪尔和我们三个：阿鲁萨普、哈里和我。

小文只要了一只“泊拉胡”，他自己带了三只小船。他的队伍由六个雇来的穆鲁特人、他自带的达雅克工头、随身男孩以及他自己组成。整个旅途中，这些数字一直在变，有时是因为替换船夫，有时是因为沿途捎上要去求医的病人，或者碰见了沿途村里的熟人要上来跟一段，再不就是小文一直在雇用新的劳力，准备带回去加入他的勘探队。

我们的“泊拉胡”是土著村民造的圆底小船，大约二十尺长，仅一人宽，平衡性极差，还会渗水，一旦行李略微超载，比如现在，看上去便岌岌可危。因此，那些竹篓须得仔细码放，方能维持小船的平衡，人的舒适性因此完全不在考虑范围内。旅途的后半段，我设法重新调整过后，得以伸展了一下四肢，平躺在上面，仰望树梢和天空。那时想，就算船不小心打翻，我也得休息一下早已不堪负荷的屁股尖，舒展一下弯成了陀螺的背。但大多数时候，我们蹲在船舱底部，蜷缩在行李中间，腰疼；屁股一直泡在永远湿漉漉的船舱里。

这时一切准备就绪，蓝雨伞，一篮一篮的鸡蛋，太太，男孩，还有森林保护神。

小文也就绪了，他坐在“泊拉胡”里，交叉着腿，面前的桌上摆着他的勘探用具，两只鸡在他卷着的卧具上嘎嘎地笑，瑞士旗高高飘扬。这个时刻，收拾起所有的感情和忧伤，再会……再会……

“请把票准备好！”哈里叫道。

“检票了，兄弟，检票，小心检票，乘客请出示，一人一票。”

我们就这样离开了滑铁卢站。

船夫们奋力划着桨，汹涌泛滥的河水向后推着我们的“泊拉胡”，但是奥兰图瓦说过，“我的汉子很强壮”。此言不虚。

我的汉子很强壮！

白人修路，然后沿路而行，他们推崇法律，并借此统治这个世界。而土著民知道自己有强劲的双臂，耐劳的双腿，百折不挠的躯干，更深知他们的“泊拉胡”的各种小把戏：那只千疮百孔的老“泊拉胡”，晃晃悠悠渗满水；但也是这只“泊拉胡”，足以跨过所有的险滩河流，带我们深入这片土地的心脏。

我回望身后的村子，阳光下妇女们站在黑泥滩上，记忆里的三件事正在慢慢褪去：他们脸庞上闪亮的黑眼珠；沾着红色槟榔汁的嘴唇，像怒放的樱桃花；叽叽呱呱急促的音调，像风吹过树叶。

02

我们的旅途从早上六点开始，下午帐篷搭起来之前，雨便已经来了。一整天没有人身上是干的，此刻我们爬到帐篷里的床上，准备入夜。

“帐篷在漏水，哈里；雨水全都泼在了我的箱笼上。”

“等它全湿透时，就不再漏了。”

“呵，我可不会让所有东西都湿透。”我开始往床那边搬运我的箱笼。

“帐篷，我说的是帐篷，等它湿透吸饱了水，就不会再漏了。”

“那就太迟了，所有东西都会湿透，你摸摸我的床，你不能想办法弄下这帐篷吗？”

“没用的，那非洲草原布就只有湿透了才会防水。而且你看，它只在你的箱笼上漏水，正是因为你的箱笼接触到了帐篷布。”哈里像个哲学家一样，躺在他的床上。

“嗯，这会儿漏到你的箱笼上了。”我幸灾乐祸地说。

“去他的！还真是呢。”这下轮到他迫不及待地去搬他的箱笼了。

“哈里，可能对你来说，这就是个非洲帐篷；对我而言，这就是个烦心的事。”我撑开我的蓝雨伞，说道。

“小心你那伞，如果你一定要撑着，别戳到帐篷，否则又要多一处漏水。”

“它起码能让我和我的枕头不被打湿。”我说，满怀希望地蹲在床上，头上顶着雨伞。“我们过去带着出门的那顶帐篷呢，现在去哪儿了？”

“那块棕色的旧帆布吗？那从来就不是一顶帐篷，只是从小帆板上取下来的帆布。”

“好吧，可无论怎样它总能挡雨啊。我多希望这帐篷现在还待在非洲啊，水现在淌到床下了，估计是从帐篷后面那个坡上下来的。哈里，你床底下是什么，是你的徕卡吗？”

“去他的！我记得我把它放回箱笼里了！”哈里把徕卡救了出来，轻轻地用纱笼把它擦干。“放你床上吧，似乎那儿是唯一的一块干地方。”

我把徕卡带回我床上，雨从帐篷两侧刮进来，我卷起床垫的两端，坐在上面，好像在大洪水中坐在方舟里的诺亚，不同的是，诺亚应该没有这把蓝雨伞。我捆了一个纱笼在头上，这样免得头发被打湿，再垫了一块浴巾在床上，把表面的潮湿吸掉。雨透过帐篷布像雾一样渗进来，再在雨伞上汇成水从边缘滴下，此刻我最盼望的，是等到清晨降临，喝上一杯咖啡。

我这么蜷缩着睡了一整夜。第二天早上五点哈里叫醒我时，依然大雨滂沱。他夜里起来很多次，用手电查看河面的水位；我则整夜都在发烧和发冷，醒来时嗓子已经彻底哑了，这时，我又进入那个“我多希望自己就没参与这趟旅行”的状态。

哈里很聪明，没有询问我身体怎样，也没有显得特别高兴和雀跃，只是给我倒了三大杯热咖啡，从我的箱笼里拿了干衣服出来给我。温言细语、热咖啡和干爽的袜子像灵丹妙药，等我们坐上船，准备沿河而上时，我已经感觉好多了。第一抹阳光终于在八点半照到了河面上，当它穿透我的球衣温暖地抚摸着我的身体时，我感到自己像一尊冰冷的泥塑瞬间有了生命。

很快我们就发现，加拉巴干河的洪水太厉害，只得转头向缇亚高河口方向去，其实这么做，我们很不情愿。激流倒还不算太猛，可是逆流而上，船走得十分缓慢，而且很不平稳。我们早早地在三点前扎了营，确保大雨来临前安顿好栖身之地。这段时间，每天三点前开始下雨，偶尔甚至在两点前。帐篷仍然透湿，我希望它已经达到了这非洲草原帐篷所要求的防水湿度。他们收集了一些大芋头叶子，像丝绒一样光滑，重要的是，它防水。这些叶子直径大约有一尺半，从帐篷的前后支撑着延伸出去，像屋檐一样。四点钟，我们这侧的营地已经完全就绪，苦力们的帐篷也搭好了，箱笼都码在了棕垫下，厨房里灶火熊熊，我跟哈里喝着热巧克力，这是早上五点半的咖啡之后我们吃到的第一份点心。

小文在一段距离之外搭起了他的帐篷，这样大家都有些私密空间。他有他的起床、睡觉以及用餐时间，也有他特殊的饮食习惯。我们各自遵循着不一样的旅行风格，因此这段共同的旅途进展得十分顺利。

阿鲁萨普在天快要黑的时候出发去打猎，十分钟不到，就扛了两只赤麂回来，每个大约有三十磅重。他确实是个好猎手，但我们也都知道，这么快就打到两只，还得感谢运气。穆鲁特人热烈欢呼着猎手的凯旋，纷纷贡献出自己的空锅。我看过一份医学报告，当中指出，北婆罗洲土著的食谱中缺少肉类和动物脂肪，但显然今天晚上绝对没有这个问题。

哈里每天晚上都拿一个药品盒去给他的成员发药，他们中间大多数人有溃疡，好几个患有热带肉芽肿，还有几个发烧，几乎无一例外地都便秘。这令我十分吃惊，他们活在大自然中，加上长期运动，我过去一直以为便秘是“文明病”。如果深加探寻，没准胃酸过多、关节炎、痔疮这些也都是他们中常见的毛病呢。

03

“煎香蕉当早饭，您想想看！”第二天早上，我们划船经过小文的营地时，哈里说了这么一句。当时小文坐在帐篷前吃东西，根据我们过去粗鲁而没有教养的偷窥，我们肯定他是在吃煎香蕉。

经过时我们冲他挥手，他也向我们挥手致意，很可能一边在想：“这些喝咖啡当早餐的人，真不知道是怎么回事！”

通常大约一个小时后，小文的舰队会从河面上破浪而来。

这基本上总是在一个小时内，似乎是在证明，他那早餐并没有耽误每天的行程。再过一会儿，又轮到我们去超过他的队伍，看见他在岸边赤足攀上跳下，有时拿一块石头往地上摔，再用一把地质学家专用的榔头猛敲。他双腿都是深棕色，短裤晃荡着，只有脖子往上的地方，看上去还有点科学意味。

哈里把船停在一棵正在开花的树下，采集标本。昂吉布是哈里钦定的爬树员，他爬树的样子让人直接联想到猴子，但没有猴子会像他那样，下意识地去表演自己的胜利。昂吉布像歌剧中的女主角，唱高音时持续刚刚好的时间，来赢得满堂彩，随即迅速收稍，熟练地结束。

我忽然又想起那些被跑单帮的小贩带到我家的福建瓷观音。福建小贩每到一家，都会小心翼翼地把裹得严严实实的观音打开，供到一个小柱子上。每见到这个情景，我都想，要是跟了我，观音鼻子肯定早摔坏了，或者早被我送人了。每天下午，当工人们搭建帐篷，我坐在“泊拉胡”里无所事事等候时，我觉得自己就好像一尊瓷观音：帐篷搭好，被小心翼翼地从包袱里取出，供在小柱子上。

可整个旅途中，我这个观音从没有起到过任何偶像保佑的作用。在河里逆流而上时，是与交替而来的激流进行各种战斗。很多时候，大伙不得不把船停靠在岸边，而我们，则必须从滑溜溜的岩石上爬过去。整个过程进展得十分缓慢。

每逢激流，昂吉布总是游在水里护着船，嘴里还含着点燃的烟斗。他在队伍里的角色一直在变，从村里的二傻子渐渐发展成现在的先知占卜者。哈里说，那些人都相信，他能与神秘世界进行超自然的沟通。

哈里打了两只野猪，穆鲁特人一番热闹忙乱，将它们放在最后那艘船上。他们太喜欢猪肉了，尤其是稍微有点馊了的时候。普阿萨是穆斯林，他被恶心坏了，好不容易让穆鲁特人先停下来，他自己挪到了另一艘船上。卡迪尔生为异教徒，可是现在追随普阿萨，习诵穆斯林教义，也把鼻子转向一边。露营时，猪总是惹麻烦。我还记得有次在丛林里，普阿萨把一些打湿了的标本收集盒放在火上烤，而苦力们在同一火堆上烤了猪肉，于是这个标本收集盒相当于被猪肉的味道熏过了，普阿萨因此而拒绝再碰那一堆收集盒。

在两个险滩之间的缓流之中，我平躺在船底，透过巨人树羽毛一样陆离的水墨壁画，望着苍白刺眼的天空。河流像是夹在两堵森林铸成的墙之间，我看不见枝干和树叶，只有大块大块的绿色，树上悬挂着的千年古藤，宛如针线盒里一绞绞暗淡的丝线。我们那天经过的最大险滩是卡伦杜朗和曼撒隆，还通过了大小马堪渡两个河口。

照例在三点前安营扎寨，紧接着就开始下雨，帐篷依旧漏水，于是我们一直将卧具放在帆布袋子里，直到睡前才拿出来铺上。躺上去之后，床一点点地变湿，这也比直接爬上一个湿漉漉的床好多了。睡觉前，我洗了手绢和内衣，在帐篷里的营火上烤着。

那些我们用泻盐医治了肠胃不适的队员们，第二天几乎都好了。可是他们基本上又因为别的症状，还是回来找我们了。其中一个苦力得了特别严重的腹泻，后来哈里建议，有相同症状的人都待在同一艘船上，他担心他们是染上了痢疾，如果真那样，我们除了给他们一些临时镇痛的药之外，别无他法医治。而发烧的病人，用了奎宁之后都好了。我于是给自己写了一条备忘，回到山打根之后，我和哈里一定要记得去做疟疾检查，因为大部分的苦力得过，而此地按蚊[1]萦绕，我亲眼见它们在苦力的头顶上叮。

渐渐地，他们在我眼里成了一个个独立的个体，我开始认识他们了。还开始给一个很漂亮的穆鲁特人阿普尔，画一幅肖像。他浑身上下只裹了块小小的布条。我画的时候，他就安静地站着，不看我。其他穆鲁特人很好奇，兴奋地围观，低声发表着议论，一边在自己身上挠着，一边吐着红色的槟榔汁，同时像孩子一样，毫无遮拦地大笑。

04

早上离开营地时，天空澄澈透明，根据过去的经验，这意味着今天的雨会在下午早早降临。趁水位升高到一定程度，河

① 按蚊：又称疟蚊，善于传播疟疾和丝虫病。——编者注

流又还不太湍急的时候，我们急速前进了很长一段路，希望当晚能到达彭嘉兰[1]，或其他可作为丛林旅行部分基地的地方。在那里，我们将停泊所有的船只，开始湿地里的徒步。一大早，我们就请教奥兰图瓦，是否能在当天下午五点前抵达彭嘉兰，图瓦给了我们非常肯定的答复。到了中午，乌云当头，哈里不踏实，再次咨询他。

“老人家，您说过我们今晚能抵达营地的，是吗？”

“没有问题的，先生，今天肯定能到，再有两个小时吧。”

两个小时之后，天色看上去更加可怕，哈里又提出这个话题。“还有多久能到呢？”

“大概两个小时吧，先生。”

“两个小时前您就这么说的。”

“那大概就一个小时了吧，先生。”

一个小时后我们再回到这个话题。“现在还要多久我们可以到营地呢，老人家？”

老人家这次仔细观察了一下眼前的景象，然后说：“现在可能要三个小时了，先生。”

很显然，接着数几个小时已经帮不上任何忙。“老人家，您觉得天黑前我们能到达吗？”

老人家这时看看天，黑压压的；看看河水，还在上涨；看

---

① Pengkalan.

看哈里，眉头紧锁；再看看我们正在经过的河岸，非常外交地回答道："我们可能赶到，先生；但是我们也可能赶不到，先生。"

"您究竟去过那地方吗，老人家？"

"当然去过，先生。"

"那么过去从您离开缇亚高河口到最后到达，花了多长时间呢？"

"让我仔细回忆一下，先生。我们在卡伦杜朗险滩附近停留一天，去拜访在那里有一座长屋的朋友；等我们到了那儿，赶上稻米丰收，大家都在喝米酒，我们也有很多事情要讨论，就多停留了两天；后来我们和另一位朋友去森林里采集古巴树脂，这样就去了四天；接着碰见一个朋友，他打了两头野猪，我们就留下来跟他一起吃，这就五天了；然后……"

"好了，没关系了老人家，我们就在这儿扎营吧。"

大伙在暴雨来临前搭好了帐篷，用棕垫盖好了所有行李。几乎是与此同时，一股劲风刮过河谷，将乌云一扫而过，向东吹去，我们只依稀感受了一点风暴的尾声。天黑前雨就彻底停了，阿鲁萨普出去打猎。他带回来一只壮观的大鸟，嘴壳下挂着长长的、发着蓝光的垂肉，纯白色的长尾羽毛。眼见如此美丽的一个生命被打死，我有点不忍；哈里却已经咆哮起来，因为阿鲁萨普猎获的是一只布尔沃山鸡[①]，十分稀有，被所有野生动物

① Bulwer pheasant.

法案保护，限制捕猎，而哈里恰恰是野生动物保护官。

可怜的阿鲁萨普！

当哈里平静下来之后，问他为什么要猎获这只布尔沃山鸡时，他说：“我喜欢它，我们这儿的人都觉得它好，我们喜欢把它的羽毛戴在头上，它的肉也很甜美，我打来给先生当晚餐。”

一只布尔沃山鸡，炖来作为野生动物保护官的晚餐！

穆鲁特人此刻聚在一起欣赏这只山鸡。对他们中的大部分人来说，这大概是生平第一次听说《国家野生动物保护法》这个东西，他们闻之都说“真好，先生”，“是的，先生”，与此同时，继续爱慕地抚摸和凝视着那雪白的尾羽，一边把崇拜的眼光不时献给阿鲁萨普。

一会儿，小文来到我们营地，哈里的注意力这才从这只山鸡，转移到了他跟小文之间关于最好的丛林鞋的讨论之中。小文和哈里，代表了两种完全不同的思路，而各自都暗中坚信自己所代表的这一派优于对方。

小文在丛林里总是穿一双丁靴和厚的羊毛袜，袜子高出靴筒一个袖口的宽度。但当他在船里或营地，或其他任何不是丛林的地方时，他就一直赤脚。他说，这是唯一正确的方式。小文腿上有叮咬，有疮，还有溃疡。

哈里从不穿任何比胶底帆布鞋厚重一点的鞋子，通常光着腿，他说潮湿的皮靴会让他的脚趾裂口。但他从不赤脚，据说是避免钩虫。他的这一穿鞋方式，据他说，也是唯一正确的方式。

跟小文一样，他也有叮咬、疮和溃疡。

我不属于任何一派，因为我从来就没觉得我穿的鞋有多正确。恰恰相反，无论穿什么鞋，对我来说，每次都似乎是一个错误的选择。皮靴给予脚很好的支撑和保护，但是太累赘，而且一旦中间灌满了泥和水，我那疲惫不堪的双腿还要去拖拽着它们，便完全不可忍受。所以，我也穿哈里那样的胶底帆布鞋，倒不是它们有多好，只是因为其他的都更糟，而它们至少轻便，不积水，还很容易随时脱下来除掉上面的泥。可它们对脚没有任何的保护性，而且在潮湿的岩石上打滑，因此遇到紧急情况时，我总是把鞋脱了在石岸上走，可这不能坚持多久。在营地附近或者船里，我像小文一样赤脚。跟他们一样，我腿上有叮咬、疮和溃疡。

每次哈里和我发现一种新的丛林靴，我们总会让人照着一人做一双，然后穿一次便扔掉。我们试过系带靴、吉利鞋、低帮马靴、高帮帆布鞋，以及普通牛津鞋，但最终我们都会回到中国帆布网球鞋。山打根卖五毛钱一双，每次旅行我都带半打，有时穿一天，因为掉底或者被岩石划穿而扔掉。这减轻了我的行李，却加重了阿鲁萨普的行李，因为他总是把它们拾回来，好带回山打根去穿。

我从没穿过我的裙裤，我知道，在丛林里衣服越简便越好，可没料到在船上也是这样。很快我就明白，短裤是唯一适合蹲在船上，或在激流里蹚水时穿的服装。我羡慕过穆鲁特人裹的那条布，总是很快就干了；更羡慕他们强健的皮肤，那是从出生起就不穿衣服而进化出来的品质。

穿短裤的唯一缺点，是大量的皮肤暴露在外，会在丛林里被刮伤，石滩上被磨破，被沙蝇、黄蜂、蚊虫、水蛭叮咬，还会被胶漆树叶摩擦后过敏、中毒。

05

我跟哈里正在洗澡，早该洗了。我平整了一小片水流平缓的河床，这样可以比较舒服地坐下，让河水漫到下巴。河流在我们的“浴池”边流过，不急不缓，如果我离开河床底，轻轻漂起来，似乎会被漂走；而如果我坐下，逆着平缓的水流，静心享受，这算是很惬意的一刻。哈里起劲儿地用一块防菌香皂在身上搓着，然后轮到我，再把香皂扔回岸上。这时，我们可以看见上游不远处河对岸小文的头，他正在自己营地前的小河滩上悠闲地做着什么。忽然他看见我们，便朝我们这方向跑，还喊起来，起初我以为他只是打打招呼，表示友好，只不过选择了一个不恰当的时机。随后我听见了他喊的话：

“那儿有鳄鱼！”

这小文！实在煞风景。我当然没觉得跟鳄鱼共浴，会有跟丈夫共浴一样的感受，可我确实需要好好洗个澡啊。要是没人跟我提及鳄鱼这件事，我会美美地享受下去，而兴许鳄鱼根本不会来打扰。可现在，既然人都提醒我了，我这美好的浴池立即变身为一条危险的河流。

事实上，小文就在我们抵达的头一天，还看见这条鳄鱼好几次从我们这片河滩上钻进水里。

我们是在离开加拉巴干村八天以后的那个上午到达彭嘉兰这块平原的。我们选了离河比较近的这一侧安扎了营寨，看见小文已经在较远的那一侧安顿下来。当天晚些时候，小文警告我们说，他头天晚上在我们的河岸上看见过大象，正好是在我们现在帐篷的位置，就是这个原因，他才选择了河对岸。我们确实纳闷过，他为什么不在这边扎营，因为这个位置明显是附近最好的。

于是，哈里又向小文指出，他的营地是在一大片已经死了的老树底下，一旦有暴风雨，那些死树随时会倒下。最后我说，所有这些可能出现的险情，都抵不上伴随即将到来的黄昏而降临的沙蝇那般来势汹汹。接着我们在一起喝了些杜松子酒，而预想中的麻烦，没有一件驾到。

06

第二天下午，当我们决定了最后的营地位置时，普阿萨对着眼前这条河显得很悲观。那是在峭壁下，一块河床延伸出来的河滩上，上面长满了草、灌木以及矮树，似乎高出了河流的高水位；而且要在石壁之上扎营的话，又意味着需要清理好几棵大树。哈里当机立断：“扎营。”

可普阿萨用颇有先见之明的口气说：“我很担心洪水。”

哈里把奥兰图瓦叫过来问：“河水会淹过这片河滩吗？”

老人同样用十分睿智而先知的表情研究了一下哈里，琢磨出他所希望的答案是什么，一边又假装研究了一下河滩、河流和天空。

“可能不会有洪水，先生。”

“这个河滩被洪水淹过吗？”

然后老人开始漫长的回忆，他当时累了，大树又很难清理，然后他又看了看河和天空，再研究了一下哈里的神色。他宣布，很清楚地记得，这块河滩从来没有被洪水淹没的时候。

可是普阿萨还是不配合。“先生，我还是怕有洪水，您不记得了，我们过去有三次被洪水围困过？”

“别婆婆妈妈的了，普阿萨，就一个晚上，我们赌一把。”哈里拿定了主意。

小文领着他的人半小时以后也到了。显然他们也经历了这一系列跟我们同样的直觉、疑虑和推理之后，做出了跟我们同样的决定。我们已经占了最好的位置，他们只得在另一个小河滩的最高点上安营，地势比我们高出了四英尺。

那天真是特别糟糕。当然，丛林里的任何一天，早上六点到下午三点，对我来说都不容易，但那一天，所有人都精疲力竭。

眼下我们正在跨越东西流向的两条河流之间的湿地，想要找到一些足迹，可以跟随本地居民的路线来走。可我们能找到的足迹，明显只有大象的。尽管我明明看见新鲜冒着热气的大象粪便，却仍然很难相信，大象居然能在我们眼前这块看上去根本不可能穿越的丛林里栖息。

那一天，丛林里的一切都歹毒地集中起来，想要击败我。一整天我都在匆忙追赶，却赶不上他们的步调。仓皇中，我一直在滑倒、跌倒，落得更远，我于是更慌张，跌倒、滑倒得更频繁，因此掉队掉得更远，直到我看不见前面的人。兴许他就在十迈以内，可是苍茫的丛林中，荫翳蔽日，我就是看不见他们。这时，我不知往哪个方向走，翠绿色的藤蔓掉下来，扫在我脸上，像发了霉的服丧面纱，我也只能原地静立，沮丧地承认自己被击败。随后，我更沮丧地坐下，等后面的苦力追上我，还假装我原本就是在等他们，并不是被前面的部队落下走丢了，他们也会假装是这样，其实他们什么都知道。

千百遍我告诉自己，“再也不会了，再也不会了”。当我从泥沼中脱身，当我从嘴里吐出虫子，当我从身上拽下水蛭，我都会告诉自己说：“我再也不会来丛林里旅行了！”

到下午三点时，如果有人来问我，我会尽一切所能来证明，眼前所处的位置，从河流的状况、天空的颜色，到各种征兆、预示来看，都是一个极佳的扎营地点。因此，当我们在野草河滩上准备驻扎时，所有人的意见都一致，唯独普阿萨，忧伤地望着河面，喋喋不休。“那次我和先生淘金时，遭遇了三次洪水，先生差点被淹死，我也差点被淹死。”

河里有一处美丽的地方，特别适合沐浴，可它偏偏在小文的营地前，只好立一个“别往这里看”的标志。我挂了一块我的粉色浴巾，这样所有的男人看见粉毛巾便掉开视线。那里有一根倒下来横卧在河滩上的树干，一部分插入河水中，水流湍急时，我们根本站不住，便双手握住这根树干，让身体在河面上漂浮，漂在激流中的身体，让我感到一种不费吹灰之力而前进的愉悦，扭头再看漂浮在河面上的自己的身体，好像莱丽[1]花瓶上的雕刻。当我们在河岸上抹好了肥皂，再回到水里漂浮起来的时候，肥皂泡便随之飘散，浑身上下最后一块丛林中的污泥也被冲刷一净。这时，我又忘记了我再也不会到丛林中来旅行这件事。

到六点半，听见河面上传来的雷声，传话说开饭，希望在下雨前结束晚餐，可这计划落空了。我们坐在透过帐篷滴进来的雨水中，吃着玉米炖牛肉、米饭和听装的胡萝卜。床已经打开了，床品还一直包着，要到我们准备上床时再打开，免得被打湿。

暴雨在河谷里被席卷而起，击打在四周围的山坡上。每次炮声一般的雷鸣之间，都有森林里死树倒掉的撕裂声；而伴随

① Lalique，著名瓷器品牌。——译者注

着每一次闪电，都会传来穆鲁特人的欢呼响应。我打开床品，穿着睡衣坐在我的蓝雨伞下面，感叹这一刻的舒适，回味刚才玉米牛肉的美味。小文突然出现在我们的帐篷里。雨水打在他晒伤的秃顶上，再顺着耷拉的头发滴下来；他的纱笼高高地扎在双腿上，为了方便行走。

“我已经在搬行李了，”他急切地说，“测量了河水位，涨了三尺，我把所有的东西都搬到上面的石岸上了。”

我这时可以看到他的达雅人在手电光中排成一队，正在搬运行李。他们显得很匆忙，却并没有跑起来，因为手上都搬着沉重的东西。只见他们跑近河畔，大喊一声跳进去，眼看着要消失，然后便是挣扎，最终头和肩从激流中再冒出来。他们组成一个链，一半在水里游，另一半在努力地将游泳的一半往外拉，唱着，喊着，搬运着行李。

小文忧虑地在我们帐篷里待了一分钟，哈里叫上阿鲁萨普，立即开始把行李往岩石上搬。随即在河畔的泥地里立起一根杆来标示水位的上涨，并以此决定我们自己是否也必须从营地上迁移。我坐在我的雨伞下面，对眼前发生的一切表示不相信。

哈里出去看他插在水里的标杆，那东西已经淹在水面下不见了，“我们得赶紧走。”他说。

我还是坐在我的雨伞下，直到我听见普阿萨的声音在远处大喊，穆鲁特人随着他唱起来，我才意识到我正身处洪水当中。他们唱道：

夫人请先行，夫人请先行，河水
来势凶猛
夫人请先行，立即带上夫人，走吧，
洪水说来就来，来势凶猛，
再等夫人就走不了了。
快啊快啊，带上夫人走啊，洪水已经来了；
洪水，洪水，洪水，洪水，洪水，
洪水！

令人眼花缭乱的闪电照在普阿萨和他的穆鲁特人身上，他们正从高处的岩石上冲下来。他们之前已经明智地将自己的帐篷搭在了那里，此刻狂暴的雷鸣闪电告诉他们，我们身处险境，该来拯救我们了。

可我并不希望被拯救，我还是不相信洪水已经来到眼前，我觉得普阿萨的行为就像妇女儿童优先的救生演练，理论上很好，实践上却还大可不必。于是我安静地坐着，穿着睡衣坐在床上、我的雨伞下面，满怀狐疑。

忽然间，所有的男人来到了我的帐篷，开始拆卸，对我大喊。哈里显然已经很不耐烦，他从我手里一把夺过那蓝雨伞吼道："别像个傻子似的，你是希望我们都被淹死吗？"

我回吼他："我宁愿淹死，也不愿穿着睡衣逃命而冻死！"那时我已经脱了一半的睡衣，迅速穿上球衣、短裤和鞋子。周围全是人，大家都在忙乱，我感觉没人能看见我。穿上皮衣，甚至还想着要找一个皮带，再把所有零散着的杂物装进行李筐。通常睡觉前，我总会尽可能地把杂物装进行李筐，这样早上出发时会收拾得快一些，因此，这时除了那只穆鲁特人都觉得特别好笑的鼻子喷雾器以外，并没有多少别的东西需要收拾。很快我拿起手电，就绪了。与此同时，帐篷已经在我眼前消失，河水已经灌满了扎营时所挖的坑。

半小时前还是可以散步的河滩，现在已经变成一条凶猛的河流，试图将我们与高处的岩石阻隔开来。

哈里紧紧拉着还蹚在河水里的我，脑子里一边在想着其他事。可是齐腰的洪水向我猛冲过来，让我几乎站立不稳，也彻底将我对洪水的讽刺姿态荡涤殆尽。我用尽浑身力气，想要在洪流中站稳脚跟，可做不到。哈里站稳了桩，然后抱着我，这样我们只勉强可以稳住不被冲走，却根本无法动弹。普阿萨从人链的末端伸出手来抓我，当他们看出我们根本动不了的时候，普阿萨和人链开始冲着我们的方向往水里移动，他再次伸出手来将我抓住，我便成为这人链的末端。这样，这个人链在普阿萨的高喊声中，缓缓地，向高处的岩石移动，我再一次得救。

站在岩石上，望着身后那排成一列的人们，一半在水里游着，一半在水里蹚着，我们的行李在他们的头上挨个传递着：我那已经打开了的床，竹篮子们，帐篷布，帐篷杆，蓝雨伞。昂吉布的头刚刚高过水面，嘴里还叼着烟斗，他们看上去都快乐而兴奋，不时地发出欢快的叫喊声。

在岩石上搭帐篷，得先清除好几棵大树。这会儿在手电光的照耀下，暴雨中，他们不得不干着一件下午都被认为太艰难而放弃了的工作。我站在那里，站在我的蓝雨伞下面，希望能帮上一点忙，可是随便我想到哪件事，总有人已经先我一步。最终我发现自己除了撑着蓝雨伞，待在一旁看他们重建帐篷外，无事可做。我将手电照向刚才的营地，它已经完全在水下。阿鲁萨普在我们刚搭建好的新帐篷里升起不大的一团火，并烧水沏了一壶茶。哈里让阿鲁萨普、普阿萨、昂吉布带着自己的杯子来倒些茶喝，他们先是拒绝，也许并不喜欢，可我们希望表达我们的谢意，也借此庆祝我们经过这一次险境而建立的友谊，他们这才喝了。哈里又给每个人散了卷烟，几位穆鲁特人才散去。他们并没有穿衣服，可是人人看上去都比我干爽，似乎也很舒服。我上床很久，还能听见他们那边传来的说话声，甚至随着已经渐渐弱下去的雷鸣而响起的一两声欢呼。

一些称颂英雄的句子在我头脑中闪过，是记忆里的诗句。我身边这些人是真实的，而诗歌是编造的。

他们身上有着伟大而神圣的品质，这么想着，我睡了过去。梦见小文在河里游泳，嘴里还衔着他的测角器，我游在他后面，穿着睡衣，那把蓝雨伞高高举过我的头顶。

营地第二天还沉浸在一种大事之后的轻松愉快状态，像一家人终于成功地办了一场婚礼后的第二天，大家都吃着鸡肉沙

拉和剩下的蛋糕，和谐而懒散。

水位已经又降下去了一些，小文的营地惊险过关，不枉他一整夜没睡，拿着手电筒察看。接下来，他比我们早一天撤离，因为人手不够，只好以接力的形式，一天以后他再把人手派回来帮我们。

我花了整整一天，把所有的东西架在一堆营火上烟熏火烤，因为全部家当都湿透了：床、床垫、衣服。

那天，我和阿朴、努朗、莫拉斯、乌曼、以萨特以及其他几位穆鲁特人待在一起。他们给我的营火添柴，去河里提水上来，再把我洗好的衣服铺到岩石上晾晒，小心翼翼把皱褶掸平，还

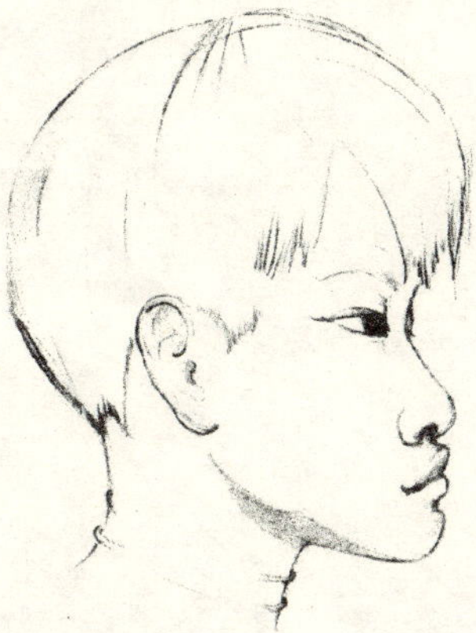

把阿鲁萨普的水壶架在火上，这样等他打猎回来时，就有热水可以用。干活的间隙，他们坐在一起，吃烤得半熟的猪肉，剔牙，抽烟，闲聊，有时还唱歌。他们好像还分成了几个部分和角色在唱，这让我想起大学时代合唱团在星空下的伯克利体育馆里唱歌的光景。也许那不值一提，也许这些穆鲁特人的歌声也并不动听，可是那时那地，这两件事都是同样的美丽。歌声中那一股年轻男性的音色尤其动人，是女性声线中不曾听见过的音色；男人们为了自己的娱乐而歌唱，女人唱歌则更希望被人听到；青年男子的歌声中，能听见血脉的流动、对生命的渴望，最终在歌唱中，这些渴望一一得到满足。

那天晚上，阿鲁萨普闷闷不乐地回来了，一无所获的狩猎

已经是第二天了。这也不怪他，小文先我们一天撤离和前进，吓跑了所有的动物，可是阿鲁萨普多想有些肉来犒劳他的穆鲁特族人啊，而一旦得不到，他便烦躁不安，什么也不想听。他每逢遭遇这种不如意，便像中了邪，变成一个完全不可理喻的傻瓜，没有预谋，也不是故意的，好像他的次天性在一瞬间将他接管。通常他反应很快，与我也颇有默契，所以，这种不由自主的情形一发生，我立刻就能意识到。他表现出来的症状之一，是对眼前的任何事物视若无睹，比如会直接从营火中穿过，从帐篷支架之间走过，从我洗好的衣服中走过，从打开的医药箱里走过，最后来到我面前，问我，晚餐想吃什么。尽管他说话用词还是很礼貌，可声音低沉沮丧。“您和先生本来可以有鹿肉排，可是现在没有，没有什么好东西可吃，所以你们不吃也罢。”

“打开一听罐头肉，做点咖喱吧。”我说。

“没有肉罐头了，夫人。”

我知道有。“那炒玉米牛肉，加上甜薯吧。”

“玉米牛肉都吃完了，也没有甜薯。”这次我仍然知道，是附体在阿鲁萨普身上的那个笨蛋在说话。

“那就炒米饭吧。”我说。

“放什么在炒米饭里呢，夫人？”

如果有某一件事，阿鲁萨普是彻头彻尾的专家，那就是炒饭。而且和所有本地人一样，他们都知道，放到炒饭里的，可以是厨房里可以找到的任何东西。我没有计较，对他说：“我看看箱笼里有些什么。”

拿出一罐沙丁鱼，一罐香肠，还有一盒葡萄干，一些白洋葱，交给他。米饭得先跟水一起煮好，再放在大锅里炒，这时才把沙丁鱼、香肠、葡萄干、白洋葱等加进去。

过了一段时间，比阿鲁萨普平时做一顿饭长了很多的一段时间后，阿鲁萨普端着两个大煮锅来了。可炒饭从来都不是在煮锅里的，我揭开一个锅盖，看见漂亮的白米饭，没炒过；再揭开另一个，是一锅阴森森的炖菜，混合着煮烂了的沙丁鱼，香肠已经烤化成囫囵一团，葡萄干像一颗颗黑色的眼珠子瞪着我们。

我看着这两口锅愣了一会儿，阿鲁萨普站在旁边，似乎也有点吃惊，接着我立即显得若无其事，似乎今天是要吃一种新的菜式。哈里一边吃，一边说好吃。

上床熄灯之后，我远远看见阿鲁萨普在厨房的火光下洗碗，郁闷的表情仍然布满了他的脸。过了一会儿，他停下来，走到穆鲁特人的帐篷边说，起来。于是看见阿朴爬了起来，他俩回到厨房快要熄灭的火堆边，阿鲁萨普拿了猎枪，悄悄离开帐篷，阿朴蹲在火旁，用箱笼的盖子扇着。眼前这个情景，我在很多画廊里见过，那是原始人取火，红色和金色的火焰一波一波地舔着他，照得他脸上忽明忽暗，强壮身体后面的影子异常地黑暗。他此刻像孩子一样专注，也像孩子一样可爱，全身心都在他眼前的这件工作上。

火苗蹿得很高时，他便不再扇了，转头审视身边那些食品罐头上的图片——胡萝卜、西红柿、桃、樱桃、香肠，他都一一拿起仔细看过，又继续回到火堆边开始扇。

这时我听见阿鲁萨普在唤赤麂，这声音是通过轻轻地吹一片折起的树叶发出的。阿朴显然也听到了，很快地把目光从火堆上抬起，紧接着听见一声枪响。很快，我从帐篷下的边缘看见阿鲁萨普的腿走近阿朴的火堆，用穆鲁特语跟阿朴说着什么，声音很郁闷，显然刚才没打中。阿朴回到他们的帐篷，再回来时手里拿着一把刀，阿鲁萨普又拿起枪，他们便一起消失在黑暗中。火光渐渐弱了，罐头上的图画模糊下去，远远地，我隐约又听见原始人的唇边通过树叶吹出的声音，在丛林里呼唤赤麂。

婆罗洲的野人们

还是

蛮荒婆罗洲的绅士们

我在日记里这么写下了那一天。

这一阵，因为天天看见阿鲁萨普与他的族人朝夕相处，才意识到他其实迈出了多大的一步。仅仅十二年的背井离乡，他跨越了几个世纪。学会了用头脑去思考，用身体去感知。在家时，我常常因为他不能像中国用人一样有效地完成工作而懊恼；可现在，我看见他跟自己的族人在一起，一下子看到了他身上生生不息的学习的力量。

他接受了电冰箱、飞机、宗教崇拜、潜水艇；他接受了白人的规则与自己特性并存的事实，他也接受了我们那些并不必需的身外之物的重要性。当然，我知道，尽管他接受了白人良好的自我感觉，却从来没有接受白人对棕色人种的偏见。他能够懂得白人的心思，同时也能回到自己的族人当中，与他们相处；完全没有白人族群中那些浅薄的划分和标识，他用自己简单的方式，将白人和棕色人种的不同轻轻化解掉。我常常觉得，他对我和哈里其实是很容忍的，他自己很清醒，却接纳了我们的种种可笑和愚蠢。

07

我对哈里说，随行的这些穆鲁特人是我很长时间以来碰到的最为可亲可爱的人，实在不能想象，会去怕他们。哈里说，直到 1925 年，频繁而有组织的猎头、征战，仍然是你这些可亲的人们的日常生活内容。

这时我忽然忆起，那天在行船途中，哈里射中河岸上的一只野猪。那猪立刻瘸了腿，头耷拉下来，眼珠上翻，却并没有立即死去。随着一声欢呼，阿朴跳下船，将猪腿一条条割下，再将它的身体一块一块地分解，过程中，野猪一直在呻吟嘶喊。哈里令他赶紧将猪杀死，他照做了，但仅仅是服从命令，与终止这头猪的痛苦没有关系。

这些穆鲁特人从不因为自己身体上的伤痛而抱怨，他们本身有着惊人的坚忍，也更难设身处地去想象和理解他人身上的苦痛。

于他们而言，可以残忍地致死他人，也接受残忍地被致死，这就是他们的方式。可一旦说到白人，他们会彻底放弃自己这一套想法。在他们眼里，我们是一群过着奇怪生活的奇怪的人，服从一套奇特的法规。我们既然喜欢这些规矩，他们便也觉得没什么不妥，同时，他们也接受这些规矩附带给他们的好处。这应该就是他们来找哈里拿药、缓解他们身上伤痛时候的念头：

我们有药，他们愿意受益于此；但是如果没有这些药，我们也不在那儿，他们同样也不会抱怨，只会接受病痛的事实。

同样地，他们也没有以他们的标准来评判我，说："看这个女人，什么也不干，不割稻子，也不跟丈夫在田里劳作，甚至不带孩子，不给丈夫生火做饭。我们干吗要替她干这些？让她自己干去。"

相反，他们这样想："这个奇怪的女人，来自那个奇怪世界的，我们没有兴趣去搞懂她，也许在他们那个奇怪的世界里，她丈夫觉得她有某方面的用处吧。我们穆鲁特人都是好心肠的人，而在他们的世界里，他们似乎也是好心肠的人，那就和善快乐地在一起吧。"这么想着，他们便替我生火。

只要我们待在各自的世界里，不勉强对方接受自己的规矩，便相安无事。如果我们动念要侵犯他们的世界，那么我们必须接受他们的条件，因为那时，他们便会以他们的原则来衡量我们。

第十三章

丛林中的泥泞

01

我们还在继续跨越湿地，穿过看不到边的茂密丛林。走了三个小时，九点钟停在了一湾小溪流边，在那里等候在后面搬运行李的苦力，以免他们掉队迷路。我又开始发冷，体温上升，想找一块阳光能穿透树叶照到我身上的地方。可这时的阳光没有温度，就像苍白的柠檬水溅到了蕨草叶上。我受不了这种冷，便叫上阿鲁萨普陪我先走，他在前，我跟着。我特别喜欢跟在阿鲁萨普身后走，他总是替我着想，我跟不上时，他会假装也累了，然后放慢脚步。他知道我跟在后面，看不见前面的道路，于是在挑选落脚点、步子时都会考虑到这点。在山打根，我对他负责，而在丛林里，他成了负责的那一个，而且我恐怕没有他做得好。

雨下了一整夜，这时的水蛭猖狂至极。它们从每一片树叶上向我们爬来，像藤蔓上的卷须，防不胜防，一寸一寸，顺腿向上爬，想要钻进我的短裤。我揪它们出来，它们便缠住我的手不放，我只得又卷又掐又挤，直到把它们捣碎。哈里有本书叫《旅行须知》，上面说，水蛭从来不会到人身上高过膝盖的地方，这会儿看来，水蛭们肯定没读过这本书。

接着到了白玉荡河，我第一次遭遇水牛蚂蟥。哈里带着普阿萨以及苦力们追上了我和阿鲁萨普，一起蹚过一条汇入白玉荡河的支流。这时，一个穆鲁特人穆拉斯忽然一声尖叫，这是此行我第一次听见因为疼痛或恐惧而发出的尖叫。穆拉斯单脚站立，背上的行李几乎要掉进水里，奋力地在另一只脚上撕拽着一只巨大的水牛蚂蟥。除非你用点燃的火柴去靠近它，否则，这种蚂蟥很难搞掉，而当你身处激流，背上还背着行李时，又怎么去点一根火柴？穆拉斯终于用一把刀，把这只蚂蟥从身上刮了下来，大约四寸长。我以最快的速度逃离了这条小溪。

那天晚上，我们抵达了河的断流点，这标志着跨越湿地的旅程终于结束了。小文已经在此扎营，他说头一天那段路走得艰辛,雨下了一整天,路上满是蚂蟥。我知道如果小文说蚂蟥多，那一定是特别多。我们在下雨前安顿好了营地帐篷，河上又涨水了，因此，当晚的沐浴十分惬意而令人兴奋。哈里派奥兰图瓦打前阵，去白玉荡安排增加几只本地船，送我们沿河而下。

这时小文来了，我们开始紧张地盘点储备物资，发现供给苦力的大米以及我们自己的私人储备都处于短缺状态，这趟旅途确实比预计的长多了。这次旅行筹备时，我把主要精力都放在了怎样轻装，而不像很多时候，会带上富余量。现在罐头食品仅够支撑十天，我们原本指望沿途可以买些米，但此地的人烟稀少得出乎所料，买米的计划也落空了。刚才告诉奥兰图瓦，到白玉荡后设法买点米，也不知他能否办到，当地人将大量的米都酿成了米酒。

到了五点钟，奥兰图瓦还没有回来，我们断定，他是在某个朋友家喝多了米酒，今晚回不来了。哈里、小文和我开始互相安慰，正喝着杜松子，听见外面传来阿朴和努朗的欢呼声，奥兰图瓦凯旋，坐在营火旁，宣布他给我们借到了三只船。老头浑身上下，从身体到情绪，都闪耀着桃木色的光芒，毫无疑问这是穆鲁特朋友的米酒之功。

第二天将要沿河而下，这意味着，从加拉巴干河上招募来的彭嘉兰穆鲁特人将离开我们，原路返回他们的村子。那天晚上，奥兰图瓦酒醒之后，哈里给他以及他所有的“孩子们”计工钱，这笔账包含了人工和租用的船，附加返回途中的误工费用。哈里算账时，老头和他的孩子们围在我们身边，神情格外清醒，最后哈里把账单交给奥兰图瓦，他下次见到地区长官时，凭此可以支取。图瓦不识字，可是大伙看上去都十分满意。临睡前就着手电光，我们查看了新借来的三艘“泊拉胡”，发现特别小而且渗水严重。只好决定，为了减轻船的负荷，仅行李从河上走，我们继续步行穿越丛林。我的心一下子沉了下去，本来满心欢喜，以为我这次旅行的丛林徒步就此结束了呢。

02

当晚，我翻看了我的旅行日志，看见如下流水摘要：

三点扎营，从中午开始瓢泼大雨。太累了，不写了。

一点扎营，瓢泼大雨一整天。累死了。

两点扎营，瓢泼大雨，电闪雷鸣。太累了，不写了。

哎，既然我们的婚姻连这趟旅行也能战胜，那以后便无往不胜了。

两点扎营。没下雨！

这是怎样的一天啊！太累了，不写了；太湿了，也顾不得了。

恨透丛林旅行！

这一天，开端很糟糕，可结局很好。我们仍然在穿越丛林，行李在河上漂着。我似乎一天比一天更累，当我摔倒在丛林泥地里时，身体里生出恶心的反应。这一整天，我不光跟不上步伐，连哈里的踪影也看不见。一次又一次，大部队在我前面消失，我一边跟树枝藤蔓搏斗，一边看丢了他们留下的指路标志。一次，我从河岸的泥泞坡上滚下去，整个脸都埋在泥水中，身后的苦力们也纷纷以夸张的姿势跌倒，演杂技一般。我再也抑制不住对自己的愤怒，泪水顺着我泥污的面颊流下。

中午前，我们到了尼培干河[1]的断流处，想到很快眼前就会出现夸马特河上的激流，我立刻欢喜起来。大部分腾加拉穆鲁特人在这里与我们告别，往丛林的不同方向去，回自己的村子。

① Nepagan River.

我有些伤感，而其他人都若无其事。阿朴和莫拉斯还会继续同行一段，他们的村子在夸马特流域。

我们在河边与隆纳德村的头人派上来接应我们的三只小船会合，这几只“泊拉胡”极小，根本不可能把人或者行李全部放进去，更别提加上小文了，现在他还没到达断流点。看起来，我们又不得不接力共享这些资源来沿河而下了。当然，我们先到，便挑了两艘稍好一点的船，留了最糟糕的那艘给小文。我们尽可能地把自己装进了那两艘“泊拉胡”里，留下一部分行李明天再运。船装载以后几乎沉过了水位，这下已经不是漏的问题，根本就是在运水了。哈里和我一直不停地往外舀水，可根本赶不上进水的速度。每经过一次激流，我们都得把船弄上河滩，控一次水。但比起丛林旅途中的种种折磨，这一点不便对我们来说已算不了什么了。事实上，顺着激流下冲实在也好玩极了，那种无痛的动荡感，相比丛林里如影随形、无时不在的实实在在的痛，堪称美妙。现在我们有四名新的船夫，都是伊班族达雅人，浑身长满了癣。

三点钟，到达尼培干河融入夸马特河的交汇点。夸马特河上游的水流，是我在婆罗洲见过的河流中最疾最快的，令人生畏。在其他河流上，我们尚能应付，可是在这里，在夸马特河，我们显得轻微而渺小。一边顺流而下，哈里一边观察着两岸，寻找合适的营地。见河岸高处耸立着一座穆鲁特人家，船夫们艰难地把小船从激流中划出，停靠到岸边。我们蹚过泥塘，攀上河岸，发现这座高高的吊脚楼已经荒凉废弃，哈里喊道："这是为凯斯夫妇准备的家庭酒馆。"我们就着木柱上的缺口爬进了房子。

那是我这辈子见过最好的房子之一，从走进去那一刻起，它就让我觉得友善，每个进来的人都受到感染，继而意气相投。阿鲁萨普走进自己族人的房子，特别兴奋，他说，这过去一定是村里头人的家。

"他为什么离开呢？"我问。

"屋顶塌下来了，夫人。"阿鲁萨普回答。

"可那很容易修好啊，"我建议说，"我们天黑前就能搞定。"

"这是穆鲁特人的忌讳，"阿鲁萨普回答说，"去修补一所坏了的房子。房子开始损坏，就预示着主人应该换一个地方了。"

"屋顶上挂了一些小包裹，阿鲁萨普，那是什么？"

"我不知道，夫人。别去摸主人挂着的包裹，那也是忌讳，因为他们可能会回来取。"

"那我们在这里住下来犯忌吗？"

"不，如果有人没有自己的房子，他能在朋友的房子里住下来，是件好事。"

屋子的地板离地面大概有八尺高，由细竹片编织在交叉的木梁上，竹片年久腐烂，得小心翼翼地找有木梁的地方走，床的四角也得架在有木梁支撑的地方。树皮做的屋顶从中间塌下来，一株大叶藤蔓植物爬满了外墙，又从塌掉的屋顶处钻进来，

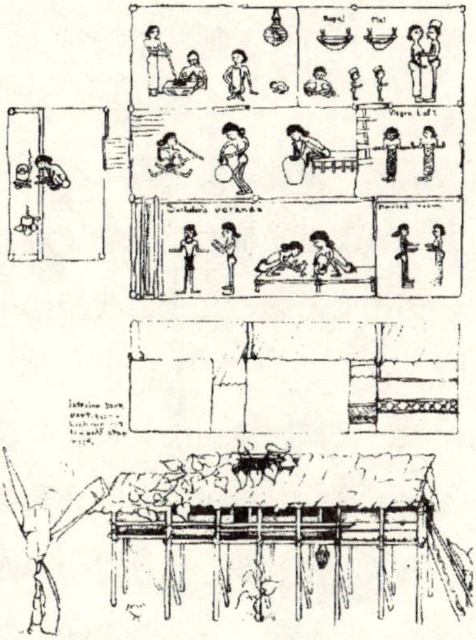

坐在屋里，伸手就能摘下藤蔓上的树叶，阿鲁萨普有时便用它来做一份素菜。看得出来，这里过去有一些树皮做的隔断墙，隔出一个个的房间。我让阿鲁萨普告诉我每间房的用处，他一边描述，我一边试着还原一幅平面图，画了一些穆鲁特小人，展示他们日常的劳作栖息。每次我以为画完了的时候，他又会介绍两个新成员，最后终于在我加了两个斗鸡的青年男子之后，图全部填满不能再加了。他看了看我画的这个人家，有点失望，他说那公鸡看上去像母鸡，而不像公鸡。

这所房子矗立在一个曾经十分美丽的花园中央，有香蕉、绿菠萝、甜薯、木薯、甜菜，以及六尺高的五彩芋。阿鲁萨普知道怎样把这些菜做得最好吃，他仔细洗过、泡过，再根据形状和颜色摆好。在被煮之前，这些菜就像花盆里装饰用的花朵。我们还第一次享受了绿菠萝炒饭的清香味。最初两天，我们有吃不完的绿叶蔬菜，每天大家都两手抱满了进来；渐渐地，我们需要走得稍远一些才能采到，终于，我们把花园从成熟到青涩扫荡一空，又回到了军需口粮的日子里来。

整所房子的面积，大概跟我们山打根家的起居室和餐厅合起来差不多，这么多人，包括阿鲁萨普、普阿萨、昂吉布、卡迪尔、三个达雅船夫、哈里和我，在这里待了四天，从没有感觉到任何不便。屋子一头有一个长长的盒子，填满了泥土，那儿是厨房，人们在那个盒子里生火做饭。因为我们吃饭的时间都不一样，所以任何时候厨房里都有锅在煮着。

我们将阿鲁萨普描绘为夫妻区域的地方做了卧室，用一块棕垫和一条浴巾挂起来当墙，一个汽油桶做浴缸，一个空的水果罐头做瓢，因为地板是漏水的，因此直接站在地上舀水往自己身上冲就好。明明另外七个人就在毛巾的另一侧，我也从未感到有碍隐私，他们不愿冒犯我的念头，是我最大的安全感。

真正的难题，比洗澡复杂得多的，是如厕的问题。我可以写一篇论文来阐述，一个妇女与三十个男人一起旅行，前面是河流，后面是茂密的丛林时，所面临的如厕困难。当男人们需要应对这一自然的呼唤时，他们只需避过我就行；而我，处在小文以及我们自己的随从中间，需要避过的人有三十个。如果我进到丛林中去，避开所有人视线时，我自己已经先迷了路。每天哈里都会差人从营地到树林深处替我刻出路标，但是在黑暗中、滂沱大雨下，蚂蟥毒虫遍布，还可能有蛇，历经这些艰险之后，已经足够造成一个人终身便秘。

住在那所穆鲁特房子里的几天，哈里让昂吉布帮我清理了一条从营地通向树林的通路，可它处于通往小文营地的方向，因此我事实上处于两块营地之间，人们可能从两个方向过来。那之后，我明白了一件事，没有人比我更懂得丛林里建设卫生间下水道工程的理论，可是我不擅长动手；而擅长修建的人，又不懂理论。多希望有一天理论和实践能结合，那样，我们一定能建造一个超级舒适的卫生间。

03

在那所穆鲁特房子里一共待了四天。其间，我们一直在等待夸马特河退洪，一面等着卡苏运[1]码头送来他们许诺的船只，可这些船只恰恰正是因为洪水而无法沿河而上。与此同时，奥兰图瓦也尝试着与隆纳德村协商，能否多借几只船给我们，以防卡苏运码头的船因为洪汛而遥遥无期。如果我们得到了隆纳德村的船，也许已经在洪水来临前便顺流而下到了卡苏运码头，

① Kasuyun.

而那些船只也不会被困于洪水而无法上来与我们会合。眼下我们却寸步难行。

营地里只剩下一只“泊拉胡”，因为哈里把另外两只派去上游取我们的物资和追加的船只。哈里和小文，这时轮流地恨着对方，取决于谁在用那剩下的一只小船：没有船用的一方在恨，有船用的一方在偷着乐。经过这一番对小文、哈里和我自己面临压力时对彼此的反应，我开始明白，为什么沉船或流落孤岛事件中，会出现吃人的现象。

这天晚上，我们去拜访小文，我们两片营地仅五百码之遥，但通常情况下我们很少往来。这晚是住在那所穆鲁特房子里的第三天，我们想知道，如果下一天船只还是不能到来他会做何安排。他的帐篷立在一块高地的附近，那片地也是一所废弃的穆鲁特老房，只不过已经毁坏得无法再用。

通向小文营地的那段路，是沿着河岸的一段泥地，然后要穿过一个中间躺倒着一棵死树的沟壑。小文听见我们来的声音，从帐篷里跑出来大喊，让我们踩着那死树过去。他带着六天没刮的胡子来迎接我们，这是他发过的誓，接我们的船只到来之前，绝不刮胡子。此时，他的尖脸被胡须衬托得更加明显，眼眶深陷，在瘦小的衬衣和紧紧的纱笼下面，小文显得有些孱弱。他实在没有什么奢侈的享受，帐篷里的陈设，在我眼里十分简陋，甚至有些悲凉。但事实并非如此，因为他本不愿意有多少东西，而那些他希望拥有的奢侈，比如一架好相机，一些上等的枪支、一把折叠椅和一张桌子,这些他其实都有了。他个人也并不悲凉,他喜欢这样的生活。那仅仅是我,很难去理解他如何能过这样的生活,若非遇见哈里,我一定会痛恨粗糙的日子。我并不是一个天生的女探险者。哈里和小文仔细商量以后,决定取消去丁邦巴都[1]的燕窝洞这一计划,我们已经落后于预期日程六天,再耽误下去,恐怕政府会派出营救队来,而我们根本没有处于需要营救的状况,这对双方来说都会很不舒服。

回到我们住的屋里之后,又是一场暴雨,紧接着沙蝇开始猖獗。起初我什么也没说,因为我知道,无论我怎么说,都会被告知,那是我的想象。哈里穿着纱笼,躺在那儿看书,他忽然跳了起来,叫喊道:“我再也无法忍受这些可恶的东西了!普阿萨,在屋子下面点上火!”我不动声色地看着,起初没明白,很快就意识到,哈里的想象也开始咬他了。

普阿萨点燃了三堆驱蚊烟,一堆正对着我坐的位置,尽管沙蝇们仍然顽强坚守,至少我屁股被烤得暖暖的了,在河上旅行时,能让屁股干爽温暖是一件难得的事。吃晚餐时,我俩都一手举着一支缓缓燃烧的烟熏火炬,一边吃一边挥舞着。沙蝇已经彻底失控,它们极小,小到你看不清任何一只,只感觉像一团乌云一样袭来,攻击你身体上每一寸暴露在外的肌肤,就像浑身上下扎满了针。几个小时之后,被咬过的地方开始红肿

---

① Timbang Batu.

发痒，远比蚊虫叮咬凶猛；并且接下来好多天，一到黄昏就开始痒。更因为它们小,还能穿过蚊帐,尽管我们用上了双层蚊帐，号称专门对付沙蝇的，可事实证明，沙蝇无孔不入，没有任何蚊帐可以抵挡。那天晚上，当我们钻进蚊帐时，发现里面已经布满了沙蝇，我举着熏烟，坐了二十多分钟，除掉了一些。

那一夜我睡得很香，梦见自己在一个时髦的商店里买漂亮衣服，又去美容院，把自己彻底重新装饰了一遍，修了指甲，护理了头发，享受了按摩，整个人焕然一新，看上去不知道有多漂亮，漂亮到没人能认出我。

04

昂吉布有一张固化的脸，只有两个表情：洋溢着喜悦，凝固着忧虑。两种表情间的切换，是一个十分缓慢而渐进的过程，我从来没有真正看到过他脸上肌肉的运动。当他脸上挂着喜悦时，有人对他说了什么，通常要过上好一阵，你才发现他换上了凝固的忧虑，又再过一会儿，差不多他的表情已经切换回喜悦时，他才把应该伴随着刚才那忧虑表情要说的话想好。烟斗从不离开他的嘴角，哪怕在河里游泳时也叼着。我第一次在山打根见到他时，觉得他很丑，可后来在土著船里再看他，却感到别有风味，像是装饰船头的人偶。他身上也长着癣，皮肤上的这些疤痕鳞甲让他看起来像个人鱼。

住在穆鲁特房里的那几天，昂吉布不动声色地展示出了他深藏的一些本性。他给我们讲其他穆鲁特长屋的故事，把本地的一些风俗和传说讲得有趣而好笑。在屋角，他发现一个前主人留下的鼻笛，每天晚上，他双腿交叉躺着，拿出这只鼻笛，轻轻地吹起来。笛音若有若无，时隐时现，像家里那只熟悉的老鼠，在屋角玩儿，一旦发现主人在看着它，便一溜烟儿钻回洞里不见了。

大多数时候，昂吉布很腼腆，然而，那晚从隆纳德村返回时他好像变了个人。他胜利地带回三只鸡、五个蒲式耳[①]的大米，还有奥兰图瓦关于第二天就将船送来的承诺，以及一肚子的米酒。这一肚子米酒，把昂吉布从一个普通的喜剧演员，变成了一名充满灵感的牧师，从他嘴里源源地流淌出各种预言和哲理，两种表情竞相交替，都来不及停驻片刻。他一直不断地在说，我们睡觉时还听见他对躺在身边的同伴的演讲。我也就是那时才知道，这一趟凯旋之旅也有一个遗憾，隆纳德村里竟然没有一个处女。

伴随着隆纳德村第二天要送来两只“泊拉胡”的好消息，还有一个不太令人满意的消息，哈里曾要求地区长官的执行助理从卡苏运码头给我们发来的七艘船，阴差阳错被发往了卡苏运上游。它们在那里等候，要送我们去原计划的丁邦巴都燕窝洞，

---

① 马来语“gantangs”，英语中的 bushel，计量单位，大约相当于 35.42 升。——译者注

这意味着，根据河里的情形变化，它们距我们有三到七天的路程。

那天晚上，小文来到我们营地，谈及这个消息，大家都很黯然，我们不得不又要接力使用明天隆纳德村送来的两三只小船，直到消息传到另外那些船只的耳朵里，掉头过来接应我们。哈里和小文最后决定，隆纳德的村长明天驾一只“泊拉胡”，去追赶那七艘船报信，好尽快让它们掉头来接我们。同时，如果河上的情形可控，我们自己沿夸马特河下行。此时水位正在下降，我们在祈祷当夜无雨中睡去。

那几只鸡在我们脚下叫了一整夜，提醒我们，第二天有新鲜食物。早上醒来时阳光灿烂，昂吉布已经恢复了沉默。十点之前，隆纳德村长带着两只小“泊拉胡”和一只尺寸尚可的船到了。村长穿一件土白色的欧式热带西服，一副没有镜片的眼镜框，一只既没有电池又没有灯泡的手电，这些他希望我们能帮他配备好。

到了晚上八点，船还没返回，小文过来看见满脸焦虑的我们，喝干了最后那一点杜松子酒，放弃了第二天起程的希望。那是非常沮丧的一刻，眼睁睁看着杜松子酒在眼前消失，还必须要面对又一天的等待，以及可能的洪水和随之而来的更多的等待。在这无边阴郁而沮丧的夜色中，河面上传来喊声，紧跟着昂吉布和阿鲁萨普冲出屋子，用迎接英雄的规格去欢迎归来的船夫。他们把箱笼都放在了一个大瀑布后面藏起来，还保证说，如果这样的好天气能持续一夜，明天我们一定能与行李会合。

我们这时都已深深地爱上了这所房子，可是这四天里，尽管一切都很如意，却因为意识到我们的旅途没有任何进展，每个人都一直处在紧张的状态中。现在，随着旅行的重新展开，每个人都复活了，大家饱餐了一顿庆祝宴：炖鸡、米饭、烤木薯根，还有一听桃罐头。我实在太兴奋了，根本吃不下，只有表达庆祝的一种姿态。我知道我们吃不了的，会有人高高兴兴地吃掉。那一夜，十一个人睡在这所屋子里，包括那些达雅船夫。我很久都没睡着，听他们低语，听光脚踩在竹地板上的声音。

第二天，我们动身了。“泊拉胡”里坐了八个人和大量的行李，船舷根本无法挡住水，我们只得又不停地往外舀水，可我屁股还是又湿了。

经过六道长长的急流，其间，他们不得不下船，从岸上的岩石上爬过，以减轻船的重量。达雅船夫们亮出了漂亮的撑船手艺。每次进入旋涡前，船头的梅拉诺达雅人会转身用亮闪闪的眼睛对着我，大叫一声，同时在空中把木桨一挥。紧跟着这么一个辉煌的姿势，他的身体和意识便与船融为一体，与船共生，共呼吸。他一半的时间都在水里，在船边游着，拽它，拉它，或者跳到水下的石头上站着，推它。一会儿又回到船里，划桨、撑桨、掌舵。船一直在进水，每过一次急流，我们都得把它推到岸边去清空一次。

中午前，我们到达了那个巨大的瀑布，看见行李都安好地码放在远高出水面的岩石缝中。瀑布十分好看，可按照小文的说法（他的说法总是令人失望地准确），在形成这串急流的一系列小台阶中，最大的直接落差其实仅仅二十二尺。这么一个不起眼的数据，令眼前这壮美的一带飞水立即失去了颜色。

船显然不能穿过这瀑布，行李只能从两侧悬崖一般的岸上搬运下去。我们站在瀑布飞溅而来的水花中，计划在这里等候那失踪的七艘船逆流而上出现在我们眼前。与此同时，把这两只达雅“泊拉胡”派回去接应小文。我们因此将自己孤立在一块冒出汹涌河面的岩石上，一艘小船也没有，只盼那迄今一直杳无音讯的七艘船，能在天黑之前或者水落之前出现。这个举动无异于赌运气。然而，像大多数有意而为的冒险行为一样，事后细想当时的傻气，这一次的结局竟然相当不错。

阿鲁萨普第一个看见五只陌生的“泊拉胡”沿河而上。也许是心理作用，当时阳光一下子明亮了起来。有了这几只船，我们起码有了足够而且可以理直气壮使用的交通工具，不用再去求不情愿的主人借船给我们。

延续一贯的小气作风，我们取了三艘，留了两艘给小文，一艘在瀑布脚下等候，另一艘继续逆流而上，循着刚刚被派去接应小文的达雅“泊拉胡”的路线，一并去接他。这艘船只能从河岸的岩石上被吊上去，顺着刚才搬运行李下去的路线。如果不是亲眼见识过达雅船夫，我肯定会说这绝不可能，但是达雅人面对船的时候，无所不能。我崇拜地看着他们扛着船攀登河岸边滑溜的岩石，把船从我刚才被一根绳子吊着下来的地方再送上去。眼见着小文的船攀上了悬崖，驶入了瀑布之上的河面。我们随即登船起程，这种转瞬即逝的好天气和好水位容不得我们挥霍。

这一下，真正变成了绅士的旅行，有三只我们自己的“泊拉胡”，我也有了一块八寸见方的木板，可以舒服地坐着，而不用蜷蹲在自己的脚后跟上，更不用一直往船外舀水，这是多惬意的一件事！更不用担心随时会有水从两侧涌进船舱。再美的海岸线风光能带给旅途中人的奢侈享受，也不及我在这个“泊拉胡”里的这一片座席。

我知道，这种顺流而下的日子，才是顺应自然的旨意在旅行，而不是与它对抗。而丛林中的每时每刻，都在与充满敌意的各种因素搏斗，所有的事物都在阻挠我；然而在河上，水流似乎只是在欢呼着拥抱我们。

三点之前扎了营，仍然没有雨。随着换船，我们又有了些新来的苦力，也随之有了些不一样的病痛，哈里的药箱又有了新的用处。

这时，小文还没有来。

第二天是星期日，是计划中返回山打根的日子。我们没能如期在山打根的大床上睡我们的星期天午觉，却在夸马特河上遭遇了最长的一道急流。有时船夫担心船被打翻，便让我下船来，在顺着河岸的岩石上走。我一次次在岩石上滑倒，终于擦破了大腿，又对自己和周遭的人生起气来。普阿萨不断地递拐棍给我，于是我每每想要抓紧岩石时，手总是被一把棍子占着。中午时分，小文赶上了我们，领着四艘“泊拉胡”。我对于他带着比我们多一只船的形象出现这事，早有心理准备。他说，那只新的是他在隆纳德村买的。

后来发生了一个不错的小插曲。卡迪尔、阿鲁萨普、普阿萨同乘一只船，卡迪尔是护林人，一个眼神里充满野性的土著人小伙子。自从普阿萨决定将他教化为穆罕默德信众之后，他渐渐地变得驯化，可绝非所有的野性都从他身体里消失了。他掌管船头，在急流中这是关键位置，他却并不跟随我们这艘船，而是从急流的一侧漂下。卡迪尔驾着他的船直奔急流中心，好超过我们其他船。只见它向前疾射而去，射进巨浪正中，被覆盖在巨浪之下，卡迪尔的黑头发被风刮向脑后，他奋力地划桨，希望借此掌控小船。阿鲁萨普在船尾划着，脸上带着愤怒而吃惊的表情。普阿萨在中间，低头疯狂地舀水，似乎根本不敢抬头看一眼周围的情形。他们一瞬间从我们旁边蹿过，在河流拐弯处消失。当我们抱着凶多吉少的恐惧拐过来时，看见岩石岸上站着那三个“天启骑士”[①]。他们的船被抛掷在岸边，装满了水，几乎沉底。普阿萨阴沉着脸，一边指责卡迪尔，一边打开箱笼来晒他湿透了的被褥。阿鲁萨普的脸上带着很有礼貌的不满。卡迪尔看上去根本不知道他刚才的行为究竟算是英雄还是傻瓜，

①《圣经》末世危言中有四个疯狂的骑士，作者以此来描述自己刚才世界末日一般的恐惧，并事后调侃这三名随从的疯狂。——译者注

但那以后他再也没有从急流中心穿过了。

到下午两点，我开始又累又饿又烦躁时，碰上了一天中最长最坏的一道急流。小船误以为自己是只飞鱼，一度彻底离开水面，随即又从水下掠过，再次出现在空中，摇摇摆摆，似乎仅仅是将尾巴上的水珠甩掉。可当船夫们要沿着岸边拖船前进一程时，他们坚持要求我下来在岩石上爬行。正当我们四肢着地，行走在长满青苔的岩石上时，暴烈的雨倾盆而下。处于这个姿势的人，没有任何抵挡之力。等我们再回到船上，我的皮夹克、卧具全都湿透了，刚才船夫们忘了给它们盖上棕垫。我们在四点前搭好了营地，暴雨持续着，所有的人都情绪烦躁。这非常值得一提，因为尽管我常常地坏脾气，但是整个营地总还能保持着欢快的气氛。哈里烦我，我又冷又难过，营火也点不着，因为所有的柴火都湿了，而阿鲁萨普的松香也找不着。一直到当晚九点，我们什么也没得吃。也许在艰苦困境中，我应该英勇一些，可我对日常琐事的不舒适，没有任何忍耐力。我渐渐发现，要维持我对终极探险那种最初的崇高境界越来越难；我本不愿它就这么被一些微不足道的烦恼所摧毁，如漏水的帐篷、湿了的被褥、酸痛的腿、发烧等。

05

我们已经在丛林里旅行了两天，哈里一直在考察可能的林区。这一整天像是一场噩梦，但终于我们扎营了。我早褪掉了自己身上的湿衣服，哈里的衣服还像皮肤一样粘在他身上。我坐在湿床边，往光腿上抹酒精。“但愿这蚂蟥咬伤的地方别再流血了，”我说道，“不然我都没法穿睡衣，因为一穿上血就沾上去了，我还得洗；可我又没法洗，因为这雨天里，哪怕就着营火它也干不了，何况我已经烧掉两件睡衣了。”

“那就穿沾了血迹的呗。”哈里说。

“不行，我可穿不了。”不行，我想着，男人可以穿无论沾上什么东西的、无论什么样的衣服，可是沾着血迹的睡衣，标志了你是个女人，旅途中我却不能是个女人。该死的，我不幸确实是个女人。

“如果你总是把干了的血痂撕掉，你的蚂蟥伤口就永远不会愈合。”

“我知道，可是我讨厌看到腿上有干了的血块。”我仔细地看着那一道长长的红色爬痕，试图揭下血痂而不撕裂伤口。

“你抓住那咬你的蚂蟥了吗？”

“没有。我坐在这儿，就放松了一下防蚂蟥的警惕，那坏蛋就顺着腿爬上床，钻进我的短裤，吸满了血，在我注意到它之前就逃开了。我知道丛林里会有蚂蟥，但是竟然钻到床上来，这也太过分了。”

哈里的长筒袜上也布满了血迹，被蚂蟥咬的小洞在他脚踝周围成群出现。“这有一个正在干活的，嘿，乔治，你来尝尝这个吧！”他点燃一根火柴，凑近蚂蟥，火苗一闪，喷出一道鲜血。

“沙蝇今晚也十分猖狂，比蚂蟥更烦人。”我嘟哝着。

“我有时还真不明白，你为什么要跟着一起来旅行，”哈里说，“我来是因为那是我的工作，可你跟着来，又不舒服，究竟是什么意思？”

“可我并不想一辈子都只有舒服！”

“哦？那你想怎么样？”

我停止了撕扯蚂蟥伤口，开始想这个问题，脑子里出现一长串女性的脸，同一个表情。伴随着这些脸的身体，穿着柔软的橡胶束身衣；而伴随着这些身体的脑子里，却充斥着松弛的肌肉。

“我想，可能我害怕过一种太轻松的生活，这算一部分原因吧。”

“哦？”

这声“哦”显示他并没听懂。

我想说：“你看不出来我崇拜你，希望跟你一起，去看你看到的世界，跟你一起去做那些你告诉我的事情吗？难道你不觉得这片土地，对于能为它做出贡献的人，比起只是来享受它的人而言，更美好吗？”

我想说：“我不愿成为这个国家的寄生虫，我希望是它活生生的一部分。讲它的语言，去认识那些土著居民，跟他们一起讲笑话，分享他们的喜悦，为他们的困难忧虑，就像你一样。我也希望走遍它所有的河流，穿越它的丛林，我想要经历这些泥泞、暴雨、蚂蟥、不舒服，也就是这一趟旅行中的一切……除了有时候我的身体不太配合之外。”

我还想说：“即便我的身体配合得不够好，我最终能用我的精神去战胜。只是请你，求你，拜托你，别在这时候嫌弃我，我尽了最大的努力。”

这些是我真正想说的，可是谁会这样去说话呢？忠诚的丈夫不会去恨他的妻子，体面而沉默的人也不会动不动给别人宣讲他的精神世界，思维正常的人更会在面对这样的自白时觉得难堪。

“哦？那你想要什么？”哈里的问题又来了。

“我不知道，但我想，精神力量其实不如一时的勇气靠得住，哈里，你是有勇气的。”

“啦啦—啦啦啦—啦……”他哼起歌儿来，这哼哼声听上去很开心。

我回头又开始揉我的腿，好像秉持一本《每日灵修》。每晚当我给伤口消毒时，也仿佛拿着一本《灵魂肉体的教义问答》。这天晚上，没有翅膀的扑扇和胜利的欢呼，灵魂的翅膀湿漉漉地耷拉着。

“就让我快快跟随我的肉体一起爬上床吧。”她祈求道。

“今天早上你还足够勇敢！”我说，“你的翅膀干爽有力地扇动着，你的身体穿着一双干爽整洁的鞋子，一件同样干爽整洁的球衣。今天早上你说，无论旅途如何凶险，你一整天都不会请求休息！”

“是的，”灵魂呜咽着说，“可是身体说，‘你为什么要残害自己！’”

“你俩都戴上橡胶束身衣吧。”我大声说。

“你在嘟囔什么束胸衣？”哈里说，“你又不穿那东西。”

“就像你哼歌一样，我想嘟囔。”

我沐浴在他回赠的随意的温暖中，或许他又会重新喜欢上我呢。我知道，这次旅行中，我在变本加厉，因此也不怪他烦我；可我还是希望，他压根儿就没有烦我，因为他是我的支柱。

每当夜里下雨，帐篷漏水时，其实并不只发生在我身上，也并不是对我而言，那情况就更糟。可是我撑着雨伞，挪了床，自己蜷缩着，一副垂头丧气的样子；而那时，他总是安静地躺着，在读书。当雨一整天地下，“泊拉胡”一直在渗水，所有人都知道：我湿了，冷了，难熬，而他却一直笑脸面对。

丛林中的万物都在咬我，咬到每一寸肌肤，我整夜难眠。因为痒，我便抱怨。哈里浑身被蚂蟥伤口、各种发炎的挠伤覆盖，可他每晚睡得像阳光照耀的河岸上的鳄鱼一样香甜。

我在丛林中跌跌撞撞，不断摔倒，满身是泥从泥塘里爬起来，我总觉得他默默地嫌憎地看着我。这种时候我就很讨厌他充满弹性的步伐，以及他永不会累的状态。

这些天来，我一直走在搬运行李的苦力队伍之前。只要我能保持在他们前面，我就知道我至少没有掉队，但这并不令我兴奋或者骄傲。其实自从我感觉到他在因此头疼开始，就已经不再兴奋或者感到骄傲了。

最近在营地里我们话很少。当他在帐篷里时，他会轻轻地自己哼歌，然后去外面那些男人中间，用马来语或者穆鲁特语一起说笑起哄。我能听见他们柔和的语调和笑声，感到自己被排除在外。我以后再也不跟男人们一起旅行了，这样他们可以更舒服、更随意地洗澡、吃饭，用他们喜欢但因为有女人随行而不能采用的方式。

这时我会小小地奢侈一下，做一点让自己舒服的小事。挂上小镜子，拿一杯热水，试着将不听话的波浪头发按回去。头发被红色的大花手帕紧紧地包了一天，我的脸、胳膊、又细又长的双手、又瘦又长的腿，都被统一烤成了咖啡色，在这统一的背景色上，是我一整天没有睁开过的眼睛，为躲避太阳强光眯缝了一天的眼睛。此刻，在柔和的营地马灯，或者营火的光线下，眼睛才算找回了它的位置。不过这并不重要了，反正哈里也不看它们。

不过这趟旅行，我也做过一件不错的事，那就是我画的画。哈里觉得很好，他说："很像他们。"我掏出画本，打算完成阿朴的肖像素描，便请阿鲁萨普去叫阿朴到帐篷里来。

我坐下来之前，去燃烧的营火堆中取了几根柴火，在帐篷里我的脚边生了小小的一堆火。换上干净短裤，用哈里的纱笼包着露出的腿，再把一条围巾塞进球衣里，好遮住头发和领子之间的部分，以及耳朵、下巴和脖子之间。我对自己说，这不是幻觉，我看不见那些包时，它们便真的不太困扰我。

阿朴裹着缠腰布进来了，跟他一比，我像是在给冬季运动打广告。他在汽油灯刺眼的白光下，漫不经心地站着。我画的时候，他一面抽烟，一面在身上挠。

"快乐的原始人和他的白人女神！"我在心里说道，一面自得于这个妙手偶得的讽刺短语。我画画的时候，总是这样无声地自言自语。那长长的，扎成环的头发并没有给他增添一丝女性气质，反而更加阳刚，我又在心里说道。蒙古人种的颧骨和线条强烈的眼眶，非常适合做模特，我也从未见过如此果断的下颌骨。可没准儿实际上，他有着软弱的性子，就像他妻子手里的面团！

他裸着身子，却并不显得暴露。脖子矗立在公牛般强壮的肩膀上，臀部好看、结实、紧凑。他如此美丽，而他并不知道。身体的功能应该也十分完美，有一副这样的躯体，该是什么样的一种感觉呢？当阿朴的妻子又该是怎样的呢？不行，这个念头太变态，就像设想自己跟一个六岁的孩子睡觉一样。不，我不会想做他的妻子。可是纯粹因为你的身体想要，而跟一个人躺在一起，那一定很轻松，没有其他念头交织进来；也用不着各种各样的自省和猜测。这是多简单的一种关系，我这么想着。

阿朴张开嘴，向地上吐了一口槟榔汁。

绝妙！我又想，也许他也在那样琢磨我们，白人男人在白人女人身上能发现什么。

阿朴在暗淡的白光下变换了一下姿势，生硬的阴影透过鼻子打在他另一侧的脸上。黑色的旋是鼻孔的阴影，黑色的三角形是他那难以令人置信的，像丘比特弓箭一样的嘴唇的弧形嘴角；还有那无法想象的黑亮的大眼睛，黑色的长发抹着头油，梳成了发髻。所有的这些黑色都是更深更惊人的黑，我的软性铅笔无法复制。

阿朴又变换一次姿势，这下正脸对着我，阴影从脸上游走，倾泻到脖子上。

“您能给我一些椰子油吗？”他问。

“我们没有椰子油，如果你想用来做饭的话，我给你点橄榄油，或者听装的黄油。”

“我们这儿的人喜欢用椰子油来抹头发。”阿朴骄傲地摸了摸他的环状发髻。

发油！润发油！这可以买来做礼物啊！我这么想着。哦，阿朴，我纯洁的土著朋友，没有任何虚荣地，唯一向我们文明世界索求的，是用来装饰头发的椰子油！

“橄榄油对头发也很好啊，”我回答道，“我去向阿鲁萨普要一个空罐子，倒一些橄榄油给你。”

“太好了，我试试。”

我继续画，一边等着橄榄油送来。很快，阿鲁萨普拿来一个装满油的香烟罐，阿朴闻了闻。

“这味道不一样，不好闻。”

“这是因为它是从不同的树上来的，不是椰子树。但是它很适合用在头发上，我们那儿的人就用它。”我说。

“不好闻。”

“好吧，那别用了。还给我吧，我们觉得它很贵重呢，用来做饭是很好的东西。”

“我要试一点点。”阿朴还是握着那罐子。

“我画完了，阿朴，你拿根烟吧。”我把那画举起来给他看。

阿朴不置可否地点着头，一边从鼻孔里吐着烟，一边挠着屁股上的蚂蟥伤口，忽闪着他那长得像假的一样的睫毛，说：“我的朋友，莫里桑，也想让您给他画个像。”

“莫里桑是剪着短发、穿着白人衣服裤子的那个吗？”

“是的，我朋友莫里桑也有一个香烟打火机。”

“你告诉莫里桑，如果他把白人衣服裤子换下，穿上他们穆鲁特人的缠腰布，我就给他画像。”

我把那块画板用防水布包好，阿朴的任务完成了，可以走了。他又站了一会儿，抚摸着那个香烟罐，再闻了闻油才离去。他走起路来也非常漂亮，用解剖学的观点看，他后背的肌肉几近完美。

哈里这时走了进来，我把阿朴的画像给他看。“你确实把他画得很像。”他说。我感觉自己的画挂进了卢浮宫。

一个苦力进来拿药，说脚痛，一根木桩扎进了他两个脚趾之间。而这男孩一点也没呻吟抱怨，他只是取笑这件事，而且相信哈里能治好。哈里先把那个扎出的洞清洗干净，接着用消毒水浸泡。

男孩坐在地上，脚泡在他的饭碗里。我们惊异地发现他脚上少了一根趾头，那是几年前，被他的砍刀扎掉的。我想，要是这事发生在我身上，怎么也笑不出来，可是这些土著人，他们总是将娱乐融进所有的灾祸里。出于礼貌，我们也只好跟着他们一道娱乐。

我看着哈里，心里想，多希望你也能像这样看着我——带着允诺和欣赏。不过，我做不到：被木桩扎进脚趾，还以此为乐，再坐到你脚边，崇拜地看着你，就因为你往我伤口上抹了来苏水。

哈里重新整理了一下他的药箱，发现我的眼药水瓶子又漏了，这不是第一次了。起初我还心怀歉意，现在我气不打一处来，似乎它总是在妨碍哈里，我险些一生气就扔了它。最后还是盖好了瓶盖，让他那些又湿了的矜贵的破绷带见鬼去吧！

阿鲁萨普给我们送来一顿奢华的晚餐，带着干果香的本地棕米饭，一大锅炖麂子肉，汤里有恰到好处的一点咖喱，还有长长的烤木薯，表面被火烤得焦黄酥脆，我喜欢用手把它们掰断，抹上黄油吃，假装它们是法式卷。

“再没有比麂子肉更甜的肉了。”哈里高兴地对阿鲁萨普说。

“是的，先生，”阿鲁萨普赞同道，“我们这儿的人也喜欢。”

我兴奋地吃着，每天晚上我都饿得狼吞虎咽。白天吃饭太费时间，因此，每天从早上五点喝过咖啡之后，要一直挨到下午扎了营。这时，我大吃着炖麂子肉，几乎要撑坏，可等我刚一吃完，又开始盼望明天的晚餐。

我想这才是高潮。我过去总认为饮一杯杜松子能带来高潮，可那错了。真正带来高潮的，是当你饿了时候的食物。不对，也许应该是你冷时的一个热澡盆……不，我想还是能平躺在蚊帐里。嗯，我现在就可以享受，于是，我爬上那小小的露营床。

哈里也爬上了他的露营床。床很旧，床腿已经歪斜，床垫很薄，被子也不够暖和，还有烤焦的枕头，一切都是不那么好的选择，因为他把所有最好的都给了我。蚊帐挂在两张床上，一边还是昨夜打湿了没干的，但那也在他那一侧。

“你现在暖和了吗？你可以拿一张我的毯子。”他说。

“不，我挺好。”

“你的蚂蟥伤口不流血了吧？”

“还流着呢，也许我是血友病吧。”

“你今天在河边摔那一跤受伤了吗？”

“那在我的摔跤经历中看，算是无痛的一次。”

“身子感觉怎么样？明天走得动吗？”

“没问题！”

“明天不会太艰巨，我们今天已经完成了丛林里的最后一天。”

“我其实不讨厌丛林旅行，哈里。”

“哦，过去的都是好的！”

看来，他依然是喜欢我的！哪怕当我招人厌、变本加厉、娇气、垂头丧气时！

含蓄体面的人不表白，但是我现在敢肯定，他们有感觉！

我躺在被子下面静静地听着雨水和树木在私语，河水自顾自地流着。

我看着我熟睡的丈夫，伸出手去摸了摸他硬硬的骨头，这抚摸让我获得安慰，他身上的强壮也是属于我的。我一下子意识到，作为夫妻，他的力量是我的，而我的柔弱也是他的，也会伤到他。如果我是别人的妻子，他可能会认为，我在丛林里的表现还挺不错的。

我小声对自己说，明天一定不要再垂头丧气了。回家之后，我将又变回一个女人，调整我的表情，穿上柔软的橡胶束身衣，抹胭脂和口红，让自己的脸型更柔和，眼睛更迷人，我还要穿最漂亮的裙子。在家里，他会觉得我很好，因为作为一个女人，我是合格的。但是充当男人的角色，或者探险者、开拓者、垦荒者，我只是一个次品……

我只是一个次品……

不过无论如何，我走过来了。我在旅行中所获得的，什么也带不走，这些，兴许比橡胶束身衣要珍贵呢……

然后我看见，这几个星期的旅途，清晰地用相机呈现在屏幕上，我看见，睡着了还在看……

又一次看见一条长长的河，被无数次截断成白水奔流的险滩；而早上的第一缕阳光温和地照射着它的粗暴不羁。这是一条平时少有人烟的河流，我看见了河面上有十二个人，在大河上显得如此渺小。他们之间的细微差别被彻底忽略了，谁是白人，谁是棕色人，在这条河上也不再重要。你更看不到那两个白人之间的差异，一个是强壮的哈里，一个是脆弱的艾格尼斯。这里仅有的一个差异，存在于人和大河之间。

我看见小船在靠近白水激流，巨大的水声像是迎战的呐喊，一切都被急急地裹挟其中。一只只的“泊拉胡”像亡命狂徒的赴死，带着末日的狂欢和迫不及待。之后赤裸的牧师在水面升起，那是船夫在迎战激流，他们的呐喊声一瞬间就被淹没在巨浪的咆哮之中。

“泊拉胡”被淹埋在泡沫之中，像薄薄的华夫饼被搅入一杯牛奶，迅疾消失。大水俯视着小船，而这些“泊拉胡”刚刚还是欣然向死而生的壮烈，此刻开始了不屈的抵抗。赤裸的牧师站在船头，举着木桨在搏斗。

几分钟像一个世纪那么长，然后惊恐的“泊拉胡”飞快地逃离，像幻觉破灭后醒悟过来的信徒。赤裸的牧师，此刻卑微地跪倒在船里，洪流已被抛在身后。

“泊拉胡”漂流着，牺牲的狂热已远去，呐喊的牧师也安静下来，万物恢复平静。烈日当空，河岸上的树影罩在船上，杜逊淡巴菰的味道从报纸卷成的纸烟上飘来，带着温热的甜香和满足，像小野兽幸福的哭喊声充斥在空气中。

然后，“泊拉胡”缓缓地漂着。受惊的白鼬一闪而过，金色的皮毛在丛林的绿色中时隐时现；山鸡的白色尾巴和蓝色肉垂闪过；腾加拉妇女站在阳光照耀的河岸上裸露着胸膛和熠熠生辉的肩膀。

我就此停驻，我的一生似乎就在等待这一刻：河流、险滩、阳光、小野兽的歌声、金色阳光下妇女的胸膛。

我就此停驻，幸福地睡去，留下两个小小的人，还在沿河漂流而下。

第十四章

探险者归来

01

下午六点左右,我们开始盘算晚上吃什么。我首先想到的是,得吃烤面包片;如果宾达山有商店,而商店里有面包和罐装黄油的话,我们肯定要吃烤面包片,热乎乎的、薄薄的、抹了黄油的面包片,吃很多很多。还想要吃沙丁鱼,不是一罐,是至少三罐,沙丁鱼要被煎得油全部流出,又酥又脆,尾巴已经卷起来。我们可以把三罐都吃了,因为距离回到山打根只有四天时间,不用攒着,我们确信有足够的吃的。当然,我们还得饮茶,不是强身健体的可可茶,而是优美的、淑女的、跷着兰花指那样饮的茶。如果宾达山的商店里有茶,我们就一定会这样喝。不要用胶杯子,那饱吸了各种味道的胶杯子,牙膏、防腐剂、咖啡、可可所有的滋味,都融入了它的每一条纹路里;我们一定要用一只真正的瓷器杯,哪怕只有一只,我们轮着喝也好,只有那样,茶才能更烫、更清香、更觉享受。这顿饭将是一顿美食家的饭。如果宾达山有商店的话。

"你觉得八点前我们能赶到吗,哈里?"

"最晚九点吧,按照他们目前划的速度,他们正在尽力。"哈里把头从棕垫顶篷的船舱中伸出去问:"我们还有多久能到宾达山,努朗?"

"还有八个丹戎,先生。"

丹戎是一个既能回答“多久”，又能回答“多远”的度量单位。土著人计量婆罗洲的河流距离时，丹戎表示发卡的一个弯曲，而一个丹戎是指从发卡的一端经过那一个折回的弯曲，到达发卡的另一端。哈里得到这“八个丹戎”的回答，可以表示任何时间长度，完全取决于发卡的大小。

雨水从我眼前这些人的背上泼下，他们没有绾发髻，头发都披散下来，以便排水，雨水也当真像从屋顶的泄洪管道一样向下流淌。

“你冷吗？”哈里问我。

“不太冷，有一点点。我身体的中心很好地发散着热量，只边缘部位有点冷。不过没关系，等我们到了宾达山，可以洗个热水澡，再在干爽的床上睡一觉，我一定要在木屋里睡一觉，以找回曾经的家有四壁的感觉。”

“如果雨一直下，”哈里说，“我想我也会去小屋里睡一觉，换个感觉，在干爽的床上睡一觉，总是好的。”

我贪婪地又钻回有棕垫盖着的船舱，心里感激着这位借船给我们的治安官，他大概有一位喜欢舒适旅行的太太，才有了这个遮盖起来的流动闺房。

头一天下午，我们早早地到达了瓜拉夸马特[1]，这是四个礼拜前离开斗湖以后抵达的第一个像样的码头，因为区域长官和

---

① Kuala Kwamut.

政府药剂员时常经过这里。

这位治安官，或者说土著酋长，老早就听说我们要来，特意搞了仪式来迎接我们。他的确如传说中的精密细心，跟他的精致而讲究比起来，我们，尤其是我，看上去很不体面：浑身被烤焦了的皮肤，还有腿上干掉的泥。这位代表了夸马特政府的治安官，被称作 D.A.D.O.。他把政府公署让给我们住，我们高高兴兴地把露营床安置在他的办公室里。这个公署平日里是地方仲裁调解断案用的，我的床旁边是证人席位，安了把椅子在里边，栏杆我正好用来梳头时挂镜子。出门前，我换上了一条灰色法兰绒的长裤和一件干净的球衣，好与白人妇女所担负的名声相称。瓜拉夸马特有五十名本地人和华人组成的居民人口。

小文的队伍大约下午六点钟才到，好像他们的一艘船在夸马特河的最后一处险滩触了礁，船翻了，抢救打捞出了大部分的行李，其后花了几个小时在河岸上晒那些打湿的东西。他损失了徕卡相机以及相当数量的图片。我一方面很同情他，另一方面，也庆幸这事没发生在我们身上。这次旅途激发起来的自我保护意识，比别的什么都多。

小文的外挂摩托艇先他一步到了瓜拉夸马特来接他，他说要两天以后由摩托艇牵引下河去宾达山码头。由于他自己有五只“泊拉胡”、十二个苦力，还要在瓜拉夸马特另外再雇十二个，我们不能指望他的摩托艇能挂上我们，于是决定次日出发，这样才能与他同时到达宾达山。

当治安官听说我们第二天要继续用自己的“泊拉胡”旅行时，坚持要把自己那加了舱盖的船给我们用。在那法庭里美美睡了一宿，我们六点钟就准备好了出发，这时河面上已经阳光普照。因为没了雨，我反而觉得小船更可喜。与我们那光秃秃的小船相比，治安官的大船完全像一艘诺亚方舟。从船舱那小小的瞭望孔猜测，治安官太太对窗外的风景没什么兴趣。可是如果不接受明显优于我们自己小船的这份美意，未免太不领情；而且哈里说，如果遇到什么事，导致我们不能及时赶到下一个码头，这只大船我们起码可以用来睡觉。

等箱笼全部装上去之后，似乎已经不太可能装得下我们，以及四个随从和五个船夫，更别提睡觉的地方了。可装船就像打包，多花一些时间，就会多出一些空间。

瓜拉夸马特的所有人都来到码头，检阅我和我们的行李，向我们告别。这让我觉得，好像我的时刻到了，幸好留了一套干净的衣服：一条熨了裤线的白短裤，一件白色球衣和一双没有泥污的白袜子，以及最后一双新的帆布鞋。那天早上，我在三寸大的镜子里扫视了自己一番，十分满意，很高兴自己能像样地出现在瓜拉夸马特公众面前。

治安官的船停在码头上。当河面水位低时，比如现在，登船点在水边，从河岸到登船点之间有大约一百码远的泥地，上面架着单层木板的栈道。我一身体面干净地在众目睽睽之下踩着栈道，小心翼翼跟在哈里后面向船走去。走到栈道末端时，哈里回头赞许地看了我一眼，我知道他在想什么："这通常正是您摔跤跌倒的时候啊。"

我到达最后一块木板时，它已经松了，搭在栈道和踏板之间。我集中精力，带着学步迈出第一步时的谨慎，踩到了正好是松的那一端，木板像跷跷板一样掀起来，我掉进了泥地里，污泥一直没过膝盖。瓜拉夸马特一瞬间停滞了，好像播放中忽然卡壳的动画片，荧幕上的人忽然暂停在一个古怪的姿势和表情上。所有的人，包括我自己，都被这一幕给惊呆了。哈里用惊恐的眼神看着我，然后走开，好像我跟他没有任何关系。

我无助地待了一会儿，直到治安官和他的头号随从回过神来，向我走来。他们一人拽着我的一只腿，借着这股力我从泥潭中脱开身来。

他们说这种猛烈的肢体动作，可以将体内的毒气排出，而我却对自己十分生气，沮丧到极点，连诅咒的话都懒得说。我腿上盖满了淤泥，干净的衣服上也溅得斑斑点点，鞋依然陷在泥里，小腿和膝盖瘀青。我坐在船踏板上，尽量地把自己洗干净，治安官和几个村里的老年妇女在一旁帮忙和出主意。没人笑，我甚至觉得他们根本就没想要笑，他们完全被这白人的衰给镇住了。

那之后，我对如何安放行李、如何处置床具完全没有再提出任何建议，从前我一直认为我对这类事情特别擅长。

02

如果一开始，我们是从山打根进入京那巴当岸河航行，没有事先沿夸马特河漂流而下的经历，我对京那巴当岸河的欣赏也许会比现在多一些。可是经历了夸马特河的壮美，京那巴当岸河的下游便显得闷热、缓慢而泥泞。尽管这两条河都有着漂亮的水源，可是从瓜拉夸马特到山打根流域因为过多的刀耕火种而流失了太多的大树和森林，使得两岸风光颜色尽失。

经过的一些土著农庄，风光迤逦，园子里鲜花繁茂，没有任何原始工业或制造业的痕迹。看着其中的一个，哈里说："如果我们发现这些土著农庄原来都是华人在经营的话，我也一点不会吃惊。或许对这个国家来说，那是件好事，华人精力充沛，而土著人非常懒惰。"

"我可不愿意看到这个国家被华人占领，我想不通为什么土著人不可以犯懒，既然他们什么也不干也有吃有喝。"我回答道。

"土著与华人"之间的优劣，是我们常常讨论的一个话题，无论是什么触发了我们中的一个，那么另一个会自动站在反面立场。对问题本身而言，优势劣势相当；可是我们的同情，跟道理毫无关系，却始终站在土著这一边。

船一直在颠簸，摇摇欲坠，一开始就头重脚轻，行李和乘客都超载；阿鲁萨普和普阿萨又保守地不愿意跟我们一起躺在舱底，而是栖息在行李顶上，使得行李从桅杆顶上悬挂下来。我在小船里从不紧张，可这个四面有墙的苏丹宫殿翻了可不是好玩的。哈里跟我想法一样，这船太不安稳了。终于，他叫阿鲁萨普和普阿萨下来，跟我们一起躺在船舱里。普阿萨是一名虔诚的穆罕默德信徒，对跟我靠近非常害羞，因为我是先生的女人。他始终对哈里毕恭毕敬，绝不肯接受略微随意的态度。阿鲁萨普在这个问题上要随和得多，他虽然不会主动跟我们坐在一起，不过如果哈里让他，他便会自言自语，“如果先生让我这样做，那是他希望这样，那就这样呗。”他便会爽快地躺在船舱中，一会儿就睡着，开始打鼾。

到了一点钟，开始下雨，我们四个在舱底越挤越近，各干各的。哈里在读一本现代短篇小说集，他说不喜欢，言之无物；阿鲁萨普抽着烟斗；普阿萨在磨刀，这对他来说是一件永不会厌倦的工作；我在揉着我腿上的瘀青，对我来说，这也是永无止境的一件工作。到了六点，我们进入考虑“沙丁鱼配烤面包”晚餐的阶段；到了八点，我们进入“随便什么，有晚餐就行”的阶段；九点钟，我们达到宾达山。九点零一分，我们发现这是一个空荡荡的码头，什么也没有。河上停着一只华人“永顺行”的货船，询问后他们告诉我们，三天前我们的船已经来过，但是因为不确定要等多久，便又离开了。随即，我脑子里那干爽的床、热乎乎的澡盆开始消失，也立即断定这里没有商店，即便有，商店里也不卖黄油和烤面包片。

四周一片漆黑，雨仍然瓢泼如注，在这种情形下搭帐篷几乎绝无可能。哈里和我还能勉强在我们的船舱里睡一宿，可我们的船夫、随从们呢？他们早上六点起来开始划船，直到现在，只能在雨里整夜站着？哈里说他记得宾达山有些卖杂货的小棚子,他要去问问,能否请那些华人店主打开一间商店供我们落脚。我独自留在船舱中,点亮一盏中国人用的那种煤油灯,一面暖手，一面期待他的好消息。

哈里走了大约十分钟，栈道那头的岸上出现手电光，接着一个高个子中国人来到码头，我们的船和那艘中国货船都停泊在那儿。我开始伸腿，整理衣服，以为他是来让我们去商店里过夜的。可是这个中国人的手电光直接冲着货船的方向而去，叫出了船员，“这是带去山打根的信。”

船上的人弯腰下去接过信，然后用马来语说道：“你遇到那位山打根的先生了吗？”

“对啊，”中国人说，“他来到店里说：‘我是山打根的凯斯先生，我们只有几艘小船在河上，想借商店过一夜，可以帮我们打开一间吗？’店老板说：‘店里堆满了货。’那先生又说：‘那就这间店可以吗？’店老板说：‘这间也是满的。’这时那先生生气了，重复道：‘我是山打根的凯斯先生！’店老板还是说：‘好的，山打根的凯斯先生，可是这一间和其他的商店都堆满了。’最后那先生说：‘本地公署的秘书在哪儿？我要跟他说话。’店老板还是那样：‘很好，山打根的凯斯先生，去找本地公署秘书吧。’那先生这才气急了离开。”

这时这位年轻的中国人和船上那位听故事的中国人，为山打根的凯斯先生的受挫一起开怀大笑，直到船上那位忽然想起，提醒说：“小声点，那先生的妻子在这船上呢。”听到这句话，那电筒光指向了我的船，照到了我，一副可怜巴巴的样子，穿一条脏短裤，抱着一个忽明忽暗的中国煤油灯取暖，跟他们见惯的白人妇女完全两样。我再次意识到，自己绝不会是帝国缔造者中的一员，我永远都只会给帝国丢脸。笑声停止，电筒光在我脸上停留了好一会儿。我想这两个中国人大概跟我一样尴尬，随后便将我独自留在黑暗中。

几分钟之后，又有手电光从栈道上移过来。这次是哈里和阿鲁萨普。他一走近我就从语气中听出，找到了过夜的屋檐，不过我什么也没问。

“小心点走，”哈里说道，“这个栈道在雨里特别滑，我们先过去，一会儿他们把船撑到码头边再来搬行李。”

在船舱里蜷缩了十四个小时后，在手电光的照耀下，倾盆大雨中，走在这滑溜的栈道上，我亦步亦趋，全神贯注。哈里不时紧张地回头看我，早上那泥塘浴吓坏他了，不过这一次，我总算平安到达。

“那个中国人不肯借地方给我们过夜，”哈里面目狰狞地说，“但我找到了本地公署秘书，结果是牟米姆，山打根那位老马吉德的儿子，他让我们去他家里睡。”

“马吉德的儿子？你是说那苏门答腊马来人园丁吗？你老说他不好，要把他炒了，最后他太老，没等到你炒他，他先退休了的那个？”我问道。

哈里笑起来。“是的，他儿子。以德报怨，不是吗？”

在一片湿地里走了大约十分钟，我们来到一所点了灯的房前，牟米姆走下台阶来迎接我们，身后跟着一个小男孩儿，小脸上闪着光，向我问好。“欢迎您，夫人。”我们从雨中登上台阶时，叫唤的狗被一只友好的手拽着。这屋子不是土著修建的棕叶棚，而是公家盖的那种木房子，牟米姆是宾达山的政府代表。门外的回廊被用作处理公务，基本上就是接收政府公告，再把这些公告贴在墙上，最后被蟑螂爬出一道道的痕迹。

我在走廊上站住，想要一点水把光脚上的泥洗干净，再进屋，哈里也脱掉了他那双泥鞋，而这时所有的人都在说：“没关系，没关系。”这令我觉得仿佛我们脚上的泥还挺受欢迎。我洗脚时，牟米姆笑眯眯地站得远了一些。注意到他年轻而强壮，牙齿雪白整洁，眼睛聪慧明亮，比通常的马来人高一些，有着十分漂亮的体型和长长的腿。尽管后来我听说，他在政府公务上有些经济上的问题，可那样的一张脸让我相信，这些问题都是因为那种马来人与欧洲人之间对待严谨的不同态度导致的，而绝非不诚实。

房里划出一片区域，给牟米姆和妻子、孩子以及爪哇佣人，还有一个与他们同住的朋友，当作今晚的卧室。这个临时卧室的后面，是给我和哈里的房间。一眼可以看出，这原本是主人夫妇的卧室。我们极力推辞，但是牟米姆十分坚持，我们也只好依他。牟米姆一家子从这间屋里出来，剩下我和哈里在这有着两张床的房间里。其中一张有着巨大的铁床架，上面铺着本地人的垫子，蚊帐顺着一个土耳其穹顶垂下；另一张床，简单地在一对锯木架上搭了几块木板。我们的行李从船上搬来以后，告诉牟米姆我们打算把自己的床垫铺在木板床上，铁床用不着了。听到这个消息，那个像苏丹宫殿一样的铁床立刻被人推到房子的另一头，牟米姆家的五个人似乎都争着要它。我心里感激牟米姆，他几乎把他的整个王国都在这个晚上给了我们。

牟米姆说，随从们可以在回廊或后面的小屋子里安顿，这时他们已经搬了三分之一的行李上来，尽管大部分都是没用的东西，可这时候谁也无心责怪谁。我听见哈里叫阿鲁萨普给他端一杯热的剃须水来，我觉得这有利于振作精神。受他的启发，我刷了个牙，还用剩下的一点剃须水规整了一下自己的发卷。在我们收拾洗漱并换上干净睡衣的同时，牟米姆的家人非常安静地一直在进出这间卧室，取他们的常用物，我们双方假装视而不见，以免尴尬。

我知道船夫们没吃的，便让阿鲁萨普分发一些军用口粮给他们，再胡乱拿一些箱笼里能找到的食品给我们。在等他的空当，我的脑子里泉涌出我想要写给牟米姆的马来文感谢信，并想象着他收到我这封信连同一些贵重礼品时的高兴表情。

对这个房间环顾一番之后，我大致列了一个估计牟米姆和家人会喜欢的礼品清单：一些听装甜牛奶、肉色蜜粉、妥佳侬[①]头油、发蜡、古龙水、香发乳、面霜、手电筒电池、罐装印度咖喱粉、卷烟、扑克牌，以及色彩艳丽的真丝和纯棉面料。

这时阿鲁萨普送来了食物，有热巧克力、米饭和沙丁鱼。

“真不错，是吧？”哈里说道。

当然啦，甚至比茶和抹上黄油的薄面包片还好。

吃完上床，床是干的。这种时候，任何对于床的夸奖也不能比这更高。

回到山打根，我按计划写了一封马来文的感谢信给牟米姆，随信寄去了我清单中的礼品。

03

阳光下，它躺在拉马村的泥岸边，非常英俊打眼，清澈的黄赭石色皮肤上，有一道道闪亮的黑色花纹，几乎像向日葵的颜色。可它看上去更像一只格里芬[②]，而不是一条鳄鱼，就算它嘴里忽然吐出火苗，我也不会奇怪。

我们那时正在最小的那只“泊拉胡”上，静悄悄地靠岸。

① 瑞士化妆品品牌 Tokalon。——译者注
② 欧洲传说中的一种吐火的龙。——译者注

哈里拿出点 22 小口径步枪，我掏出一些弹药以及徕卡。刚一靠近，我便迅速拍了一些照片，估计这东西很快会钻回水里去，可它完全没把我们放在眼里，一动不动，有一瞬间我甚至怀疑它是不是已经死了。就在这时，它的眼睛眨了一下。这一眨，让我顿时意识到，一条鳄鱼，哪怕是趴在河岸上，显得最无邪无辜的那一刻，仍然充满了阴险和邪恶。

由于只有哈里这一支点 22 小口径在身边，我们小心翼翼地靠近，直到差不多五十迈时，哈里才忽然连续射击，直到打空了一整个弹夹。鳄鱼昂起头，尾巴发疯一样地在泥岸上撞击，拼命地挣扎着想回到水里，但它已经无力挪动身体的重心。正在死去的鳄鱼显得既恐怖又狰狞，也很可悲。哈里又上了两次弹夹，对着鳄鱼嚎叫中张开的嘴，打空了两次弹夹。想来鳄鱼确实已经死了，可尾巴依然在敲击地面。接着，普阿萨跳下去，在鳄鱼胸口扎了一刀，莫里桑抓住尾巴，把末梢割了下来拿回去做幸运物。最后他们用绳子把鳄鱼的嘴捆上，绑在船尾拖着。

整个旅途，我总是看见河岸上鳄鱼留下的痕迹，人们也一直在讨论这些留下痕迹的鳄鱼的大小、力量和凶残程度。人们纷纷说，在哪里哪里看到了鳄鱼，可是我一次也没见到。此刻我看着船后拖着的这一条，溅起水花，它死在人的手里，没有吐出一丝火苗。我也因此而肯定，它只是一条鳄鱼，不是格里芬。

我们随从里的穆鲁特人说，这种有着惊人的鲜艳颜色的鳄鱼在河的上游很常见；而河口处的鳄鱼，往往都是黯淡污浊的

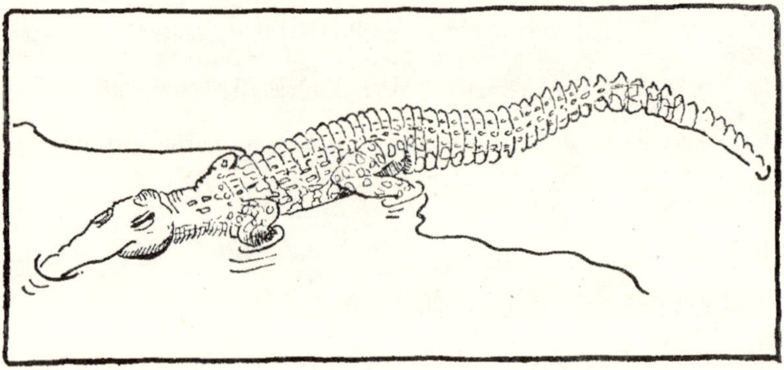

泥巴颜色。哈里从这畜生身上剥下一张特别漂亮的皮，过程中我试着想要帮忙，可它身上的肌肉反射使得它即便半张皮都褪下来了还在抽搐，我实在不能忍受。对阿鲁萨普那个部落的穆鲁特人来说，在任何时候，接触到鳄鱼身体都是禁忌，因此他也只能站在一旁出主意，哈里干得浑身是汗。这是条小鳄鱼，仅仅六尺长，可剥皮时却觉得它那么大。

在京那巴当岸河上，鳄鱼被看作是对人的威胁，因此是“坏”的，杀死鳄鱼并不犯忌；而在加拉巴干河流域的人们眼里，鳄鱼是“好”的，任何人去惊扰鳄鱼都是犯忌的行为，因为有了这种人和鳄鱼之间互不相侵的约定，一旦人破坏这个约定去骚扰鳄鱼，鳄鱼就会报复性地“变坏”。如果我们是在加拉巴干河，是绝对不会去杀死这条鳄鱼的，这种行为会立即结束人和鳄鱼之间的友善关系。然而有一点，无论在什么河上，我们都不能说“鳄鱼”这个词,本地人相信,提及它的名字会吸引它的注意,并诱发它的残暴，因而“鳄鱼”始终被“爷爷”所指代。

哈里的手下们很为这个鳄鱼事件而兴奋，而且还为这支点22小口径正了名。它过去被叫作“先生的呼—呼—呼枪”，因为它发出的声音远不如小文的大枪以及阿鲁萨普的老猎枪那般响亮威武。

就在我们看见那条鳄鱼的同时，也看见了那只来接我们的船正停在拉马村的码头。被鳄鱼所激起的兴奋所遮盖，我几乎忘了，那才是我这些天来最盼望的一刻。我甚至忘记了，这是我们在这个小“泊拉胡”上的最后几分钟快乐时光，忽然间，我就站在了大船的甲板上，意识到这趟旅行中刺激的部分已经结束。这就像吃到一种奇怪而充满滋味的食物一样，当它还在你嘴里时，你尚不确定自己是不是喜欢，就在咽下去那一瞬你才明白，这是真的美味。

我到下舱去洗澡。现在我们可是在渡船上了，那些在“泊拉胡”里、棕叶棚下、帐篷中的夜晚结束了,这里有屋顶、四壁、木质的上下铺。船桨在船身上的摩擦声，很快将被柴油发动机的“扑通”声所替代。“泊拉胡”的颠簸摇晃、野马驹一样的不羁性子，也将在稳健沉重的机器管制下变得驯服。激流的咆哮声被远远地抛在身后，河面上的阳光也难以察觉，吹到脸上那带着野性口味的微风，死猪身上飘来的恶心的甜腻，尤其是那营火的浓烈烟熏美味——现在都变成了纸上的字，我的鼻孔里再闻不到这一切了。我再次回到甲板上，清爽干净，舒服极了。可我突然想哭。

也许我是累了。那是早上九点，我躺在甲板上睡过去，醒来时是下午五点。我听见小文的摩托艇的突突声。只见那支瑞士海军舰队迎面而来，飘扬在那只外挂引擎摩托艇上的瑞士旗，白十字下的红底色已经有些凋败，小文交叉着双腿坐在旗下，头上裹着白头巾，脸十分瘦削，可看上去硬朗而充满了英雄气息。摩托艇后面一字排开，挂了长长的一串“泊拉胡”，九只小船一个接一个，像水牛尾巴挂在摩托艇身后，其中八只笔直，唯独第九只像尾巴末梢一样晃动着。我数了数，这些船上一共有二十四个人。当他们看到我们的时候，个个乐不可支，举起手里的船桨向我们挥舞，大声喊着。水珠顺船桨流到他们破烂的衣服上，滴到他们向后仰着的头上、笑着的脸上，再顺着他们友好的躯干流下。这美好的一刻，真希望它能停驻。

小文扛着瑞士国旗爬上我们的渡船。他满脸笑容，像那个冰雪中高举旗帜永远向上的青年[①]，我想高歌："U-pi-dee...U-pi-...U-pi-dee-i-da！"[②]这时柴油马达响起，船启动了。接着是黄昏、落日，天堂一般的夜幕降临，男人们躺在甲板上聊着，我又睡

---

① 此处原文“looked like the youth who bore mid snow and ice the banner with the strange device”，取自十九世纪美国浪漫主义诗人朗费罗名篇 *Excelsior* 中著名的这一句：“The shades of night were falling fast，As through an Alpine village passed. A youth，who bore，mid snow and ice. A banner with the strange device，Excelsior！”——译者注

② 这是哈佛的一首老校歌，歌词中采用了大量朗费罗的诗句。——译者注

了过去。

第二天清早醒来，本能的反应是：“快，帮着推船了。”紧接着我意识到，“再不用了，现在渡轮可以自己搞定一切”。

离开山打根之前，我们寄了一包干净的衣服到拉马村，让送到回程的渡轮上。这天早上，我打开这个包裹，里面有一条干净的、浆过的、熨得笔挺的裙裤。在山打根，裙裤是被看作很运动的服饰，而经过四个星期的短裤之后，此时我穿上它，感觉像是穿着花园派对的洋装一样柔美。这四个星期里我也没有化过妆，这会儿点上胭脂和淡淡的口红，简直被这个效果惊呆了，太华丽了！几乎可以说漂亮！当然也只能是快速地看一眼便移开视线。我摩挲着我那浆得笔挺的裙裤，哎，还是做女人有趣一些啊。

那一整天，每个人都无所事事，随心所欲。船上大约有五十个人，小文的随从二十四个，我们的八个，加上渡轮水手，除了躺在甲板上闲聊之外，绝大部分人无事可做。小文和我们的手下分成两队，抢着讲自己历险中的传奇英雄故事，渡轮水手们在一旁架秧起哄。听到对我们的讲述，我竟然也毫无羞愧之意。

小文那边的一个人说：“你们先生的枪响起来是呼—呼—呼，我们先生的枪响起来是嘭—嘭—嘭！”

阿鲁萨普不以为然：“那有什么！我先生的枪射了一条鳄鱼！”

普阿萨骄傲地讲述了穿越险滩时他所经历的恐惧，甚至把这描述成了一个值得夸耀的美德。“我的心猛跳，吓坏了。接下来的二十八天我都一直害怕着，每次遇到恶劣的水面，我都会从船上下来。在河岸上走过，岸边有时是岩石，有时是树林，我是丛林的人，不是河上的。”

“夫人怕那些险滩吗？”有人问阿鲁萨普。

“她不怕，她只是生气，”阿鲁萨普回答说，“一开始到恶水区时，船夫都让她下来从岸上走，他们怕船翻了，夫人会被淹死，因为她可能都不会游泳，即使会游，也不会在这么凶险的水里游。要是夫人死了，先生会生气，那船夫就惨了。于是每次到恶水区，船夫都坚持夫人必须下来走，可夫人在又湿又滑的岩石上不停地摔倒，她就很生气。”

普阿萨这时打断：“我还给她削了树枝当拐棍，可她把它们都扔了，然后就又摔倒，又生气。”

阿鲁萨普继续说：“有一天，船夫把船划到岸边，让她下来，她坐那儿不动，说‘开船！我宁愿淹死也不想再在岩石爬，最后被摔断腿。快开船！从现在开始，我一直坐这儿，开船！’于是他们把先生叫来劝她，可她只是说‘开船！’先生只好对船夫说：‘没关系，就这样走吧。’我们才接着走。那以后，夫人一直坐着，经过了所有的险滩。”

后来他们就编了一些马来歌谣来唱：

“那找石油的先生做什么？”

“那先生砸岩石。”

“那政府的先生做什么？”

“那先生找树林。”

“那夫人做什么？”

“夫人跟着那找树的先生。”

“她为什么不待在山打根的家里？”

“她不喜欢待在山打根的家里。”

“跟着那找树的先生，她做什么？”

“她什么也不做，她一心只想喝喝风。这就是她的故事。”

“巴巴—克—啦啦，很好很好，这就是她的故事。”

“咿呀—啦啦，很好很好，这就是她的故事。”

出了京那巴当岸河的河口，渡船缓缓驶入大海。我已经忘记了大海的平静和安详，也忘记了在无垠的海天之间渐渐下沉的太阳的巨大和耀眼，还有太阳沉下去以后留下的那一团一团深邃厚重的黑云；我忘记了大海的声音与奔忙湍急的河流是多么不同，还有远处传来的雷声是多么轻柔，像缥缈的锣音；我也忘记了闪电的瑰丽,忘记了大海的味道,那最新鲜细腻的味道。

这一段日子，我眼前的世界，有时是从棕叶棚下面看出去，有时是从坍塌的帐篷间，有时是在狭窄的河谷，有时是从树干之间，有时从树顶掠过。所有的一切都像精心剪辑的图片，装在一个一个的画框里，而我们此时就像离开画廊，回到真实的世界。

缓缓地，我们在大海里顺着海峡向山打根而去。

第四部

故园的风

第十五章

一颗闪亮的星星

在山打根，我喜欢一大早起来爬山。离我们最近的山坡是一片墓地，由一个中国丧葬公司租赁下来经营。山坡上满是七歪八倒的坟墓，还有一些散落的被墓碑压碎的死人骨头。墓碑上挂着纸钱，碑前摆着盛了米饭的碗，附近安装了一些长椅，供前来凭吊的后人小憩。

我爬山时有两个歇脚点，一是山顶，那儿有座叫李广龙[①]的墓。他生前我们素不相识，现在他拥有这片坡上最好的视野，可以看见并听见苏禄海，我借用他这惬意的一席之地，也享受着从这里看过去和听过去的苏禄海。对他的款待我无以回报，借用他光滑的坟墓表面，我写下的笔记字数已经数不清。

再远一点，那块无名的野山坡，是异教徒的墓地，那个在我们家短暂生活过的阿鲁萨普的婴儿埋葬于此。他躺在与天空离得最近的那一点，在他与那枚热带的太阳之间，只有薄薄的一层婆罗洲红土相隔。

我停在坡顶，越过丛林向苏禄海看去时，东北季风吹在我脸上。大海既把婆罗洲隔开，也把婆罗洲与世界连在一起。如果我一直航行，一天又一天，一星期又一星期，那么我家乡的海岸线便会出现在眼前，空洞的距离，就会变成一个一个的地方和人，而那些人，那些有着我亲爱的面孔的人，会再次相见。我离开家时，那一个个面孔勇敢地笑着，等再见时，我想应该

① 音译，原文为 Kwang Loong Lee。——译者注

允许我们哭了吧。

现在，这见面越来越近了，我的第一趟远东之行就要结束。

此刻我们身在东方，身处这变化之中，也知道生活可能再也不会回到从前。在我们离开前最后的几个月里，我希望能够深深地去了解，我在海的那一端的生活中的一切。

当我还很小的时候，大多数时候特别开心，那是一种正常的状态，而非短暂的意外。

我知道现在不一样了。为了这个原因，我想要停下来庆祝，为这些年婆罗洲的幸福和快乐做一个标记，就用一颗闪亮的星星。

第十六章

朋友的家

01

带着年轻的敏捷，菲菲穿过那条中国领事馆和我们花园之间的私密通道向我们走来。她手里拿着一张蓝色的纸，那是她父亲，中国领事，收到的发给中国领事馆的战事电报，她常常带来给我们。

在我看见菲菲的同时，也看见高个子的日本领事，正通过那条公共的通道出现在我们草坪的另一角，旁边是一个穿着丝绸印花的身影，踮着脚尖走在草地上，一定是我听说过的他那位东京夫人，他们微笑着向我们走来。

女主人脸上的兴致勃勃一时凝固，日本领事及夫人是我们邀请来喝下午茶的客人，这也是我们的初次聚会。今天下午，我没有办法接待菲菲，中日战况正进入一个关键时期[1]，这种情况下同时招待这两家人是不明智的，甚至是粗鲁的。

眼下这一国际局势，正越过我眼前这块草坪迅速向我推进。菲菲很随意地瞟了一眼来者，并未辨认出是谁；而她自己，穿着藏红花色的上衣和短裙，一眼看上去就是随便哪一位时髦女子。

就像他们事先同时算好了步伐似的，三位同时到达我门前。

---

① 此处指 1938 年。中国的抗日战争逐渐升级，双方进入战略相持阶段。——译者注

心里一面祈祷这一刻在我生命中不要再次出现，我一面向前跨了一步来欢迎他们。

“十分荣幸见到你们。”

我转向正在鞠躬的领事：“下午好，领事先生！我们一直期望能认识您。您认识吉纳维芙·欧吗？她是中国领事的女儿。”

这个介绍下，领事眼里浮起一丝严峻的惊异，空气里弥漫着说不出的不安。菲菲显得很困惑，她又好像明白了眼前这个局面，此刻鹅蛋脸上的胭脂和口红，已不复为她的面容增添任何成熟。

领事最先回过神，他伸手去握菲菲涂着珊瑚色蔻丹的手。那只手停留在领事细长的手中，像橱窗里蜡人身上的，与菲菲没有任何关系。我依稀觉得领事完成了礼节之后，那只手是被他扔出去的。

“菲菲，这是领事夫人。”

夫人优雅自如地藏起了脸上的疑惑，伸出手来，领事把菲菲的手移交给夫人，她优雅地一握之后，就把它还给了菲菲。

接下来的难题是谁先进门。我向后退一步，示意夫人进去，同时她做出请我先进的姿态，我于是再次请她先进，她没有接受，而是略带调侃地继续让我先进，这时我稳稳地站着，表达了我坚决的态度，她勉为其难地迈出了第一步。接着，我示意菲菲进去，因为我是主人，她不肯，大概因为她是未婚女子，这个难题平时好解决，我俩通常一起进去，可是今天她明显要坚守礼节，我只得放弃，走在了她前面。我丈夫很容易地就把他的进门问题搞定，他只走得稍远一些，站在门廊一角的落地窗边，无异于迫使领事先他一步进屋。

菲菲坐在长条椅上，我丈夫的旁边。她的脸此刻好像罩着一个精美的素陶面具，毫无表情，她忽然像一个陌生人，我看不出她是有意要这样，还是的确尴尬到不知所措。

她身边，我丈夫的脸上是另一个面具。多年的东方生活带给他脸上泛黄的肝脏颜色，此刻完全被痛苦占据，平时眼角上和蔼的笑纹，也被眼前这个僵局绷得直直的。我能读懂他面具后面的想法，只希望没有别人能看懂。

我总算想到一个突破口。"就我所知，您在旧金山生活过，是吗，夫人？"

"就一年，可是我英语还是很有限，希望您能原谅我。"她的声音像银铃一样，碰出这些叮当作响的词，娇小甜美一如她的体态。

"我太太特别希望能立即学说一口好英语。"领事的声音清脆而果断，我注意到，他虽然个子很高，却并没有因此而不像一个日本人。他的骨骼非常东方而有型，没有赘肉，面孔像是一个构架优美的头骨上绷了羊皮纸。这是武士的死亡面具，我这样想着。

"夫人，与旧金山相比，您一定觉得我们山打根太冷清了吧？"这个问题显得很空洞，可还是好过冷场。

“哦，是很安静。可是山打根有电影院，我喜欢电影。您呢，凯斯夫人，您去过日本吗？”

“去过，可只待了一个星期。”

“您喜欢日本，对吧？”

“是的，很喜欢，日本很漂亮。”我附和着说。

“您是在樱花时节去的吗？”

“不是，我们去的时候是十月。”

“哦，那是菊花的季节。”

茶送上来了，在糖和奶油，三明治和饼干、糕点的传递之间，我们手上忙乎起来，气氛终于开始有点社交的意味了。我看见我丈夫的面具在茶的热度下开始融化。

这时菲菲拒绝了我们的任何茶点，她很不友好的一句：“我什么茶也不喜欢！”好像一枚扔进育婴房的炸弹，在我们中间被引燃，碎片直接将那些飘浮在我们中间带着各种亲切意味的漫画气球击碎，掉落下来的碎片挠着我们光鲜的表面。

对话的僵局接踵而至，我将带着花朵装饰的蛋糕递给夫人，她取了其中粉色的很小一块。

“那位女士不喜欢茶点吗？”她问道。

“她说她已经用过茶了。菲菲，你跟夫人讲法语吧，我知道夫人讲一口流利的法语。”

对于这个诱惑，菲菲碰也没碰一下，直接扔掉。我接着把蛋糕递给领事，领事一点也不要，我再递给菲菲，她一点也不要。撤掉这只触目惊心的大盘子时，它只比端上来时缺了粉色的小小一角。我再也不想见到任何三明治、蛋糕或者茶了。

正当我打起精神，准备再次面临日本话题时，领事的眼睛落在了那只白玉色的宋代青瓷大盘上，这只挂在墙上有浮雕卷叶花的盘子是我们的骄傲。领事的眼睛在武士面具下一闪。

“您爱好收藏？”

不用一个字，答案已经写在我丈夫立刻神采飞扬的脸上，那表情终于给他的面具装上了皱纹。

“一点点，领事您呢？”

“我也有这个爱好，但是经济条件并不允许。”领事已经走到了盘子跟前，小心地把它从挂钩上取下，抚摸着它古老的盘面，感受着它牡蛎壳的光泽，触摸着它的卷叶草凹凸雕刻。我丈夫站他旁边，有着掩饰不住的骄傲。

“领事，这是一件真品，您看这里……”他们把盘子翻过来，看它的背面。“九百年前，一名工匠拉坯、制模。这片树叶，这朵花瓣，这枝花茎，”我丈夫爱抚着，“到今天我们还在享受着它，就是这样一种感觉：经过几个世纪，人们制造、流传、欣赏，将来的世纪里，人们将继续如此，这是我们与过去的联系。您不这样认为吗，领事先生？”

“当然了，我们都是时光的产物。”

我觉得这些话我过去一定在哪儿听过，可是我丈夫和这位领事似乎很为自己谈话中的创造性而自豪。

“您也对自己丈夫的收藏很满意，是吗？”领事的太太向我提出这个问题，我们忽然大笑起来，这是收藏者的妻子对于自己随时处于破产边缘的默契和理解。领事和我丈夫已经不见了，一定去了书房，最好的一件宋代藏品在那儿呢。

“与日本的外交关系被宋代青瓷拯救！”我脑子里闪出这么一句，可以做报纸头版的标题。“瓷器挽救了我的一天！宋、明、青花，都在为世界和平做出贡献。暹罗器皿和早期贸易，白瓷和粉彩、鼻烟壶和药碾、壶、罐、盘纷纷在国际展会上登场，以促进一个对收藏家而言更加和平的世界。妻子和狼免进！”

这时武士和愤怒的丈夫这两道面具一同消失，我已经觉得我完全可以应对眼前这个只有女人的局面了。我很快把我们几个从座位上带开，向前厅走去。夫人是只善解人意的小动物，对我的任何建议都乐于尝试，而菲菲依然将自己罩在她固执的悲剧氛围中。经过门厅时又是好一番推让，才越过我们那些涵养障碍。

“这是一个土著吹枪，用来喷毒镖的，是土著人最常用的武器之一。”我描述说。

夫人优雅地点头，然后走到一具挂着的头骨面前，这是猎头族的战利品。

“这些婆罗洲野人还猎头吗？”

“有时会。”

“可我觉得这太不文明了。”她不屑地走开。

我瞟了一眼菲菲，能感觉到她此刻在想什么。谢天谢地，她什么也没说。

我特意选择经过那道双扇门去花园，这样我们三个可以同时通过。我们都感叹着此刻的景色优美：是啊！那是什么树？那是非洲郁金香树，又叫火烧树；那是什么花？那是木芙蓉；那个白色的百合有香味吗？没有，这是无香百合。这实在太幸福了不是吗，遍地都可以养兰花？是啊，但我们也喜欢天竺葵。想要到坡下一点点去看看瓦瓦吗？瓦瓦是土语中长臂猿的名字，如果夫人喜欢动物的话，我想您一定会愿意去看看这只瓦瓦？

我们慢慢、慢慢地走着。

“噢，赫尔曼！噢，阿吉碧！呜——呜——呼——呼——呼——”我开始唤瓦瓦。“它们睡得很早，这会儿天快黑了，恐怕我叫不出它们来了。”

“那有一个小宝宝呢，我能抱抱吗？”夫人请求道。

我进到笼子里去，可是显然赫尔曼见到陌生人很紧张，始终待在我够不着的位置，对我咬着牙，像个搞不定假牙的老头那样。夫人和我都发出似乎在引诱的声音，赫尔曼、阿吉碧和菲菲一起用鄙视的眼光看着我们。

“如果您哪天清早来，我能将它们引下来，通常清早它们更轻松好玩。”我抱歉地对夫人说。

回到屋里，都看了看钟。“请您原谅，我能用日语叫我丈夫吗？”夫人问道。我高兴地答应后，她叫道：

“先生，天快黑了，我们也待了很久了，该说的话都说过两遍了，我们该走了，别再看您的盘子跟碗了。”她银铃一样的声音，好像八音盒里发出的日语，她说的每一个词我都能懂。

“好的，好的！收藏家在一起聊天很容易忘记时间，我就来。”武士面具从书房里出现，哈里陪伴在一侧。

“再见！”

“再见！”

“再见！”

“再见！”

他们消失在坡底，这时菲菲很快地向我转过身来，我看见她脸上那不易察觉的面具正在破裂。

“噢，你一定很生气我那时候来！请别生我的气好吗？实在太抱歉了，可是我来都来了，也不知道该怎么办。”她干净的面颊上泛起红晕，显得不知所措，一缕光洁的、烫了漂亮发卷的头发，散落下来。

我这时想起我学过的一个中文成语：“骑虎难下”。

这会儿，菲菲已经从老虎背上下来了，在整个一下午的交战中，那个小女孩儿面对她所喜欢的茶和蛋糕，紧张了一下午。我想起从前在午后阳光中见到的她那张年轻的、稚气的、毫无防范的脸。

我牵过菲菲的手，紧紧地握着。在我的坚持下，她在前我在后地走进了已经开灯的房间。把茶点再次叫上来，悉心地找她最喜欢的点心，又叫了一个加水的苦艾酒给她，点上一支烟，坐下来抽上一口。环顾四周，那个恐怖客厅已经蒸发不见，我和菲菲都看见，这个才是她朋友的家。

02

从第一次见到中国领事、他的法国太太欧夫人以及他们的一对儿女菲菲和乔治那天晚上起，我便把他们与我自己的一家联系在一起。随着越来越多的了解，他们越发变成山打根家庭生活在我眼里的象征。我因此常去中国领事家，因为菲菲和我之间交往出的友谊，乔治跟我一起练习探戈，欧夫人借她的法国期刊给我，领事跟我们讨论中国的民族主义，还交流园艺。我就这么常常去，每次一走进门，就好像感觉是到了我自己在美国的家。

领事先生自己讲国语——中国的官方外交语言，同时他能讲流利的法语——家里彼此的交流通用语言。我曾经也努力尝试过，每次他家里那法语的火焰在我脑子里撩拨，我便试着把曾经会的一点点法语带回记忆，可每每话到嘴边，出来的却是马来语。菲菲和乔治的英语讲得很好，能在几种语言中灵活地切换，并且总是把关键词翻译成英语给我。因为这种极不寻常的对话方式，在领事家里的交流总是特别生动而流畅，还充满了姿势和手语,更重要的是我们都渴望沟通。是了解彼此的愿望,使得这一切交流变得可能。

在那个家里，有我欣赏而崇尚的许多美好财富，既有源自中国的，也有源自法国的。但这些并不仅仅代表了来自北京或者巴黎的国际化品德，同时更是领事先生和夫人作为个体所具备的优秀品质，这些差异从未超越他们之间绵密、深厚的默契和关爱，成为主导这个家庭关系的主流因素。夫人优雅大度，领事低调沉稳，他们的晚餐桌总是和谐地融汇在这样两个气质之中。

然而,在这个家庭众多令人敬重的品质当中,最令我敬重的,是他们对待朋友的真诚。而他们的朋友，结识起来也多半让人感到如沐春风，这对我来说并不常见，跟他们在一起，我越来越热衷于结交更多的异族朋友。

并非所有的亚洲家庭都向欧洲人敞开，也并非所有的欧洲家庭都会对亚洲人敞开，而对于这种欧亚结合的家庭，有时以上两类他们都无缘交往。可是像领事家这样，没有任何偏见地接纳各种不同背景和文化的朋友，就更不多见。

在领事家，我看到了很多故事的开端，有些至今没有结局。有一位在爱丁堡获得学位的华人医生，和妻子一起来到山打根，妻子来自直布罗陀，是一位衣着入时的年轻西班牙女郎。他现在还在山打根行医，而妻子已经带着他们的宝宝回到了直布罗陀。

另一位欧亚人护士，从新加坡来，她母亲是暹罗人，而父亲是英国人。第一次看到我家里的半暹罗猫时，她抱起它笑着说，“你跟我一样，小猫咪，我们都是一半一半！”我过去从书上看到，有暹罗血统的欧亚人非常漂亮，见到她时我方知此言不虚。不光如此，她还十分聪明、勤奋、志向远大，她的故事刚刚开始。

许许多多这样的人聚在一起，在领事家里，有时是夫人丰盛的周六法式晚宴，有时是周日的马赛海鲜汤午餐。现在回头看，灾难降临在每一个个体身上之前的日子，他们都是快乐的。

伴随着战况在中国的升级[①]，这些晚宴和午餐的次数越来越少，我也理所当然地认为这是战争期间的必然。可忽然间我听到一个令人震惊的消息。这天我碰巧在领事官邸，在他们的花园里，我遇见了领事先生。他一如既往地彬彬有礼，可是当他走过之后，我注意到他的背影显得很孱弱。几天之后，菲菲来告诉我们，她父亲必须立即去香港，接受手术。

他起程那天，我们请求他们同意，和他的家人一起去码头送行。那艘将要载着他和夫人去香港的汽轮停在港口。夕阳下汽轮起锚后缓缓驶出码头，我们仰头看着轮船离开我们的视线，在那里，领事美丽而高贵的笑容，好像来自天上。我时常在脑海里将我自己的家与领事一家做比，却从未料到，最后出现的是更加深刻而感伤的巧合。

---

① 此处应是 1938 年。此时距离作者邀请日本领事来家做客不久。——译者注

领事离开后几天，有消息从抵达山打根的轮船传来。据说领事那一趟航程十分颠簸，他病情加重；第二次传来的消息是，船长全速航行，他们提前一天抵达香港，把领事安全送到了医院；再接下来的消息，在他们离开山打根八天之后，领事去世了。而五天以后，我接到电报，传来我父亲离世的消息。

我真切地相信，这两个高贵的男子将永远活在后人的心中；我也相信，将爱种植在身后的人心里，是最富有的传奇。

第十七章

两个可爱的人

01

我想我会永远记住那个晚上，它标志着山打根无忧无虑年代的结束。那之前，中国的战争尽管已经十分严峻，可感觉上仍然还是他人的麻烦，我们自己尚未意识到，欧洲的情况也已经如此严峻。那天以后发生的每一个事件，都让我生活中的安全感进一步解体。

这天，我正换装准备赴宴，丈夫在一旁读《海峡财政》[①]，其中一段他念出来给我听："带着巨大的恐慌和沮丧，文明世界目睹了日本在中国所犯下无法原谅的残忍暴行。"

"你为什么恰恰在我们要去那儿之前读这个给我听？"我不满地说，"领事先生和夫人并不是激进派啊，难道他们不就是两个可爱的人吗？"

对，两个我们所喜欢的人——这个句子那以后时常出现在我心里，有时带着一点伤感。

到日本领事官邸的距离并不远，可是从山上一路下来，走在铺满了金链花[②]的小路上，月光温暖甚至灼热，我满脑子都是

---

① *Straits Budget*，1894 年创办于吉隆坡的一份周报。——译者注

② 金链花：别名：金急雨、波斯皂荚、婆罗门皂荚、牛角树等。为豆科、毒豆属植物。英语中称之为 golden chain。其花长而下垂，黄色，状似豌豆花。金链花的种子、树皮和树叶都有毒。——编者注

领事先生那一张善良、略微紧张的脸，以及他夫人那精致得像瓷器一样的脸，不时地有触目惊心的字眼像邮票一样贴在这两张脸上，好像毒药瓶上的警示："切勿接近！"空气温暖而清香，我们到达官邸时，我还在对这些充满争议的念头而愤愤不平。

领事十分好客地一直走到汽车道上来迎接我们，当他的眼睛看向我时，我顿时轻松下来，几乎脱口而出："那些残忍和暴虐，不在这里啊！"

他的妻子站在亮着灯的门口，朝我笑着，我再一次知道，这仅仅是我喜欢的一个女子。她穿一件深蓝色的和服，配着她手指上的蓝宝石，甚至她足上的一双草履也是蓝色，宝蓝色的鞋底和亮蓝色的鞋面，从她裹了白色棉布的脚趾间露出来。我猜想她这是出于对我的礼貌而特意穿的和服，因为我曾经充满向往地对她说过，"没有任何一种西式的裙装，比得上和服那样体面而美丽。"

领事先生则是一身西式打扮，房里的陈设和家具也都非常摩登。平面直角、玻璃面板、金属框架，都像精良的机械，有着十足的西方风格。然而有整整一面墙，是画在丝绸上的玉色的大海，两只灰胖的大鱼慵懒地在其间游弋，在下面的玉色水面上散落着一些若隐若现、浅粉色的樱花花瓣。只有日本人才会画出这样一大幅玉色的海，这样小而丰腴的鱼，还有这样淡到几乎没有的粉色花瓣。

房间的另一面墙上是绘在丝绸上的森林，没有树枝树干，而是一片闪着光亮的茱萸树叶，在雨中滴答滋润。夫人穿着和服在这幅画前鞠躬时，我仿佛看见她在自己的故国，好像身后的日式纸门一下拉开，露出身后秋天的景象，雨中奈良的山坡上，明亮的红枫树。

看到此情此景下的她，我暗自希望她永远如此，在与她如此和谐的背景之下。

晚饭后，她和我按照常规进入女性话题，衣服、美食、艺术品、女红，要不就倾听丈夫们的谈话，并点头表示赞同，这一切都被领事娴熟地安排到位。“太太们看妇女杂志时，我们听一会儿东京广播吧。”他说。

于是，我们两个太太温顺地坐在沙发上，拿起一本日本画报，夫人翻译说这本是《妇女俱乐部》，慢慢地翻过广告页。看见蜜粉广告时，我问她是否让东京家里给她寄化妆品，她说是，我告诉她我也同样让家人寄。丈夫们正竖着耳朵在听。

“为什么？”我丈夫特别理智似的问领事，“女人真的相信这些让自己变得漂亮的广告？”

“是啊，为什么？”领事对他表示赞同。

我俩爆发出调侃的大笑，再相互报以狡黠而默契的微笑。

就在这时，电台节目忽然被东京通报打断，把我们从女人世界中横扫而出。播音员从日语切换为英语，描绘着日本在中国所取得的巨大胜利——彻底的胜利，荣耀的胜利。这样的胜利从他唇边溜出，轻飘飘的，就好像不战而胜。紧接着是更加

热情洋溢的演说，详尽地报道了那些轰轰烈烈的猛攻，凯旋的打击，无畏的报复，成功的羞辱。这一切从他嘴里毫不费力的音节中吐出，似乎后面完全没有任何折损的躯体和骨骼。

接着是阵亡通告。“死去英雄们的骨灰将被运送回来，在故土安葬，一座战争纪念碑将在东京竖起，为这些无畏献身的不朽的英雄,他们将永远活在祖国的记忆中……”热忱地,庄重地,宣言还在继续。他的声音变得疯狂。我转向夫人,大声向她抗议,但是她低头向下看着，脸上是伤心的神色，叹了口气说道：“我丈夫的兄弟……”没有接着说下去。

“战争！”我大声喊着。

“战争……”她回复着。

但我们已不能继续下去。

电台的声音又开始高亢，夫人和我都放下了杂志。播音员很明显对于一些英语发音还有障碍，可嗓音却越发激越而洪亮：“部队继续所向披靡，像突进的浪潮，我们英勇的军人乘胜追击败退的中国人，不顾俄国人居中发难，我们勇敢的战士始终在无畏地面对……”

领事这时兴奋地打断电台：“那些俄国人！他们面对我们的队伍根本无能为力，在我们面前他们彻底无助！我们正在取得巨大的胜利！”

与此同时，东京播音员继续推进着他对胜利的赞美：“我们无畏的、勇猛的、大胆的战士，就像先古的武士，扫荡着中国，向更大的胜利挺进！让我们为胜利欢呼！冲啊！冲啊！冲啊！冲啊！”

播音员的声音渐渐平息下来，夫人和我一动不动地坐着。她穿着和服，我穿着洋装晚礼服，而我们心里一滴一滴流淌的血却一定有着相同的颜色。

我想，我们应该说点什么，我是不是可以问她：“你愿意看到这一切吗？”她会带着哭腔告诉我：“天哪，不愿意！”于是，我们是不是可以在我们女人的、姊妹的世界里，找到符合我们愿望的词，来阻止这一切，可是我们没有找到这样的词。

慢慢地，我们重新意识到了各自丈夫的存在。他们仍然坐在广播旁边，领事还在高谈阔论打击俄国人，我丈夫在说没那么容易。如果他们面前有铁皮士兵和插了旗的地图，很显然这两位丈夫已经开始在地毯上开战了。

房间终于平静下来，我于是对夫人笑了笑，脸上有一种僵硬的感觉，好像一具难以打破的悲伤面具；她也冲我笑了笑，同样是藏在一个悲伤的面具后面。

很快，我和丈夫便离开了，在笼罩着乌云的月光下，向家里走去，在变得忧郁的清香夜色中。

02

地图上的婆罗洲岛屿与欧洲的战场是分开的，可如果画一道想象中从德国到日本的通道，再从日本到婆罗洲，这个通道便击碎了我们虚妄的和平。

这里的海岸线是未设防的，整个国家没有任何防御。山打根有七十五个欧洲人，五十个“志愿者”，国防事项在一个高级文职军官的嘴里，通常是这样被处理的：当他被问道如果日本军舰打来怎么办，他说，请他们上来喝茶。

在战争局势下，妇女会被疏散撤离。每个人都将面临沟通阻断、供给中止、食物短缺以及无尽的夫妻分离。

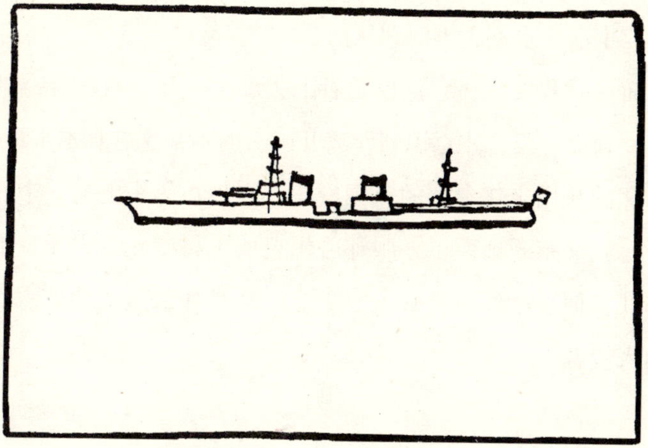

在张伯伦先生[1]第二次飞往柏林的尝试失败的第二天，人们整夜都在等候从伦敦传来的消息，而闪电的干扰最后使得广播不知所云。下午坐在书桌前，向山打根湾望下去，看得见日本的木材商船。如果它起锚，我想那就说明战事已起。三点三十分，我听见锚链的响声，看着它向大海驶去。我参照旁边停泊的一艘港英汽轮，来目测它的缓慢前行，它移动得十分安静，像一艘空船。我一边看着，一边伤心地想，这是婆罗洲最后的和平

① 张伯伦：亚瑟·内维尔·张伯伦，英国政治家。1937 年至 1940 年任英国首相。因在"二战"中积极主张绥靖政策而闻名。后文所指"第二次飞往柏林"，是指张伯伦于 1938 年 9 月两次飞往德国与希特勒的会谈。最终同希特勒签署了《英德互不侵犯宣言》。此一绥靖举措加速了德军的侵略行为，随后，德国入侵捷克、波兰，进而扩大了在欧洲的战局，英国也因此受到威胁。张伯伦被迫下台，让位于丘吉尔联合政府。——编者注

时刻，生活将永不会再回到从前。

而这时我发现，它仅仅是看上去动了，却一直没有离开我的窗框画面。我这才意识到，离开码头的不是这艘日本木材船，而是那艘我用来作参照的英国汽轮，它想在码头上换一个好的泊位。我又感激地看了一眼那艘黑色的木材汽轮，它无辜地躺在那儿，似乎已经不是敌人，不是一个满怀敌意、冲破水面而来的入侵者。

第十八章

风寒

01

几个星期后，我再次来到打字机前，在里面发现了一张便条，昭示着那一段长期的疲劳导致了接下来的这一次风寒：

> 我太累了，打不起精神，多希望能在早上那一杯咖啡之后，便进入无痛的昏迷状态，直到晚上的餐前酒时再醒来，接着再睡，只要喝咖啡时能醒来就行。连打字机也变得面目可憎，我脑子里装不下这么多事，从现在起，到将要到来的假期之间的这些事。我只知道我累极了。

接下来我便开始每日发烧，总是上午九点前就开始，直到天快要黑才退去。发烧时刻干扰着我去想和做每一件事，让我一直像喝醉了酒一样。到下午六点，它开始松下来，八点左右我几乎全好了，可这时又好像辛苦工作了一整天，理所当然地应该休息。半夜又开始发烧，凌晨四点已经浑身是汗，沉沉睡去；清早醒来，感觉虚弱，没有任何病征，直到九点，发烧重新袭来。

我挣扎着想在假期到来之前把书稿完成，也知道，即便不生病也没有足够的时间。病了之后，躺在床上，整天大汗淋漓，像冰镇水果的表面那样永远挂着水珠。与此同时，我试着捧一个笔记本，进行构思，可是什么也想不起来，满脑子都是体内的热和喷涌到皮肤上的汗水。

一天早上，我的风寒加剧，感到一阵强烈的恶心，阿鲁萨普和我懊恼地看着体温计上的水银柱稳步上升，除了把体温计摔了之外，似乎没有别的好办法。我真这么干了，阿鲁萨普便把这事接管过去。他给哈里的办公室去了电话，哈里又给医生去了电话，很快我就穿着一件红色的丝睡袍，被送上了去医院的路。当我最终爬上医院走廊上那个高高的白床时，心里着实感激他们把我送来这里。

我被怀疑染上了伤寒症，可一旦有谁提出另一种风寒的可能时，我也会被怀疑上。山打根没有细菌检验室，很多本地疾病都没有命名，各种热带风寒，极少有被正确分类的。这种情况下，基于诸多因素，我应该是患上了风寒，每天要用下巴够胸脯来证实我不是脊髓脑膜炎，提供一滴滴的血来表示也不是疟疾，还要用唾沫来排除白喉。很长一段时间，我对于记录我的病情完全失去了兴趣。

02

一天早上六点，我睁开眼看见阿银站在病床前，眼泪在脸颊上滚。“你今天感觉怎么样啊，小姐？”

我描述不出来我感觉怎样，两天两夜了，每隔半小时就想要呕吐，这时又有这个冲动。

“我觉得您病得很严重，小姐。”她伤心地说。

我也这么认为，不知说什么来安慰她。

她慢慢绕着我的床走了一圈，把我因为热而伸出毯子的手和脚都推回去，再把毯子紧紧地卷好压好。她一边做这些，眼泪一边从脸上滴落到床上，然后她把我枕头拍平，又摸摸我的额头，握着我的手问：“小姐，您能吃东西吗？”

“不能。”

她又站了五分钟，还是在哭，最后她走了。

九点，我再次感到眼皮沉重，极不情愿地睁开，看见阿鲁萨普和阿金站在我窗前。阿鲁萨普戴着新头巾，穿着我最喜欢的那条品红和黄色格子的纱笼，阿金穿着干净的白色中式长裤，还有一件浆过的褂子。一看见我睁眼，阿鲁萨普便开始讲话，用人们在葬礼上致辞时那种阴郁的演讲口气。

“我们知道这些日子以来夫人病得很厉害，阿银从医院回来告诉我们说，我们最好赶紧过来看您，我本打算立即行动的，可是先生的洗澡水和早餐都没有准备好，而我记得夫人总是说，她不在家时，一定要好好照顾先生，所以我只好等到先生的洗澡水和早餐都妥当了才赶来。”

“夫人现在病成这样，我们大家都很难过，我们吃不下睡不着，您患上的风寒确实很厉害，可能您需要在医院待很长时间，不过只要能好起来，这都没关系。”

“今天我想来告诉夫人，您和先生对我来说就像父母，我们在这个家里就像你们的孩子。”阿鲁萨普说完了。

我过去听哈里讲过阿鲁萨普把我们当父母对待的事，可从没料到会亲自面对这件事。这有点像最后的致辞，我估计我真是病得不轻。把自己振作了一下，我知道必须对这份荣誉给予回应，只但愿我能把呕吐控制到他们走后再发作。“这真是太好了，阿鲁萨普，”我说，“先生和我也是一样，像父母看待自己的孩子一样看待你们。”

阿鲁萨普应道：“夫人。”然后站着不再说话。此时阿金在一边喃喃地说了一些听不清的话，我们明白她是想表达，她也希望被包含在这个家庭之中，也是成员。过了一会儿，阿鲁萨普说：“您安心休养，夫人。”他们便离开了。可是我没能安心，我起来了一会儿，随后感到病得更重。

中午阿银又站在了床边，她掀开一个很大的购物篮，拿出一听香烟，然后看见我床边的香烟碰都没碰过，很凄然地收好她新带来的这一听，指责地说道：“小姐，您一定是病得太严重了，连烟也不抽了。小姐今天一定要吃饭，好吗？”

“不。”

“也许医院的饭不好，小姐。明天我从家里给您带吃的来。”

“不要了，阿银，我吃不下。”

又是长长的沉默，同时眼泪再次滚落到我床上，阿银再也控制不住地说：“您不吃，小姐，您会死的。”

可是第二天早上，我开始好转。当阿银六点钟来的时候，我正在喝茶。她进门之前在走廊上就看见，脸上立刻透出欣喜，那表情完全是圣人忘却自我的愉悦，让我感到那仿佛是来自天使的微笑。

03

从病痛中再次活过来，是怎样的一种挣扎啊！最初创造这个生命，也不会比这更艰难吧？

透过病房那蓝色的热带木百叶窗，早上的第一缕阳光射进来。残留的一些蚊子还在蚊帐外嘤嘤嗡嗡，走廊上的夜灯也还亮着。我脑子里有一堆铁皮垃圾桶在乒乒乓乓地砸来砸去，后颈好像被两个人用巨齿锯在割，而肚子里正被一只大象在踩踏，脊椎骨又像有一台压土机碾过。

我正在一件一件地经历着这些事。护士塔波西走了进来，把一只棕色的菲律宾手伸进蚊帐，抓起我的手使劲摇晃。“新年快乐，凯斯太太！新年快乐！”

新年快乐！我想，我得这样再过一年吗？

“你今天感觉好些吗，凯斯太太？”

有吗？没有人能活着感受到比这更糟糕的情形了。

“哦，很好很好，情况不错，”护士塔波西看着我的体温计说，“确实不错。医生今天早上会提前来，您准备好啊。”

正说着医生就来了。“我的病人今早怎么样啊？”

“好多了，大夫，”护士塔波西轻率地说，“她温度下来了，而且昨晚睡着了。”

原来他们管那叫睡着了，我一整夜与妖魔鬼怪的那些可怕挣扎！好吧，就让他们开玩笑吧。

“这太好了，护士。我们很快就能让她起床。感觉好些了，对吧，凯斯太太？”

“没有，感觉糟透了。”

“是的是的，长期高烧好转前都是这样的。虚弱，这是当然的，我们会用滋补品让您强壮起来的。”

“医生，我不认为您能给我重新上满发条，再让我正常运转起来。”

“当然当然，我当然可以。我们会好好地给您滋补，一个月后就是您的假期。您太需要换换环境了，在这里待得太长了，这是症结。您在这儿第五年了。”

“这么说，您真的认为我已经过了最糟糕的阶段？”我不顾自己的感受，欣喜起来。

“是的，您当然已经开始好转了。从今天起，一个月后我们保证让您上船，等您回到美国，这一切都被抛在脑后。”

“您是说，一个月后我能旅行？”

“当然啦，您以为我们会让您死在这里？”

我必须很不好意思地承认，一直我都是那么以为的。

“我得走了，”医生说，“还有很多病得比您重的病人。好，

高兴起来！新年快乐！”

也许，将真的会是一个快乐的新年！

从医院回来，我环顾这个家，不知从何下手。怎么才能在起航前，也就是剩下的短短几天里准备好十一个月的假期呢？一个星期内再次高烧，重回医院，给了我答案，我这才想明白，根本什么也不能干。

这一次是疟疾，病毒早已驻扎进了我的腺体和肝脏，只是没有在血液检验中表现出来。第一次住院时，我担心的是不能在离开婆罗洲前完成书稿；这次重返医院，除了恢复健康，我对其他什么事也不关心了，一心想的只是，能在二月五日坐上那艘香港汽轮，向家的方向去；那个家，在一个牛奶来自奶牛，而不是铁皮罐的国家。我在开船前五天出了医院，感觉勉强能够旅行，所有的忠告都只有一个——“别错过船期”。

离开那天，我们在黄昏登船。从海湾望上去，城里的灯光后面，我们的山坡好像蔓延到天上，房子里有一盏灯亮着，我丈夫的继任者住在那儿。此刻的山坡上，是别人的耳朵，在替我们听着水塘里牛蛙的聒噪、丛林里夜鸟的鸣叫；是别人的光脚替我们踩在那餐桌下；是别人的声音在叫，上酒水。那些燥热而甜蜜的热带夜晚。而清早，瓦瓦唱歌时，却再没有人会停下来倾听。

望着我们山顶上的灯光。是的，我们想要休假，也知道我们需要这次休假。可轮船驶离婆罗洲的这个晚上，我们却并不觉得是在回家休假，只觉得是在离开我们的家。

第十九章

故园

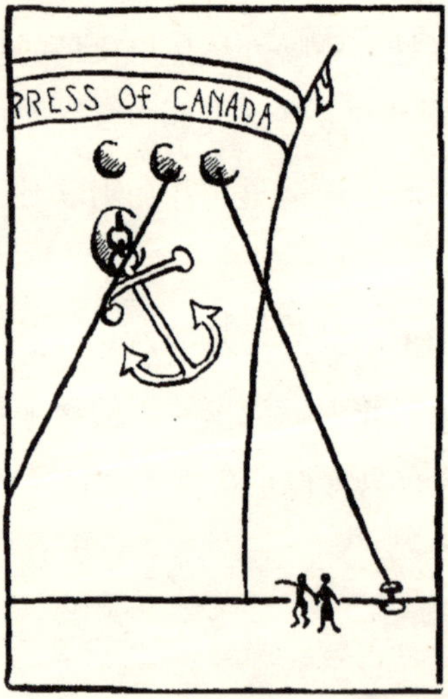

01

我们在香港码头，“加拿大女皇”号轮船上。

“行李太多了！”哈里说，这句话听起来很耳熟。

我的旅行衣橱，那是哈里的头号敌人，它炫耀地靠墙站着，拦腰还鼓出来一团，像卧铺车厢过道里站着的胖女人；哈里的轮船旅行箱，老实地待在床下，正如轮船衣箱应该有的样子；他的铁皮箱，里面装着他整理的穆鲁特词典的手稿；还有一些他最喜欢的书，也安静地躺在另外那只箱子的一侧。此外是两只中规中矩的手提箱，装着衣服；两只拉链旅行袋，装着需申报的物品；另一只大手提箱，装着需申报的礼品。再就是我们一人一只公文包，叠放在一起，只是都争着想放在上面；还有我的打字机、高尔夫球杆、装着哈里的明代瓷器的行李袋，这些瓷器都裹在我的兔毛外套里；最后，是一只巨大的、巨大的中国手工造的行李箱，那里边装着我的手稿。

“那个装手稿的大箱子不能放到行李寄存间吗？”哈里问道。

“不行。”我回答说，于是，哈里什么也没说。

当我发烧，一直担心休假前不能完成书稿时，他向我保证，我可以把所有手稿都带着回美国，一页不少。

“所有那些抽屉？满抽屉里写了一半的所有笔记？”我问道，“你说我可以把这些都带回家？还有那些一摞一摞别人看着像废纸一样的东西？以及所有这些文件夹里的纸？我的素描画？我的马来文字典？手册？还有马来诗歌、歌曲、贾维[1]读本？还有那些一篇一篇也许我再也不会用，也许我还会用到的东西？所有这些？”

“所有。”哈里许诺道。这才有了这口中国箱子，站在这里，我们的船舱中。它的尺寸大到塞不进床下，挤不进两张床中间，墙角也凑不上，衣柜也进不去。只能那么站在那儿。哈里什么也没说。

我本来计划在整个跨越太平洋的旅途中专心工作，修改手稿，等我们到达不列颠哥伦比亚时，它将已经是一副成形的模样。行程的头几天，我每天打开这口巨大的中国箱子，把其他东西都挤得乱七八糟，坐下来铺开手稿，在边缘涂涂改改，每改一次，手稿都更糟糕一些。

每当这时，哈里就躲在吸烟室里回避，有时会带着啤酒满载而归，眼前却是一个对着手稿无从消化的我。三天以后，像疫苗一样，独家病毒开始显效，我捆扎好这只中国箱子，将它送进了行李寄存间，放任自己来观察和体味流放者的归来。

哦，那一趟横跨太平洋的旅途！天，又冷了起来！香港冷，上海冷，神户冷，横滨冷，“加拿大女皇”号也冷！也许根本就是我自己冷。只有当泡在热澡盆里，或者喝着威士忌的时候，

---

① Jawi，用阿拉伯字母记录的马来文。——译者注

我才觉得暖和。有一次我便端着一杯威士忌进了澡盆。这冷似乎让我身体感到短暂的不适,而那过去的我,却因此又活了过来。

哦,还有那些食物!血红的加拿大牛肉;没有硬化的肝;没有肾炎的腰子;苹果、橙子、梨、葡萄,既能分辨滋味,也能分辨形状;蔬菜不用贴标签、也不用写目录编号供享用者来识别;每天一棵生菜;所有这些都不是听装。

哦,又见到穿裘皮的女人!以及真正的舞会乐队,水管里直接流出的是热水,有下水道的搪瓷浴缸,以及所有的奢侈,加上两个沉醉其中的人。这轮船载过许多游客,却从未有过如此满足的两位。

02

“那些土著，”我们向英国朋友们描述，“会划着筏子和桦树皮独木舟来迎接轮船，他们肤色偏白，比通常土著人略高，有雅利安人的特点，天真而原始。裹在他们从加拿大落基山脉中猎获的野兽皮中，装饰着商人们从英国贩来的珠子和手镯。他们可能看上去有点吓人，可并不危险。我们毕竟就要踏上北美大陆的第一站了。”

第二天早上，我们抵达不列颠哥伦比亚的维多利亚港。如果加拿大土著令我们的英国朋友有些失望的话，至少维多利亚的早春完全如我们描绘的一般美好。

走在维多利亚安静的街道上，我想大喊，想高歌，浑身再一次充满了活力。这是记忆中我所经历过的最快乐的时刻，那些熟悉的美好感觉，是那些陪着我登上婆罗洲的一个个山顶，陪我漂流过一条条河流时愉快的感觉。不是威士忌的刺激，而是活生生地来自这个春天的世界——在一片没有季节更替的土地上生活了四年半以后的第一个春天的世界。番红花盛开，天知道它们带给了我多少的欢欣，阳光闪耀，真美啊！雨下起来，壁炉边多惬意啊！还有啊，牛奶来自奶牛，而不是铁皮罐头。

这个世界里的一切都有着同样的活力，我从没有像现在这样意识到，这片土地上的人们，那巨大的生命力，那样蓬勃的生命力，让人难以描述。人们和他们的各种分工，都从各自的小格子间扑闪着飞出来，拒绝被定格，被分配。妻子们在洗丈夫的羊毛内衣，这样他们可以穿着去骑上帅气的摩托车；管道工在谈论哲学，而哲学家在修管道；油漆工在借读英国诗集，而编纂诗集的人自己在油漆储藏间。

这里的对话不是英式晚餐桌上的对话，而是灵活地在各种话题间跳跃。从加拿大各省的失业，到花园水塘里的水生生物；从推迟了的月经周期，到如何在秋天里做黑莓果冻；从来自欧洲的战争威胁，到邻居女人何时下崽。绝不是英式晚餐桌上的社交，只是如此的生动而爽朗。

乘火车从不列颠哥伦比亚到洛杉矶，要两天两夜。两个无聊的夜晚，像蛆虫一样从小床上爬进爬出；两个烦闷的白天，像便秘的毛毛虫在女厕所里进进出出。女厕所里晃动着女人的毛发、牙齿、眉毛、嘴唇、脸颊，都从她们的主人身上游离开来，变得残疾无力。连着两天遭受各种站在走廊上的胖子的胸脯和屁股的挤压，两天被在床边脱裤子的男人踩脚，两天来不断地问脚夫，请问我们还有多久才到波特兰？尤金，拜托？克拉马斯？沙思塔？奥克兰？还有在每个短暂停留的小站，飞奔去电话亭给家里打电话，感到自己完全等不及了，越来越近了，马上就能听见那些亲爱的声音了。终于等到可以问，请问，还有多久到洛杉矶？最后，我们真的到了，游子回来了。

游子回来了——回到她最爱的人的问候中，回到她曾逃离的爱的温暖中，回到从出生起就环抱她的臂弯里。这是她生命中最持久的三件东西，游子最感激的三件东西。

就这样，我回到了美国的家里。游子回来了，可她再不是从前的她；她回来了，回到的地方也再不和从前一样。从大英帝国的遥远前哨回来，从丛林和湿地回来，从东方的慵懒和热带的平静回来，这个回到美利坚的游子，这一瞬间，对眼前的生活感到了失落。

一眼扫过去的头条是这样的："猿人咬伤妇女""幻影窃贼入室偷盗""女孩哭诉因爱杀死父亲""妇女砒霜毒死丈夫，嫁给受害人的儿子""演员与第五任妻子离婚，只因爱她"。

这里的生活好像存在于此类头条新闻之中，爱存在于聚光灯下，恶行被霓虹灯照耀，罪恶是巨大而惊人的，人们通过一小时内可以吞食多少条活金鱼、一天之内能亲吻多少个姑娘、一年内能娶多少位新娘来测试验证自己的力量。安静的感情，不加修饰的爱，都已被遗忘在抽屉的底层，任由蛾虫腐蚀。

这些是我的同胞，我为他们自豪，可绝不是当我读到这些头条标题的时候。我知道，在这些头条标题的后面，就像透过一盏廉价油灯的玻璃罩看过去，透亮而明快的火焰被拉变形了一样，真正燃烧的是优良而巨大的能量。是这同样的能量，令我们的先辈驾船来到这严峻冷漠的岩石海岸线，令我们的祖辈在这片曾经未知的土地上迁徙，令我们的父辈在这片曾经不能被征服的土地上建起了纽约、华盛顿、波士顿、芝加哥、旧金山和洛杉矶。也是这同样的能量，使得今天的美国成为世界上最有潜力、最令人兴奋，也最危险的地方，其危险，甚至远胜于婆罗洲的丛林。

这是我的国家，我为她骄傲。我知道这里有肥沃的土地滋养生命的繁衍；这片土地上万物繁茂，树长得最高，花开得最大，繁殖出最大数量的后代。

游子回来了，她希望告诉别人她回来所看到的这一切。可是这跟全世界的记者写婆罗洲一样，一不小心就把婆罗洲写成了仅仅有大象和犀牛，因为它们是如此抢眼。美国，与婆罗洲一样，除非你凑近去细细看，否则你就会轻易用大象和犀牛来为它贴上标签。

03

人们问我是否希望再回婆罗洲，人们问我是否喜欢那里的生活。答案是，我喜欢我们的生活，因为那是我所见过的我最喜欢的方式。

我喜欢婆罗洲那些黑黢黢的夜晚，空气中弥漫着树芽和湿漉漉的树叶的气味，仅有的声音是青蛙的聒噪和夜鹰的咕咕，唯一的陪伴来自我们自己，仅有的只言片语也是我们自己的。我喜欢那些独自在家安静的日子，那些懒散、无所事事、不值一提的日子。只有时间和孤独，才能让人认识到自己的存在，这些，是我们在婆罗洲时都拥有的。我也喜欢那些丛林中的旅行，认识了那些我一直想要认识的事物——阴云惨淡，如地狱般的尼帕湿地；模糊暧昧的绿色河流，美丽刺激的险滩；阳光照射下色泽醇厚的男人裸露的脊背。

我也喜欢我们休假时回家，急急地穿越空间，跨过大海，穿过几大洲，经历各种气候、人群、风物、礼节以及道德。头一天，我的脚因为热而肿胀得穿不进鞋，第二天鞋子可能会掉落在冰冷中；这一次太过火惹眼的一条裙子，明天可能就变得太寒酸；在这里我还担心会惊吓到旁人，下一个地方我却被镇住。

我很高兴我们回家休假，来到这片新大陆，来到美利坚合众国，这个生活被头条标题概括的地方。可是在这里，我只是一个来自遥远世界的女子——百慕大还是布宜诺斯艾利斯？暹罗还是中美洲？中国，印度，还是非洲？

离开美国，驶向婆罗洲时，是1934年。我当时对丈夫说："这是无比幸福的一刻，我将永生铭记。"现在将近五年过去了，有很多我当时不知道，或者不懂得的事，现在我懂得并且接受了。

现在我知道，我们将要回到那片土地，两个人一起，在那里，我们是彼此的一切，抑或什么也不是。我还懂得了，离开自己的孩子和亲爱的人，独自在一片遥远的土地上成长，甚至死去，有多艰难。我现在也明白了，那一瞬间，当我站在甲板上，向那些至爱的脸庞挥手道别时，这样的离别也许意味着永远，于

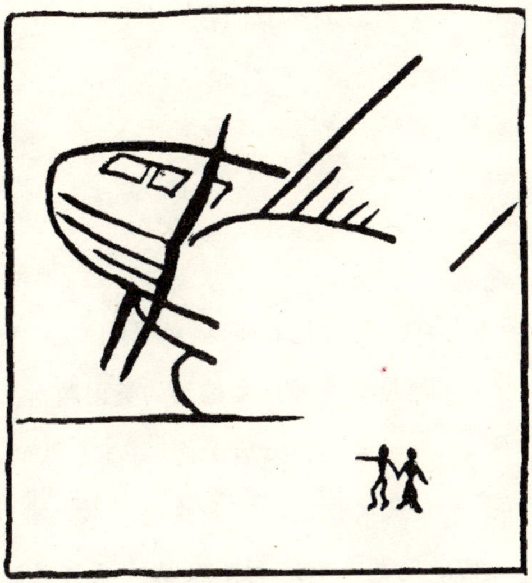

是我内心升起一个声音："你怎么能走！"可是，我应该走。

我要走，因为我知道，当我们这个秋天再度起航向山打根而去时，我将会感受到同样深厚的幸福，就像五年前一样。可这一次，当我转向我丈夫时，已经不用再启齿吐出那些词句。现在已无须言明，我们都知道，一起踏上旅途便是幸福。

1939 年，美国

译后记

对这个地方起意，是看大卫·阿滕伯罗（David Attenborough）在BBC自然栏目里忽悠婆罗洲，文绉绉的英国腔加上婆罗洲这个地名，到了我这儿，就被意淫出天地洪荒、宇宙尽头的一幅图画来。

自幼崇洋，对殖民文化因之有天生的兴趣。说要去婆罗洲，便开始研读南亚殖民史。奥地利商人从文莱苏丹国王手中将海盗猖獗的婆罗洲买下使用权和管理权，再转手倒卖给英国人，英国人设立大英北婆罗洲渣打公司，开始经营。渐渐地，日本的歌伎、中国香港的木材商在当时的婆罗洲首府山打根富甲一方，办学行善，使得这块弹丸之地一度成为当时世界上百万富翁最密集的地方。“二战”中，日本人毁掉了婆罗洲所有的繁华和富足，战后仅凭一个渣打公司无力修复，这才移交给大英帝国，正式成为英属殖民地，一直到上世纪五十年代亚非拉的独立运动风起云涌，1963年北婆罗洲自治。

英国人本性萧简，治下虽百余年，于生灵无扰。直到今天，沙巴岛上的几个自然保护区生物种群的丰富仍数世界前列，丹农谷（Danum Valley）是其中一个，枝繁叶茂，鸟兽欢腾，那里是我们爱上沙巴的起点。

美国女作家艾格尼斯·凯斯的三部曲 *Land Below The Wind*，*Three Came Home*（这部书被好莱坞改编为同名电影搬上银幕，中文名《万劫归来》），*The White Man Returns*，更让这天尽头的洪荒孤岛在战后成为西方人眼里的传奇，一时轰动。我在丹农谷的雨林度假村里读到，拿起便放不下，起意将它分享给中文读者。艾格尼斯的文笔和视角放在今天，非但不过时，在习惯了高亢宏大的中文语境中，反而清新、诙谐、独到而真实，如旱地甘露。

旅行也好，居住也罢，往往是存在于想象中、记忆或意念里的风景，成就了十之七八的美感。是我的丈夫和两个孩子的陪伴与分享，组成了我的婆罗洲风景，更要感谢翻译过程中，丈夫在语言、文化、习俗等方面的指导及帮助。

是 Chinamama.us 论坛的朋友，因为与你们在一起的那些美好岁月，萌生了分享此书的初心；好友凌岚、北京的韩晓征女士、杨虹先生以及美国枫香书局张西女士在我翻译过程中的鼓励和支持，更是此译著最终面世的动因。谢意难以言表。

穆青

2015-05-26

Simplified Chinese Copyright©2016 by SDX Joint Publishing Company.
All Rights Reserved.
本作品中文简体版权由生活·读书·新知三联书店所有。未经许可，不得翻印。

图书在版编目(CIP)数据

风下之乡/(美)艾格尼斯·凯斯著；穆青译. -- 北京：
生活·读书·新知三联书店，2016.5
ISBN 978-7-108-05554-5

Ⅰ.①风… Ⅱ.①凯… ②穆… Ⅲ.①游记－作品集－
美国－现代 Ⅳ.①I712.65

中国版本图书馆CIP数据核字(2015)第239419号

责任编辑 黄新萍
装帧设计 朱丽娜 张 红
责任印制 崔华君
出版发行 生活·讀書·新知三联书店
(北京市东城区美术馆东街22号)
邮 编 100010
经 销 新华书店
网 址 www.sdxjpc.com
排版制作 北京红方众文科技咨询有限责任公司
印 刷 北京隆昌伟业印刷有限公司
版 次 2016年5月北京第1版
2016年5月北京第1次印刷
开 本 880毫米×1230毫米 1/32 印张 11
字 数 150千字 图 57幅
印 数 0,001-7,000册
定 价 39.00元

(印装查询：010-64002715；邮购查询：010-84010542)